故事创作大师班

国际卷

监制　中国电影基金会
　　　吴天明青年电影专项基金

编　　刘大鹏

策划　后浪电影学院

北京联合出版公司
Beijing United Publishing Co., Ltd.

编委会:张丕民　阎晓明　姜　涛　吴妍妍
　　　　刘　磊　曹方璐　张耀丹

序一　国界之外，编剧之内

中国电影基金会下设的吴天明青年电影专项基金，继承了中国第四代优秀导演吴天明的衣钵，即他毕生为中国电影拼搏与奉献的执着精神。基金会搭设了公益服务平台和青年电影人才培育平台，重点培养三大块人才——青年导演、编剧、制片人，以提升中国电影新生力量的影响力。自2015年开设"大师之光"青年编剧高级研习班以来，基金会每年力邀享誉国际的知名编剧大师从不同主题和角度为近200位具有发展潜力的青年编剧、导演带来精彩纷呈的编剧课程，为其打开创作视野和拓宽实践边界的同时，还呈现了不同文化背景下的电影文化、剧作规律，展现了影视创作的魅力，提高了中国青年电影的创作活力。

尽管艺术不分国界，但不同的国家土壤却孕育了不同的电影文化。此次将国外优秀编剧的课程内容结集出版，我们希望将国外前沿的编剧经验分享给国内更多致力于在编剧领域深耕的青年创作者们。

本书共收录了第一届到第三届来自法、美、日、韩的国外导师课程讲稿，他们分别是韩国编剧兼导演吴胜郁、著名编剧崔石焕；日本著名编剧荒井晴彦；法国著名导演、编剧弗雷德里克·奥比坦；美国著名好莱坞编剧约翰·C.理查兹、史蒂文·加里·班克斯、迈克尔·威斯、扎克·施坦茨。他们当中有的分享了编剧从业经验，有的讲述了好莱坞的编剧环境和创作的方法与规律，有的则是以电影文本为例进行了专业的剧作分析等。

我们将讲稿整理成书以飨读者，并期待中国的编剧创作出更多优秀的作品。祝中国电影青年编剧人才辈出，为实现电影强国梦助力加油。

张丕民

中国电影基金会理事长

序二

说起我的老厂长吴天明，一时心潮难平，思绪澎湃。没有这个人，就没有中国电影在二十世纪八十年代的横空出世；没有这个人，就没有中国电影第五代的闪亮登场，让世界瞩目。他对中国电影的作用，犹如灯塔，堪比"教父"。

如今斯人已去，上天云端，我辈怀念他最虔诚实在的方式，是拍出无愧于他的电影。再烧上一炷香，让他在天堂里笑出声来，点头称是。

这个编剧班，是吴导演创办的，这是在做基础工程。希望这个工程持续下去，为中国电影打好基础。

芦苇
2021年8月3日
于北京金长安大厦

目 录
Contents

第一讲　编剧是一个需要忍耐的职业　吴胜郁

- 入行之初 ·· 003
- 《八月照相馆》：榨干你每一滴才华的许秦豪 ·················· 004
  - 导演的信任 ·· 004
  - 把情绪描绘出来 ·· 005
  - 这个剧本绝不可能拍成 ·· 006
  - 最大动力是截稿日期 ·· 007
  - 把我的名字去掉吧！ ·· 008
  - 现场改戏的绝望时刻 ·· 009
  - 到取景地找找灵感 ·· 010
  - 内心独白 ·· 011
  - 三幕结构确实好用 ·· 011
  - 不让自己的作品带上艺术标签 ······································ 012
  - 找出自己喜欢的角度，才是最重要的 ·························· 013
- 《李在守之乱》：喜欢的戏都被删掉了 ······························ 015
  - 把心爱的戏份放在关键时刻 ·· 015
  - 编剧的至暗时刻 ·· 016
- 《绿鱼》：不会说OK的李沧东 ·· 018

极致完美主义者······018
　　　走路采风的作家······018
　　　讲真话的"说谎者"······019
《双生警贼》："卧底"黑帮采风······020
《无赖汉》："一直被打枪"的十年······022
　　　打破硬汉警察的套路······023
　　　光靠想象无法塑造人物······024
　　　第一幕和最后一幕先行······024
　　　去街上寻找灵感，采集资料······025
　　　给骨架添上血肉······026
　　　把剧本念给那些苛刻的人听······028
　　　交稿后，真正的煎熬来了······029
　　　三幕结构中，高潮点最难写······032
讨论答疑······033

第二讲　类型片如何讲故事？　崔石焕

韩国电影往事······047
亲如一家的编剧、导演、制片人······049
成为这个时代最会"说谎"的人······049
写剧本就像盖房子，盖在什么地段好呢？······051
忠于类型，是对观众的承诺······052
如何讲故事：让观众等待、快乐、回味······053
好故事来自与世界的碰撞······056
写出人物的欲望和危机······059
写出人物的情感纠结与起伏······060
不提前定好结局万万不行······061

故事若写得好，没人会问主题是什么 ················· 062
讨论答疑 ··· 064

第三讲　以作者思维改编 IP　荒井晴彦

将推理小说改编为青春电影：《W 的悲剧》················· 073
  改编中台词的处理 ·· 076
  谎言与真实的复杂性 ····································· 077
  好莱坞，还是日式风格？ ······························ 078
日活罗曼情色电影：《红发女郎》··························· 080
  身体之外的性别共情 ····································· 080
  与导演的创作比赛 ·· 085
  日本电影业最迫切的问题是观众宅得要命 ········· 086
  最大的卖点就是你自己啊 ······························ 087
家庭题材翻拍片：《神赐给的孩子》······················· 089
  三名编剧共同执笔 ·· 089
  我受新好莱坞影响，结局往往是悲剧 ·············· 092
编剧执起导筒：《日本的天空下》·························· 094
  写吃饭，吃了什么菜一定要写出来 ·················· 094
  我笔下没有了不起的男人形象 ························ 095
  我喜欢的原著作品，就很难去改编 ·················· 097
  电影是跨不了国界的 ····································· 097

第四讲　兼任编剧、导演的创作模式　弗雷德里克·奥比坦

法国特色作者电影 ··· 101
法国电影资金体系与电视台的角色 ··························· 102

文学、戏剧改编电影 103
提笔就写对话? 105
喜剧最重要的是节奏 106
给你的人物制造一些灾难吧 106
喜剧《特使》的构思 107
  利用视角与隐情 108
  现实比想象更好笑 109
兼任编剧、导演的控制力 110
编剧也要考虑后期问题? 111
意大利式剧本围读 112
只要12句台词,13句也不行 114
《偷情桥》的情感主题 115
与德帕迪约合作 117
定制电影《激情联盟》的风波始末 118
  甲方的层层审核 119
  总有巧妙的办法守护你的创意 120
《巴黎,我爱你》:集体创作的挑战 121
  20个短片的转场难题 122
  所有的事情都有规则,但是总有例外 124
  人物的背景与潜台词 126

第五讲 构建故事,从深挖人物的需求开始 约翰·C.理查兹

新手闯荡好莱坞 131
规则,欲破先立 132
像侦探一样追索人物 133
10分钟法则:前10页决定一切 135

案例研讨：根据真实事件改编的电影《41天》……………… 136
　　　　受限空间的故事……………………………………… 137
　　　　故事网越来越复杂…………………………………… 137
　　　　在前10页抓住观众的好奇心………………………… 140
　　　　每个细节都用得上…………………………………… 141
　　　　"要敢于杀死你最亲爱的人"………………………… 142
　　　　人物模板……………………………………………… 143
　　　　从活在纸上，到有血有肉…………………………… 145
　　　　真实事件改编中的人物设定………………………… 148
写大纲：四个文件夹和一些卡片…………………………………… 150
就算不用三幕式写，也可以拿它碰撞下思路……………………… 152
修改是获取反馈的"正确姿势"…………………………………… 155
跟导演的博弈与合作………………………………………………… 157
就算不情愿，也得会向甲方推销故事……………………………… 158
改编时，编剧可不能知道得太多…………………………………… 159
选对软件，调好状态………………………………………………… 159
讨论答疑……………………………………………………………… 161

第六讲　平行弧结构与序列叙事　史蒂文·加里·班克斯

平行弧结构……………………………………………………………… 175
故事主题与故事驱动…………………………………………………… 177
　　案例分析：《冒牌天神》……………………………………… 177
　　案例分析：《总统先生》……………………………………… 178
序列叙事………………………………………………………………… 179
类型电影的驱动………………………………………………………… 181

　　　　案例分析：《冒牌老爸》 ················· 181
　　　　案例分析：《谍影重重》 ················· 184
　　理解主题和故事的分离 ····················· 186
　　在好莱坞，拒绝修改的编剧都破产了 ··········· 188
　　培养合作意识的提案练习 ··················· 190

第七讲　如何创造更深入立体的人物？　史蒂文·加里·班克斯

　　好莱坞编剧求生术 ························· 194
　　　　在这个充满偏见的行业中活下去 ··········· 194
　　　　在限制下疯狂开脑洞 ····················· 195
　　　　跟讨厌的人合作 ························· 196
　　人物的维度与层次 ························· 196
　　　　什么是多层次人物？ ····················· 197
　　　　善用原型，但别刻板 ····················· 197
　　　　有缺点的人物更招人喜欢 ················· 198
　　规定情景的人物设定练习 ··················· 199
　　规定情景的故事创作练习 ··················· 203
　　讨论答疑 ································· 212

第八讲　以人物关系为驱动的剧作法　迈克尔·威斯

　　从人物关系的角度构思剧本 ················· 221
　　构思大纲前的七大要素 ····················· 223
　　以三幕120页范本为例 ······················ 225
　　第一幕 ··································· 226
　　　　开场：吸引观众进入电影世界 ············· 226

　　　　10 分钟：钩子 ·············· 227
　　　　30 分钟：第一幕转折点 ········ 227
　　第二幕 ························ 229
　　　　第二幕问题：最后才得以解决的问题 ······ 229
　　　　障碍：内在冲突和外在冲突的统一 ······· 230
　　　　次要情节：提升故事层次，而非复杂程度 ···· 231
　　　　中间点：人物转变的最佳时机 ········ 233
　　　　上升情节：人物成长，关系转变 ······· 235
核心人物关系，体现影片的情感内核 ············ 236
故事阐述分组练习 ······················ 237
讨论答疑 ··························· 246

第九讲　超英片和科幻片，如何构建一个世界？　扎克·施坦茨

科幻、奇幻电影中世界观的构筑 ··············· 251
　　用真实世界作为跳板 ················· 251
　　规则是你最好的朋友 ················· 253
　　用视觉设计传达世界观 ················ 255
复杂的世界与复杂的故事不可兼得 ·············· 255
编剧在漫改超英片中能决定什么？ ·············· 256
美国电影的 IP 改编 ····················· 257
　　要尊重原著，还是创新元素？ ············· 257
　　抓住情感内核 ···················· 260
创作科幻、奇幻类剧集 ···················· 261
　　创意挑战 ······················ 262
　　制作挑战 ······················ 264
案例研讨：《雷神》 ····················· 266

讨论答疑 271
    关于科幻电影 271
    关于 IP 改编 276
    工业化的合作和署名 278
    科幻作品的知识背景及调研 281
    《流浪地球》的前身 282
    从电影到电视，再到网络平台 283
    编剧的教科书有用吗？ 289
    闯荡好莱坞的编剧技巧 291

出版后记 296

编剧是一个需要忍耐的职业

──────/ 第一讲

吴胜郁

> 我前前后后改了十年,共被六个制片方拒绝过,我还是坚信这个剧本是有意义、能被拍出来的。

　　吴胜郁,韩国著名导演、编剧、作家。职业生涯始于朴光洙执导的《想去那座岛》导演组工作。后连续担纲李沧东导演处女作《绿鱼》(1997)以及许秦豪导演《八月照相馆》(1998)的编剧,广受业界认可,从此名声大噪。2000年,完成了自己的导演处女作——恐怖、哲理类黑色犯罪电影《双生警贼》(2000),该片一反当时韩国大部分黑色电影过度追求套路以及夸张动作的风格,转而刻画现实主义风格的人物,一经面世即获得极高赞誉。2015年,执导风格冷峻的强戏剧性电影《无赖汉》(2015),入围戛纳国际电影节"一种关注"单元,获得"一种关注"大奖提名。

　　在2017年12月的"大师之光"青年编剧高级研习班上,这位声称受《水浒传》和张彻影响至深的韩国知名编剧带来了以下课题:以《绿鱼》和《八月照相馆》为例阐述"刚出道时的创作经历和心得";以参与编剧的《李在守之乱》和《力道山》为例阐述"受人委托进行创作的艰辛之路";以担纲编剧与导演的《双生警贼》为例,探讨了"剧本变成电影的过程中,要经历怎样的曲折,作品如何被赋予新的生命"。

很高兴见到大家！我将用未来两天时间，分享一些我在编剧过程中的经验和体会。先谈谈为什么选了电影这行吧，我大学专业是雕塑，2005年第一次接触到了中国的美术，真是惊艳。然而当时韩国的美术界对我来说已经没有任何吸引力了。想想我的美术技能到底能做什么，真是非常迷茫。

虽然在毕业班，但我经常逃课去剧场看电影，当时大部分韩国电影歧视女性，这可以说是非常可耻的。常规电影烂到什么程度？每每我出剧院时都会捂着脸，真是非常羞愧的。但有一次，我在剧场看到了林权泽导演的一部作品，感到了一缕曙光，我想是不是自己也可以走上电影人的道路？林权泽导演的作品确实是与众不同的。

入行之初

看完林权泽导演的作品后，我决定走上编剧和导演之路，大学毕业后便进了朴光洙导演的编剧组。朴导演在剧组拍摄的过程中，要求我们这些编剧每天都要改剧本。开拍一周前，朴导演对编剧组所有人说，你们要重新写这段剧情。当时，像许秦豪等现在的大牌导演，也跟我同在编剧组里。后来我重新改写的剧本得到了朴光洙导演的赞赏。我问朴导演为什么,他回答说,是因为我的剧本把人物和事件予以客观化。太深奥了,我没太听懂,但还是感到非常高兴。其实我也没有太多的专业知识,就是凭着感觉,站在自己的视角上重新改写了这个剧本而已。

时间飞逝,我逐渐开始我的写作。各大新闻社在每年都会举办海选,用奖金激励新人作家,并提供平台和机会。当时我投了两次稿,很可惜在最后的阶段被淘汰出局了。不过相关方联系了我,邀请我为他们写剧本。评委中有一位叫李沧东的导演,他虽然把我的作品给淘汰掉了,不过后来他找到我说:"你重新再给我写一个剧本。"那部作品就是《绿鱼》,当时通过这部作品,我向李导演学习了很多。

一次,我和许秦豪导演在一个酒吧喝酒,我向他推荐了我的作品,许导读了整整一个小时。我同李导和许导都建立了非常深厚的交情。当时虽然还有其他很多项目给了我更高的价格,不过我却拒绝了。我选择了《绿鱼》和《八月照相馆》这两部作品,坚持写了一年,我觉得这是我抓住的最大机遇。

✏ 《八月照相馆》:榨干你每一滴才华的许秦豪

导演的信任

《绿鱼》要求在两周时间内完成,而许秦豪导演也是在那个时间给我来电话,请我帮他写剧本,所以两件事情是重叠的,忙得我不可开交。

许导在车上跟我说过这样的话:"我想拍一部电影,具体是什么不知道,但它的结尾应该是有一个遗照的场面,上面的人物是笑着的,时代背景是 1990 年代。那时候人们的遗照都是面无表情、特别严肃的,就没有见过谁笑。"当时我觉得主人公应该是那种已经知道自己生命没剩多久,不过依然乐观地面对生活的人。其实后来拍时,我发现导演和编剧的想法差异还是挺大的。

我那时正担任《绿鱼》的副导演，在拍完五个月以后，才和许秦豪导演重新见面。当时许导把自己写的初稿给我看了一下，不过说实话我非常不喜欢那一稿。我就提出："让我写的话，我就要全部重写。不过你的大体思路，主人公的设定，还有一个停车管理员女主角的设定，我还是会留下来。其他的东西全要改。"当时编剧对导演说这种话是非常无礼的，好在我和许导既是朋友，也是很好的同事，所以许导相信了我。

现在想起来，我的剧本之所以能拍成电影，都是因为这些导演都非常信任我，给了我无限支持。导演的支持并非万能，不过对我来说确实意味着一切。在创作过程中，若编剧和导演意见不合，有很多作品都会付诸东流的。

把情绪描绘出来

为了不辜负许导对我的信任，我认真地写完了《八月照相馆》的剧本，许导看了非常满意。不过电影界一些影评人看了初稿后，批评它是没有任何经验的新手写的，毫无市场性可言。为什么呢？一般剧本中人物描写都是用类似"他推门而出""他坐在原地""他开始哭泣"这样的语言；而我用的都是短篇小说的句子，用非常详细的文字介绍了主人公的动作和行动路线。

《八月照相馆》中不知大家记不记得，有一场戏是主人公坐在院子内洗手。我写了很多细节，比如：洗手的水盆必须是红色的，倒满了水，洗手时发出清脆的声音；天上下着雨，雨水滴落到主人公的白色衬衫上，有一滴滴黑点。会详细到这种程度。如果按照当时传统电影剧本描述可能就只有一句话"主人公在洗手"。很感激的是，许导和摄影组完全满足了我的需求，这一幕是完全按我的想法呈现在观众面前的。

我之所以描述得特别详细，是因为在和李沧东导演合作的时候，他对我说过这么一句话："1990年代的韩国电影界最缺少的就是一种情绪，你想要成功的话，必须把这种情绪给描绘出来。"

也许受到了这句话的影响，后来我和许导在合作拍摄《八月照相馆》的时候，就希望这是一部与众不同的韩式经典爱情片。所以在一些特定场景，许导要求我加入一些男主和女主在一起的甜蜜约会，不过必须与以往韩国电影中的约会场面完全不同。传统的韩国电影中男女约会大部分都是这种桥段：两个人并排走，女主突然打了男主一下说"来追我呀"，男主就傻傻地追她。我那时非常反感这种设定，就希望哪怕只是一些行动或者一句台词也好，一定要加入一些全新的元素。当时许导说，如果约会时男主向女主讲鬼故事，会是一个怎样的笑话呢？我觉得这个主意太棒了，所以就把这个场面搬到了电影里。虽然这个桥段在当时的爱情剧中可能是有点罕见，不过我觉得它正能准确地表达男女主角在一起的那种温馨情绪。

这个剧本绝不可能拍成

拍摄《八月照相馆》以前，韩国电影中如果主人公患了绝症时日无多的话，剧情都要催人泪下的，男女主人公要抱头大哭，台下观众也一直哭。不过我和许导说："咱们拍个不太悲伤的吧。"现在听起来难以置信，因为让观众哭才是正常思路。可能因为我是新人，所以才敢有这样的想法。光冲着这个，就很少有制作方愿意投资。更何况当时我得到的评价是：这个编剧描写的场景过于冗长，没有任何专业知识。

不过幸运的是，当时有一位顶尖的韩国编剧看了我这剧本以后，说这是忠武路最杰出的一部作品。忠武路是韩国电影的摇篮，相当于美国的好莱坞。《阿修罗》（2016）的导演金成洙当时就很有名了，他那时也非常看好我，便向各大制作方推荐我的《八月照相馆》剧本。大部分电影节都认为这部电影不可能有任何票房，这时有个制片方觉得我的剧本非常新颖，再加上名家极力推荐，就决定试一试了。我记得，当时有人还发毒誓说，这个剧本绝对不行，要能拍成电影他就倒着走路。幸运的是，合作的许导非常尊重、信任我，把我所有的细腻描写都搬上了银幕。

最大动力是截稿日期

在 35 岁那年，我完成了《八月照相馆》，当时年轻气盛，靠一股蛮劲写了下来。导演给了三周时间写完。（这不算极端，以前还有导演限定一周内写完剧本的。）接到委托以后，有四天时间除了吃喝拉撒睡，我把其他时间全用在这上面。我觉得对于一个编剧来说，最重要的是他的笔力，能在短时间内把自己所有精力倾注进剧本。当然也有些编剧每天都会抽两个小时写作，持之以恒，我个人非常尊敬这种作风的人。我完成剧本的最大动力是截稿日期。说句实话，如果给我三周时间，前两周我会无所事事地去享受生活。而最后几天会边哭鼻子边写，一直后悔前两周我怎么玩得那么欢快呢。不过最后那几天，我会爆发出超人的集中力！

《八月照相馆》这个剧本最后有一场戏，女主在照相馆看到照片，面带微笑转身离开。虽然是我写的，但我真觉得自己是一个天才！对我来说，写剧本就像在为一个深爱之人熬夜写情书，我非常享受这个过程。不过第二天早上看到昨晚热情洋溢的情书后，又会羞愧到把它撕掉。这就是一个剧本诞生的过程吧！为深爱的人写情书也会改来改去，直至交给心仪对象，感觉非常浪漫。

写完《八月照相馆》后的七到八个月的日子里，我开始备受青睐，很多制片方、投资方找我喝酒，让我写个和《八月照相馆》风格差不多的剧本。答应了他们之后，我拿出来的却是《双生警贼》（2000），我至今忘不了他们脸上的表情。从那时候开始，我的风格就变得比较灰暗。

在《八月照相馆》成功以后，我大概经历了二十年的惨日子。当时我觉得自己写剧本最大的优点就是细腻，能让观众有一种身临其境的感觉。不过按照我的风格继续写下去，有一个很大的问题，在描写一些场景时，有太多的形容词和副词会让整个场景的焦点变模糊。这对导演来说是不会有太大的吸引力的。所以我开始试图尝试减少一些不必要的形容词。另一把双刃剑是，我一直以来都致力于客观地表达出某个事件或者某一种感情,但对制片方和观众而言,太过客观会让他们觉得索然无味。

把我的名字去掉吧!

创作《八月照相馆》时,投资方对许导和我都提出了很多要求,比如说要加一些催人泪下或跌宕起伏的剧情。主演的立场也非常不坚定,刚开始说要加入,后来反悔,后来又加入,搞得我们一头雾水。我们做剧本时也心里有数,一旦遇到这种情况的话,基本上没可能成功的。假设我的剧本原本按照 A 演员的形象来设计的,他要拒绝的话,就得换成人物 B,又得重新把一些细节改成适合 B 的。这么来回切换要费很大的功夫。只需要把 A 改成 B 还不算什么,万一还有 C、D、E、F……呢,那问题就非常大了。

由于该片投资方和制作方有很多家,每一家都去满足的话,改来改去会失去创作初心。所以,这个剧本一次次被这些制片方和演员拒绝。许导想把片子拍成,就希望我做一些迎合,但我的立场非常坚定,表示不会改太多,这样我跟许导之间也有了一些对立。到最后,我不得不拿出了作为编剧的最后一个武器:"把我的名字去掉吧!"这时候导演说:"行,那我听你的,不过这就等于砸了我的饭碗。"当然,这是一个笑话。

我多次强调,许导和我是非常要好的朋友,也非常信任我。所以我说服他把剧本还原成了最初的版本,我说"我自己会想办法搞定的"。之前拍《绿鱼》的时候,我和演员韩石圭一起合作过,我觉得他很好。我和制片人一起去找他、说服他加入。在交谈中,我发现韩石圭跟我有很多默契,很多在情绪上的共通之处,电影里主角吃西瓜时会把西瓜子一粒粒吐出来,他本人也非常喜欢这种场面。当时韩石圭已是大明星,只要他加入的话,这部电影肯定能拍成。女主沈银河听说韩石圭要加入,便自愿也要加入。有了这两个大牌,就陆续有投资方进来,剧组正式启动了。

现场改戏的绝望时刻

拍摄时,许导总让我到场。我挺不耐烦,我编剧工作都做完了,剧本写好,导演拍好就可以了,为什么叫我过去呢?我当时就挺烦这个导演的。虽然许导人品非常好,和我也非常要好,不过就拍电影这件事来说,他实在是个让人头疼的伙伴,他要把我所有的才能都给榨干,不留下任何一滴。

直到现在还有一个场面历历在目:男女主人公第一次见面的这场戏,是整部电影中非常重要的一个环节。许导不太喜欢我的设计,于是就留了一个很大的作业,让我到现场改。整个剧组都在等我们,旁边是摄影在等我,许导就在现场催我。就在大家在电影中看到的照相馆前面,他放了大桌子和椅子,就让我坐那里,所有的剧组成员都围着,看我写。我花了一个多小时,终于把那一幕给重新写完了。然后直接开拍,不过我觉得那个场面太没劲了,导演也觉得没什么意思,让我再写一次,我就觉得特别绝望。

第二天要正式重拍,前一晚我几乎没有睡着,想了很多东西。如果我写不完,明天就拍不成。不过人越急就越没灵感,我翻来覆去想了很多,始终没有好方案。我觉得在这么短的时间内肯定写不出比原先更好的戏了,于是决定去说服韩石圭。跟韩石圭的聊天中,得知他其实也挺喜欢那个场面的,所以我就让他去跟导演说。我躲他后面,他就在前面向导演保证"我会演好这出戏的"。

拍摄时非常幸运的是,天公作美,一切都很配合。片中男女主人公第一次见面,沈银河在树下站着,韩石圭过去递给她一个冰激凌。吃冰激凌的时候,后面那棵大树就沐浴在风和日丽中,微风轻拂树枝,两个人演技特别精湛,所有这一切都很完美。我到现在仍特别感谢那天的空气和微风,如果没有这些,可能许导会让我再写一次。

到取景地找找灵感

从写《八月照相馆》剧本直至拍成电影，我感受到很多东西：我的剧本只不过提供了一个骨架，在此之上，演员们精湛的演技、摄影组的辛勤劳作，还有导演的努力，加之当时的天气和气氛，这一切都化作了电影的血肉。剧本上写一句话——"主角坐在照相馆里面"，为了实现它，会有很多剧组成员忙来忙去，外界的一切因素、一切努力都成功地聚集到一起，才会被观众所看到，这堪称一个奇迹。笔下的剧本活灵活现地变成了人物形象，成了场面，让更多的人看到自己脑海中的这些场景，这是每个编剧所能体验的最感动的时刻。

前面提到过，我写剧本最大的特点就是会非常细致描写一个场景。这可能是我在做编剧工作的时候，和朴光洙导演合作过，受他影响所赐。朴导演写剧本时，会尽可能到实际拍摄外景地去描绘周围的场景。与他合作的作品中，有一部电影《想去那座岛》（1993），拍摄地是韩国全罗南道一座非常偏僻的孤岛。开拍前，朴导演会亲自到现场去走走，看看土壤是什么颜色的，树是什么样子的，那边的人有什么特点，他们有没有什么冲突？把这所有一切都弄明白以后，才回来继续写剧本。所以受到他的影响，我也有了这个习惯，如果不去要拍的那个地方看看，有时候都无法描绘它。

我和许导的家乡都位于首尔的郊区，距离非常近，只隔着一座小山，我们俩都自小在这里长大，所以对当地的房子构造、道路、空间等都了如指掌。《八月照相馆》剧本里描绘照相馆取景地时就参考了那里的环境。写剧本时，编剧必须对主人公所处的空间有明确的认识，才能很好地描绘这个人物的性格。幸运的是对于《八月照相馆》，我与导演共享着很多空间记忆和情绪。写剧本，我常秉持先探访、后写作的原则，致力于把主人公的想法、一举一动都栩栩如生地展示给观众。

内心独白

当初许导委托我写《八月照相馆》提了几点要求，第一就是在电影开头一定要放段独白。他还希望把整部电影分成七章，要求每一章的开头都必须有段独白，配上的背景音乐也必须是许导自己喜欢的音乐，第一章的音乐是某首1970年代的老歌，第七章是韩国偶像组合的歌，等等，他把所有的歌曲都想好了。

听到这个要求后，我觉得天都要塌下来了。

不过后来他看到剧本后觉得这样太累赘了，所以把所有细节都取消了。我辛辛苦苦按要求做了，他又给全删了，我心里直想杀人啊。当初许导描述这些画面时是如何如何煽情，现在又说把这些独白全去掉，你想我会答应吗？辛辛苦苦写了那么多。后来筛选掉大部分不必要的，不过还是留了一两处非常必要的独白，我始终没让步。

按我的第一稿，电影的开场画面中，一个穿戴着棒球衣帽的少年，在宽阔的棒球场推着小车画白线。后来许导觉得这段没必要，就直接删去了。我觉得这个判断是正确的。不过也没全删，电影里还是能看到孩子们坐在雪中操场的场景，灵感就来自刚删掉的那一部分。其实大部分摄影都在夏天进行，后来冬天补拍也非常幸运，恰好那天就下起了大雪，天时地利人和。

内心独白有没有什么经验或者技巧？我每次听到这种提问都非常崩溃，因为我也很想知道那些技巧。王家卫导演作品中的独白是我迄今为止觉得最优美的电影独白。到现在为止，我都记忆犹新，我就是学着王家卫导演去进行独白的插入或剪切的。如果非要说技巧的话，就是多去看一些经典电影独白，看那些插入方式、时间，还有背景，尽可能地学习。

三幕结构确实好用

构思整部作品的时候，我会非常在意三幕结构。看电影时，我也会一直看表。这种结构非常有用，让人受益匪浅。做导演时，也会关注这个理念。

成龙主演的《醉拳》就采用了三幕结构：第一幕，成龙是个无所事事的小混混；第二幕，成龙被痛打，为了复仇，他不断锻炼自己；第三幕，就是最后的打斗。

我认为结构分三幕并没有那么难，有时会很单纯。基本上所有的电影都会遵循它。以《八月照相馆》为例，男女主人公第一次见面，这是第一幕。两个人约会彼此产生好感是第二幕。男主去世，女主去到照相馆看到照片，就是第三幕。我的电影可能第一幕和第二幕是30场戏左右，第三幕可能10场就可以了。不一定要平均，我往往会根据主人公的情绪和整个主线的起伏来分幕。

我喜欢的好莱坞导演会在所有观众以为电影结束后，让故事继续延续。我拍的《无赖汉》也是这样的，电影里的朴俊基被杀，主人公被警察抓住以后，很多人认为这个电影应该结束了。后来还加入了男主继续寻找女主的戏。我跟剪辑师说这是电影的第三幕。但有些观众起疑了，这说明我还不够成功。我会在下一部作品中把三幕分得更有层次感些，任谁都能看出来的那种。

我接触三幕式结构是通过学习希腊罗马的悲喜剧渐渐懂得的。三幕式之前我用的是"起、承、转、合"四部分的传统方法。这没对错之分。好莱坞用三幕式的源头就是古希腊罗马的戏剧。大部分韩国编剧都秉承三幕式。

不让自己的作品带上艺术标签

电影是门艺术吗？反过来想，美术也好、音乐也好、小说也好，谁敢说自己从事的就是艺术呢？我在看一些非常经典的老电影时，总会发出赞叹：这才是艺术电影！这样的电影才能配得上"艺术"两个字！作品本身具不具备艺术价值，并不是看标签的。刚开始创作的时候就带着"电影分为艺术、商业两种"观念的话，对写作、对编剧都不会有太大的好处。

韩国电影界不会认为《八月照相馆》是艺术电影。非要加个标签的话，它可能是部商业电影。但一开始，其实很多评论人觉得它是不会有票房市场的，甚至到剪辑时，外界声音还在质疑它。幸运的是它成功了。我认为商业电影有自己的优势，它可以在院线上映，和更多观众交流。带上商业电影标签，不意味着这部电影或者作品的质量与艺术电影相比会有逊色。反过来，也不能因为在电影前面加了艺术电影的标签，就觉得这部电影真的很了不起。

哪天我若承认自己的电影是艺术片，那就到了我该隐退的时候了。我一直致力于全心全意为观众提供最好的、完美的商品，努力不掺杂任何不纯粹的东西。作为编剧，写一个剧本，第一位是自己写的这些字能不能如实将情绪传达给观众，要做的只是这个而已。至于电影放了以后被什么评论家冠以怎样的标签，已经无所谓了。

找出自己喜欢的角度，才是最重要的

在跟朴光洙、李沧东、许秦豪几位导演合作的过程中，我学到了关于编剧的态度。简单说就是问自己：我写的剧本在观众看来是否有逻辑，能否为观众所接受？

当时韩国电影界为了票房，会牵强地加入一些悲伤场景，刻意让观众们哭，会有一种非常生硬的感觉。不知道大家看不看韩剧，大妈喜欢看的韩剧中会有非常牵强的设定：男女主人公相爱，确定了要结婚，然后去拜访父母，此时未来岳母会对女婿说："其实你们是兄妹！"听来可笑，不过韩国获得票房佳绩的电影大部分是这种作风。再比如，男主明明以前身体健康，会踢球、打篮球，第二天却能得癌症，第三天就到医院躺着了。拍《八月照相馆》时，我和许导就非常反感这种男女主角相爱后突然患上绝症的生死离别的桥段，我在开篇便告诉观众这个男主时日无多了，而不是相爱后再说，以此赚泪点。这世上有很多用镜头无法捕捉的事发生着，真的有一些健康人毫无征兆患上疾病，这确实存在。

所以我决定，既然世上有这么多悲剧，就不要利用它赚取商业利润好了，这不太道德。

我写剧本的第一个原则是逻辑合理，第二是需要考虑是否有趣。有趣并不客观，每个导演、观众心里觉得有趣的点都大不相同。拿我来说，自己觉得特别有趣、好笑的东西，在别人看来就毫无感觉，所以很难跟别人形成共鸣。不过，也正是这种特征后来成了我的个人特点。我执意通过一些手法挖掘出这个场景中有趣的部分，去说服我的观众们接受。我的目标就是继续去发掘，让更多的观众与我形成共鸣。我作为一个编剧是不太习惯去迎合别人的口味的，我会努力去说服大家接受我的感受，让他们用不一样的视角重新看待事物。

我的第一部导演作品是在 2000 年拍的，第二部作品是 2015 年，中间有十五年的空白期。很多人采访我问我这十五年来到底干了什么，他是面带非常心疼的表情来问的。不过当我回答这些年活得非常愉快、满足，他们就又会难以置信。这十五年我一直在寻找有趣的东西，所以过得也非常快乐。把坚持自己的作风作为原则，正是因为眼光与众不同，所以才能写出不一样的剧本，这是我的成功之本。世上有不计其数的编剧，我敢打包票只有吴胜郁能写出这种吴式剧本。

写《八月照相馆》时，我身价非常低，剧本是以非常低廉的价格供给制片方的。当然现在我的剧本也不是太值钱。不过那时比我多拿 10 倍以上的编剧现在全都隐退了，我这算是长久之议。

我从小有个苦恼，周围若有十个朋友，九个都喜欢《三国演义》，而喜欢《水浒传》的只有我一个，《水浒传》中喜欢黑旋风李逵的也只有我一个。不瞒大家，我是《水浒传》的狂热粉丝，我剧本中的一些主角形象多少都能找到《水浒传》英雄们的身影。从小看《水浒传》，有段印象特别深刻，是潘金莲和武松的戏。韩国当时有位漫画家画《水浒传》，这段故事他是以其貌不扬、没本事的武大郎为核心的，武松、潘金莲都是配角。漫画中的潘金莲也不是恶女，只不过是陷进与武大、武松的感情旋涡中，也算是个悲剧人物。武大郎虽然娶了貌美如花的妻子，却也因红颜祸水被毒死了。他的视角新颖，手法独特。

小时候，我还看过很多港片，比如张彻导演的《快活林》（1972）就给了我很大的启迪。一般一提到武松，就是上山打老虎，不过张彻以全新的角度重新描绘了武松的形象。电影开头是武松杀人后被押到官府，从押送他到他大开杀戒这一系列过程是故事的主轴。《快活林》这部电影中，武松并不能说是个英雄，更倾向于一种杀人如麻的恶汉。这部电影的尾声是武松在快活林遭到了一个挚友兄弟的背叛，最后他怀恨杀了对方全家，包括孩子和老人，在墙上用血书写"杀人者武松"。我10岁时看到这部电影，这种独特的场景描绘让我记忆犹新。可能是受此影响，每次写剧本，我都要尝试新颖的切入点。

作为编剧，找出自己最喜欢的角度并且坚持下去才是最重要的。我在描绘主角形象时，会把自己的情感代入进去。为了拍好《八月照相馆》，我亲自去拜访了一些身患绝症的患者。我了解到，即使一个人自知还能活五到六个月，依然会在大半夜起来煮拉面吃，会若无其事骑着自行车散步，会在家里和心爱的妹妹一起吃西瓜、打闹，也会在半夜里蒙着被子哭泣，他能自己打理好自己的人生，并非一贯沮丧。于是，影片中男主在去世前会把自己很久没用过的钢笔拿出来清洗；为了让爸爸弄明白怎么播放电视录像带，会详细写个说明书，我写了这样的戏。这些是我觉得特别有意义的。当我穿插这些桥段时，许导往往都会答应。

《李在守之乱》：喜欢的戏都被删掉了

把心爱的戏份放在关键时刻

不过在和其他导演合作的时候，坚持自我的独特视角往往会变成很大阻力。我在做《李在守之乱》这部电影的编剧时，有些场景个人非常喜欢，也特别希望能把它拍出来让观众看到。

那时候怎么跟导演合作呢？写好本子，导演会当场检阅，不管花两个小时、三个小时也好，他都会坐在我的对面把剧本看完。我就坐等他的反馈，无疑是种煎熬啊！导演一张一张翻开，翻到我最喜欢的那一页时，表情不太好，直接把那一页给翻过去了，我的心情真是非常复杂。自己觉得写得好的一场戏，导演却没有感受到。我后来又想了些小办法，在电影的关键场景中，塞入我自己喜欢的小场景。大家猜结果会怎么样？当然也不行，还是要被删掉。再可惜也没办法，咬紧牙关重新改吧！毕竟这个剧本是受导演的委托来写的，就得在改的时候加上他可能喜欢的、观众可能喜欢的场面。即使如此努力，我喜欢的戏仍是十有八九会被删掉。不过，即便被拒绝多次，我也没气馁，一有机会就把心中的经典场景写给导演看。

《李在守之乱》的故事背景是济州岛的一场战乱，我写了来自法国的神父让一个当地小女孩的双脚站到自己脚背上一起跳华尔兹的戏。本来这场戏是放在前面的，我把它加入整部戏时局最紧迫处，以防被删掉。法国神父所在的这个城市已经被包围，如不撤出可能就会死。他依然从容不迫地与女孩一起跳着舞，这个场景加在此处有很强的悲剧感，而放到前面最多就是交代背景而已。所以它变成了故事不可或缺的部分。

在座的各位编剧们可能也有过这样的遭遇：自己的片子拍成了，结果到电影院一看，特别喜欢的一两场戏被导演删了。我在经历这些时会感到非常地心痛。我喜欢这一两场戏，因为它可不单单是一两场戏，而是代表了作品的意象。我希望各位编剧以后若被导演删戏的话，也不要气馁，一定要想办法尽可能将它抢救，让它融入整体中。最终能在电影院看到成果，成就感也是无与伦比的。

编剧的至暗时刻

我有过一段非常灰暗的时期，写的每一个剧本都被评价不堪，每一行字都是失败的。作品也不卖座。那种感觉是非常凄惨的，我常感受到这种挫败感。不过后来想想，作品被导演和制片方拒绝，我可以重新再写一部啊，这又不是什么太大的问题。至今我也还在怀疑自己的才能。既然屡次碰壁，我本身可能也有一定问题，不过导演和制片方的眼光也不一定好。想要成为一个成功的编剧，就要懂得坦然面对挫败，否则真可能会得癌症的。不要太气馁。

还有很多非常糟糕的经历，比如刚开始我给导演递上初稿，他喜欢到简直欣喜若狂，事情发展太顺利。可是导演与制片方和投资方进行几次会谈后，会慢慢地转变自己的话语。我本人毕竟也当导演，不是借此机会贬低或者诋毁导演行当啊！但作为编剧最糟糕的体验就是，自己的剧本一开始获得了导演的赏识，但他会迫于各方面的压力，态度发生180度转弯！你不停地被迫改剧本，改到面目全非，真是非常糟心的感觉。

当编剧和导演都喜欢某些场景，那是一种艺术共鸣。不过后来导演把这些东西全给慢慢地去掉了，取而代之的都是特别讨厌的因素，我的新剧本里到处都是我最讨厌的因素！这种情况下即使继续创作，也是毫无灵魂的。当然导演迫于压力我理解，所以遇到这种情况只能自己认栽，硬着头皮搞下去。这是没有任何办法可言的。

虽然我对中国电影行业不太熟悉，但不论中国、韩国，还是好莱坞，可能编剧的境遇都差不多。一个导演能连续"渣"我两次，总是一开始非常喜欢，后来就改口让改，一顿大改。有这么一次之后，按理说就不该继续合作了。不过我太傻了，第二次还会合作的。我作为一个编剧经历过很多困境，酬劳不合理，甚至没拿到钱都遇上过。但最让我心痛的，还是明明与导演志同道合，后来走着走着就散了。

我对中国编剧的待遇不了解。但不瞒大家说，在韩国，编剧是得不到什么好待遇的。1960年到1970年，编剧曾是剧组地位最低的职位。受时代所限，一些好编剧没有被导演看上，就开始酗酒，过着穷困潦倒的生活。我相信中国现在不会这样，希望将来也不会这样。在韩国，很多人做编剧其实是为了将来当导演,编剧只是中转站而已。

✏️《绿鱼》:不会说 OK 的李沧东

极致完美主义者

和李沧东导演合作中令我特别记忆犹新的事,是围绕着一场戏,他会反复追问你:这个戏是否有用?是否有趣?是否具有存在的价值?每天都反复问。他在现场一般不会轻易喊"OK"。大家也能意识到,同一个镜头拍了七八次,虽然他还是有点不满意,不过没办法,他会很勉强地说"那就这样吧"。刚开始我跟他合作《绿鱼》是这样,现在还是一如既往。当时我做副导演,他反复质问我这个戏是否 OK,我就会有些情绪,说"我觉得 OK"。他很不高兴地说"那就这样吧",便转身走了。

一句话说,李沧东就是个极致的完美主义者,让人非常沮丧。受他的影响,我自己当导演喊"OK"是非常响亮的,要给周围的剧组成员打气。李导有风格,不过我认为,在现场给工作人员鼓励才是最好的方法。

走路采风的作家

李沧东导演年长我十几岁,他以前是颇著名的小说家,后来改行做导演是从在剧组干活、从零开始奋斗的,其间吃了很多苦。离开剧组后,他打算自导自演一部电影,便找我过来一起谈了一下大概的构思。

他想执导的这第一部作品是个犯罪类型的暴力美学电影。1995、1996 年的时候,他生活在韩国的一个小地方叫日山,那个地方很偏,以前是一片田地。当地特产就是白菜,有很多人种白菜。不过当时政府规划在日山创建一个新城市,所以就要在田地上面盖起大楼。在开发过程中,原居民和开发商之间的矛盾是必然的。

那时首尔发了一次很大的洪水,汉江的水位越来越高,无奈之下,只好把日山的水坝打开一个洞，把水流都给引了过去。当地居住的居民一夜间流离失所，半强制性地被迫离开自己的故乡。日后那个地方盖起了高层大厦，当地大部分农民因为没地可耕便离开了，余下的则做一些类似于餐饮的小买卖。

开发新都市使房价快速上涨，李导对当地居民们的生活百态有一定了解，便构思出了一个大概：当地青年因为开发问题迎来了人生的悲剧。他想找的取景地是这样的，后景全是高层大厦，前景是些居民们的贫民窟。有一家耕农失去土地，成了卖鸡汤的小贩。

李导在首尔有一间办公室，回家的路上，他看到夜店门口有个人装扮得像牛仔，摆出对来往客人开枪的姿势，觉得很有意思就记了下来。他在构思过程中会如此运用生活中的点点滴滴。很小的因素聚合起来，最后变成整部电影。有一次，我和李导坐一辆车，他说："胜郁，我跟你说啊，我现在开着车，就觉得自己现在已经不像个作家了。"他从前觉得要拍个片子，就得亲自走到那地方，去经历风土人情，才能拍出好片。以前徒步可以看看沿途风景，而开车时大部分的精力则集中在看路、车和行人，就顾不上欣赏风景了。

我挺佩服李导的，他平常看到街上有人打招呼或者食堂门口有人打架的话，都会去记下所有细节。我写剧本也向他学了不少：先观察，然后开始写作。

讲真话的"说谎者"

所有作家都会以自己的情感、自己的感受为基础写剧本，带着主观色彩去写其实有很多难处。若把自己代入进去，最隐私的那一面也都得呈现出来，就会比较痛苦。

李导会"说谎"，明明是自己亲身经历的事情，他能以完美的第三人称视角客观描述出来。有时太过于客观，倒让人觉得他是非常冷酷的一个人。可能很少有人知道，李导本身家里就有很多兄弟，而《绿鱼》这部电影里的兄弟形象正出自他本人的家庭。不过他就是这点非常了不起，明明写的是身边的事情，却能把自己置身圈外，客观、细致地描述情形，我甚为敬佩。做完美的旁观描述者这种作风延续到李导后期的作品，《薄荷糖》《密阳》也是如此。

一般要写自己身上的事，就要敢于剖析，要毫无保留，因此会有抵触。李导给了我一个启发：如果有自己不想揭示出来、难以启齿的事，只要能站在第三方的立场，做个完美的说谎者，其实也没有太大问题。

我说写剧本是一个说谎者的创作，希望大家不要误会。我的意思是，这种生活是虚构的，全是谎言而已。编剧所做的，就是要把这些谎言展现给观众。通过谎言来传达真理，应该是编剧的终极目标。

可能也是受《绿鱼》的影响，我在讲述故事时，也会借用一个大家庭的背景来讲故事。李导以在日山开发区的所见所闻和夜店见闻为基础创造了《绿鱼》，我则从在韩国江原道的树林获得灵感，那里有很多树林。

《双生警贼》："卧底"黑帮采风

以前，我和朋友们在夏天会到江原道一起喝酒。一次偶然机会，在冬天约到那附近爬山。爬到山坡时，一眼望去，茫茫雪海，我脑海里突然浮现"雪景中一个即将死去的男子躺在地上，另一个男子跪在他面前一言不发"的场景，我想，这两人间会有什么样的故事呢？当时我觉得这个场面非常帅，能拍成电影。

为了让全片圆满地到达结尾，我从开篇便给主角铺垫，当河流最终汇起来，最后的结局自然而然会成为点睛之笔。《八月照相馆》也差不多，男女主有着各自的身世，然后两条主线慢慢并到一起，达到完美结局。整部戏围绕一男一女两人的感情戏慢慢发展，结尾就不会令人感到唐突，而是水到渠成的感觉。《双生警贼》与此相反，是先把结尾构想出来，再拼凑前面的故事。这种工作让我费了很大的力气。

为了写好《双生警贼》前半段，我专门探访了江原道当地的男男女女们，把在那里见过的人的性格、特点都记在了心里，然后描绘成剧本里的一个个人物形象。周围配角已经差不多构思完了，但主人公的人物特色该怎么描绘？无法获得进展时，我又开始在当地取材。

首先，我在剧组里找了个年轻帅气的小伙子，把他和一些工作人员派进刑警大队。小伙子很有能耐，很快和当地刑警们打成一片。后来大队同意，拿出一周时间带着剧组去抓捕犯人。以我当时作为40多岁大叔的经验来看，若采访某人时直接表明自己是导演的话，便很难探得他的全部真心。可此时，大家已经到了无话不说的地步，所以在陪当地刑警破案时便收获很多。小伙子做了细节详尽的记录，这份记录不光用在了《双生警贼》，2015年拍《无赖汉》时也起到了非常大的作用。

把年轻剧组成员派给刑警大队期间，我自己也没闲着，就去采访当地黑帮。我甘愿给黑帮当秘书、提包、打扫家务，想尽办法和他们套近乎。我看到了很多东西，并不是如大家所想，黑帮参与了什么暴力行为，没有这样的事。我看到成员们过生日或是其孩子周岁的时候，内部人士会为了随多少份子钱而吵起来。很多大汉就像十几岁小孩子一样幼稚地彼此对峙。我的所见所闻也如实地写进了《双生警贼》这部电影。

探访过程并不是一帆风顺的。黑帮接受采访后，表示"既然给了你想要的，你至少得双倍报答"。他们要做一部日本黑帮电影，逼我去给他们当导演。我实在是害怕极了，就把手机关机后扔掉了。终于摆脱了他们的追踪，总算可以干自己的活了。

这虽是个极端例子，但也说明，想写好一个剧本，一定要做好采风取材的工作。一个韩国编剧会拒绝一切暴露其身份的采访，他会很好地伪装起来，跟被访者套近乎。

《双生警贼》刚开始非常不被看好，幸运的是，大明星朴信阳决定加入，才成功开拍。不过后来片子票房惨淡。我和制片方想复盘一下失败原因，聊了很多，比如拍摄时正值严寒的冬天，道具血都是用红糖做的，一沾到衣服上会立马冻住，非常糟糕。拍摄现场我就决定，下一部电影要拍个明快点的，不再拍这么灰暗的主题，绝不会再流血、死人，然后就是十五年过去了。

📝《无赖汉》："一直被打枪"的十年

《无赖汉》我前前后后改了整整十年，共被六个制片方拒绝过，七八名当时韩国的顶尖演员都婉拒了出演。虽然很多人都说，这个剧本并不怎么有意思，我还是坚信它是有意义、能被拍出来的。可以说这十几年来，坚信与怀疑并举。付出究竟会不会得到最终的回报？十年的功夫会不会到头来一场空？我也不知道。不过，即便忧虑、担心，只要对自己的作品有信念，并不断加以改进，天时地利人和都齐备时，它就能变成一部了不起的作品。

我曾备受打击。2005年完成《无赖汉》第一稿剧本后，便遭制片方拒绝。可笑的是五年后，曾拒绝我的制片人又跑来找我，说"虽然这电影看起来没什么票房利润，但奇怪的是，看完之后内容一直在脑海中挥之不去，一页页翻开剧本的时候，就像是从头顶上会掉下来一粒粒沙子，是一种说不出来的感觉"。所以他建议用最少的资金去尝试一下，当然我也表示赞成。我们两人就开始共同推进这个项目，遗憾的是，一个月后他被公司给炒了鱿鱼……

说实在的，剧本结构、构思这方面的知识，其实我不太在行，也不敢说哪条路是正确的。只能把我失败的案例都告诉大家，请引以为戒！

其实早在2000年我刚刚完成第一部电影后，制片方已经普遍对我有了不太好的印象，觉得我风格偏灰暗，剧本少有商业价值。随后我准备了第二部作品，不过很可惜的是，它并没有被拍成电影。为了生计，我只好去了一个韩国政府支持的教学机构，给编剧学生上剧本课。在这个讲台上待到2004年，几乎已经没有什么制片方联系我了。

打破硬汉警察的套路

这时演员韩石圭和他的经纪公司找到我，韩石圭和我有交情，而经纪公司老板其实就是他的哥哥。他们找到我说："能不能给韩石圭写一部以他为主角的刑警片。内容不定，只要主题是围绕着刑警的爱情故事展开即可。"

我手头上也没有什么要拍的，所以每天都去找些放经典电影的影院，这是专门有偿放给电影人的场次，几乎每天我都会泡在这里。电影院对一个编剧来说，既是一个图书馆，也是一座学校。在这个影院里，每隔一两周都有名导演的专题展，连播十几部他的作品。只需要一个月就能基本看完一位导演的所有作品。看电影对我来说相当于是个再教育的过程，回顾经典使我对剧本、电影的概念有了重新认知，也学到了很多。那时候，我主要看一些有关暴力美学的片子，还有美国二十世纪四五十年代的片子，我想把刑侦电影和暴力美学结合在一起。这就是灵感来源了。

回去以后，我开始构思刑警主角的人物性格，因为之前已被很多演员拒绝过，索性这次构思压根没有以真人原型为基础。要是老惦记着某位演员而定制角色，实际又没能成功合作的话，不仅会伤了和气，还会影响电影质量。所以经历了《双生警贼》后，我再描述剧本人物时，都绝不会参考真人形象了。当时我想拍《红圈》（1970）和《武士》（2001）这种带有暴力美学特质的电影。其实，我刚开始写这个剧本时，脑海中的形象是阿兰·德龙，有个形象只是为了构思起来方便。

纵观当时的韩国刑侦电影，大多数刑警主角都是易怒的硬汉。我不喜欢这种过度狂野型魅力，我想打造的是中性美，甚至稍具女性气质的、形象惊艳的刑警。我脑海中他在片头出场是以无精打采的形象示人的。主角男刑警独自抓捕一名男逃犯，后来又与黑社会对战。后来又觉得这个构思可能没什么意思。其实我更想表达的是一个警察通过某个契机变成了怪物,走上犯罪的毁灭之路。整整苦恼两三个月以后,我突然发现,脑海中的形象不仅得有男主,还得有一个能衬托他的女主。当时我想,若要描绘好这个饱满的男性形象,得让他对女性有些愧疚之情,多多少少还要有些畏惧。

光靠想象无法塑造人物

《无赖汉》的女主角是一个在夜店上班的女性。就我个人而言,我并不想去拍摄一个夜店女郎给那些老板敬酒之类的画面,想尽可能避开这种场面。可毕竟职业如此,那要怎么表现?我的天赋不足,光靠想象没法完整描绘出一个人物形象。苦思冥想了很久,决定还是去做采访。我依赖采访来描绘人物的性格、动作。

费了很大的周折,通过一些朋友的介绍,我终于认识到这样一位女性。采访时,我非常关注一些细节,比如这样的女性穿什么衣服、用什么化妆品、说话什么语气、手上的烟疤是怎么来的……这一切我都会记下来。电影中有这么两段女主的戏:第一幕是女主催债,她会借一身衣服换上,用完再还回去;第二幕是她会自己去找每一个客户要债。最后上映时,这种细节打动了一位影评人,他给了我高度的赞赏。

其实,如果发现受访者比较抵触编剧或导演这种身份的人,完全可以委托他人去做,或者称自己是剧组打杂的,是学徒,他们反而会放下警戒说出很多真心话。因为此时受访者会有一种优越感,便容易夸夸其谈地把所有的事情都说出来。

第一幕和最后一幕先行

当时投资方提了个建议,说希望电影第一个场景是在一个下雨天,一辆非常旧的面包车急速驶入市区,停车后扔出一具尸体,然后赶紧离开了。面包车里的四个人都是刑警。当时没别的投资方找我了,面对这位"救命稻草",我得言听计从啊……然后我纠结了整整三个月,这些刑警为什么要把尸体扔掉呢?光靠我自己很难去圆这件事啊。人满为患的市中心即使下雨,它也是市中心啊!这种环境下,刑警到市中心扔下尸体就跑,观众怎么会信呢?我原计划的第一幕是在某个凌晨,一名男子在偏远的郊区小巷里面走着,画面始终是他的背影。他走到目的地——犯罪现场,现场有具男尸,上面盖了床花被子。

我构思剧本时往往会先去构思第一幕和最后一幕。设计出满意的第一幕和最后一幕后,我才能继续工作。我设计的最后一个场景是:一男一女拥抱在一起,远看是爱的拥抱,近看其实是女人拿刀在捅男人。

这片中我设计了很多男主背影的特写镜头,剧本最终拍成电影后,投资方看了非常生气,就质问我:"男主的脸怎么这么少?"我是这么想的,只要演员演技足够精湛,相信他能很好地消化人物形象,就连走路的样子也是那个角色。仔细看《无赖汉》,你会发现有很多男女主人公走路的场景。

去街上寻找灵感,采集资料

当我把构思告诉制作方后,他们非常生气,觉得不太可行。不过我特别想把我这个剧本原汁原味给大家展现出来。

在写剧本时,如果一共有120场左右,我会先写好60多场,剩下的空白后面再填上。我写初稿有个习惯,会和朋友出门寻找灵感。为了填补刚才说到的剧本空白,我和要好的美术指导朋友开车上街,毫无目的地在市区里转悠,脑海里没有任何大纲和构想。他把我带到仁川非常老旧的居民区,把车停在停车场,两个人没下车就坐车里谈了起来。我开始即兴想象,指着前面一座公寓的大门说:"你看那里走出来一个女人,她是咱们两个警察盯梢的对象,等她经过车子时,我们蹲低点别被她发现。"我们就以这种形式聊了半天。

这位美术指导是我少时的伙伴,他不仅有很强的专业知识,对剧作也有很高的天赋。所以当我在模拟一些场景时,他若觉得没有意义就会当场打断。其实这剧本是我们俩一起创作出来的。我想剧本最核心的地点是公寓,我们便下车徒步在周围走,看一些小旅馆所在的后街、小巷。

我们到了一个看上去非常奇怪的居民区,脑海突然浮现灵感——这部电影要分为三个空间。女主要搬一次家。第一个家,应该是她怀着希望等待着爱人回来一起过好日子的场景,就定在高级白领公寓。后来女主遭男主追击,为了避开,就搬走了。最后女主彻底堕落后,就住在这个特别奇怪的郊区的陈旧贫民区。家的空间变化是整部剧中非常重要的背景,值得一提的是,第一个家是首尔市中心的一种独门公寓,在被追击的堕落中,房子会变得越来越破旧、楼层越来越高。这个剧本就利用空间作为整部戏的骨架。

我和美术指导走来走去,走到了一个屠宰场。看到屠夫们生活的集体宿舍,征得允许后,我进去看了下内部的结构。它用很多隔板隔成很多小空间,每个空间只住一个人,从远处看就像一个马蜂窝。门前有巴掌大的一片空地放着二十几双鞋。我甚至没有勇气打开这扇门,只能想象门后面有二十几个人挤在那么狭小的空间里。

我手上还有一些《双生警贼》的刑警采访记录,打算再去实地取材一下。采访夜总会小姐的话肯定得费很多钱,我没那个钱也没那个胆,就主要跟一些常去夜总会的男顾客聊聊,听他们讲述里面的情况。我觉得这份资料比直接找小姐有更高的价值,因为男顾客有新颖的视角去描述场景。通过男顾客介绍,我也见过几名夜总会小姐。其中一个让我印象深刻,她才二十出头,小臂上有两排整整齐齐的烟头烫痕。走过夜总会时,我甚至发现有名看起来也就十七八的女孩,牙齿全碎了,她握着自己的牙齿号啕大哭,另外,我还看到了一位高管女性在角落里哭泣。

给骨架添上血肉

我是学雕塑的,写剧本其实也很像雕塑。有了这些灵感闪现和资料采集，我现在可以开始工作了。

写《双生警贼》期间积累的刑警采访中，我感兴趣的是一段关于犯人追踪的内容，警察在车里待了很久，盯梢犯人的家，看他什么时候出门。我就想到写一个追捕罪犯的警察，却一直等不到罪犯，连影子都没见到。

那时的韩国刑警电影也好，好莱坞警察电影也好，刑警追逐罪犯的过程中，女性一般都会被设定成辅助的配角，不会有太多戏份。前面讲到《水浒传》，我喜欢武大郎、黑旋风李逵这些具有个性的配角。不如整个电影就围绕刑警和罪犯的爱人这两个人来展开好了，这种思路肯定能拍出与众不同的电影！

这多有意思！我把大致截稿日告诉了制片方，在一周里埋头完成初稿。一周后，我再看初稿时觉得男主形象还算饱满，不过女主形象还有点欠缺。我就再一次找来夜总会的顾客进行第二次采访。对话中也知道了两个非常有意思的现象。第一，夜总会女郎为了打扮自己，往往会去一些奢侈品租赁店租衣服，下班再还回去。第二，她们会亲自拿账单去催债，到赊账的顾客公司去要钱。这些因素我都加入了女主的形象里，夜总会女郎去公司找老板要嫖资，我觉得这是个非常精彩的对立。再设想，女主去讨债，男主跟在一旁是何种效果呢？顺着这样的思路，我慢慢在骨架上添加了很多细节。

设计这一段时，我脑海中是好莱坞大片中两个主人公用对话相互对峙的情景。我看了些参考场景，特别希望拍出那种效果，哪怕学不全，也希望能看到好莱坞经典场面的影子。女主的台词、男人消费赖账不给钱的细节，都是去找相应人物采访再根据实际素材写出的。

我追加讲一下刑警遇到女主这段戏。刚才我说过，设计中是跳过了罪犯这个环节的，当时也是受到了香港电影的影响，想在精明的刑警形象中加入香港元素。我喜欢的《龙虎风云》（1987）这类影片中，警察都是卧底。我唯独顾忌的是上一部作品《双生警贼》刚好也是讲卧底，会不会重复？

不过，我个人觉得《双生警贼》是失败的作品，就想在第二部作品中把卧底戏拍成功。就让男主为了接近罪犯爱人，特地隐瞒自己的身份去夜总会工作，他说的每一句话都是谎言。反观女主，却是不说谎的人。在其人物形象塑造中，我联想起采访夜总会女总监时她说的话："你认为像我们这些夜总会女郎说的话都是谎言吗？你错了，真正满嘴跑火车的其实是来消遣的男顾客，还有压榨、欺凌我们的夜总会高层。而我们这些女人为了反击，唯一能做的就是每一句话都讲真话。"

第二幕快要到达结尾时，会有一幕男主和女主在一起喝酒的场面，这个场面从初稿起就一直都没改过。男主满口谎言套近乎，女主明知是谎言，仍尝试去信。

把剧本念给那些苛刻的人听

就这样，我完成了全稿，找了个人把稿子大声读给他，同时用自己的耳朵也听听。这是我常用的技巧，写完剧本初稿，找五六名懂编剧的人大声朗读给他们，大家从早到晚在一起听一遍剧本，以期随时反馈意见。听剧本的人要特别挑选，要挑那些被你批判过作品的、心里多多少少带着不满情绪的冤家。这次轮到他们了，往往都会给出非常苛刻的评价。我记忆犹新的是，有一幕男主在澡堂露出后背的戏，之所以这么写是为了表达出疲惫和无力感。这些人却都说："你到底怎么想的，脑袋是不是坏了？"听了点评后我很生气，但我还是努力修改，试着能让观众去体验这情绪，去前面的戏里再铺垫些元素、伏笔。哪怕这些朋友到最后也没对剧本改观，但这些严厉的批评仍会对我产生很多正面刺激，最终使剧本变得更完美。所以至今我仍非常感谢他们。

像《八月照相馆》这样以主角感情线为线索，而不是随某个事件的发生顺序来编排的作品，条件允许的话，我会让在场的每个人分头饰演某角色，进行模拟排演，我就在旁边观察人物的台词、感情发展，判断能否在最后一场戏爆发。

交稿后,真正的煎熬来了

这个阶段之后,我就会把修正稿交给制片方看了。对于编剧来说,把剧本交给导演或者制片方才是真正的开始,因为真正的煎熬要来了。

曾有位影评人问我和一帮导演:"你最喜欢整个制作环节中的哪一环?"有些导演会回答是后期制作的阶段,也有的导演喜欢在现场指导拍摄的阶段,我却会说最喜欢创作剧本的阶段,当然这指的是把剧本交给制片方之前。之后,地狱之门就打开了。

朴赞郁导演在拍了《老男孩》(2003)和《亲切的金子》(2005)这两部电影后,自己成立了电影公司。我和他有交情,朴导希望成立公司后拍的第一部作品就由我来担任导演。我给他看了我的初稿,朴导非常喜欢。出于尊重,他并没提太多修改意见。不过现在想起来其实也不是件好事。刚合作,他就提过我这部剧本没太多商业价值,为了吸引投资最好的办法是找顶尖演员。但可惜的是,当时的顶尖男演员们全都拒绝过我。韩国数一数二的 CJ 公司答应投资,不过前提是我们能请全度妍来演。我把剧本发给她的经纪人后,对方甚至都没告诉全度妍就直接拒了。最后朴导语重心长地对我说:"对不起。"

另外一家较小的制片公司看到了剧本,主动联系了我。不过他们当时的条件不是把《无赖汉》拍成电影,而是拍一个名为"吴胜郁 Project"的片子。我和负责人见面时,他跟我说的第一句话就是:"如今是 2005 年,要是再拍一次《八月照相馆》,你觉得还会赚钱吗?"我说:"这谁也不知道啊。"他立刻开始了第二轮进攻:"吴导,我看过你的《无赖汉》剧本,觉得现在的韩国观众们可能会非常嫌弃你的剧本。"我无言以对,就反问了一句:"既然如此,你为什么要投资呢?"他说:"是老板让我来的,我也没办法。"我就问:"如果是你做主的话,你想怎么改呢?"他说:"我希望所有的主角都变成有钱人,把地点都挪到江南地区。一言以蔽之,要拍金光闪闪的奢靡生活。"当然我直接拒绝了,他便叹口气说:"那也没办法,我也只好让步了,毕竟是老板让我来跟你合作的,那就依你吧。"最后还补了一句,"吴导,都什么时代了,你要看清趋势。"

回家路上,我有了很多想法。我从出生到现在,从未有一刻体验过富人生活,所以要写他们,我一个字也写不出来。我回到家把抽屉打开,把《无赖汉》剧本放进去,心想:"实在不行,我就再写一个能赚钱的剧本好了。"当然,一个字也没写出来。

我这个人特喜欢吃面,甚至想过接下来去开个面馆。问了一些相关人士,发现开面馆反而比编剧更麻烦,只好还是老老实实做一个编剧吧。

鉴于剧本一直被拒,我就想,既然喜欢武侠小说,是不是可以尝试写一写武侠电影呢?后来我发现喜欢和做起来是两码事。这时正好有个电话打进来,是那个电影公司的老板,他说:"吴导,您的《双生警贼》给我留下了很深的印象。他们都瞎了眼,我一定把您的《无赖汉》拍成电影上映!"

后来他还真做到了。他把《无赖汉》剧本发给工作人员后,大部分人都反对投资。不过他却一意孤行坚持要拍。我后来的制片人就是非常讨厌这个剧本的人。为了说服他,老板甚至不惜和他大吵一架。具体着手这个项目后,制片人说"罪犯的戏份太少,要加一些",还问我"你是不是太天真了"。没错,我最初的设计过于理想,直接删去了罪犯。他说这样根本无法提高电影的完成度。一厢情愿不好,要打动制片方和观众的心,我试着妥协。

投资老板没明说要怎么改,他只是在讲以前看过的电影,里面的桥段如何如何。还讲了一个趣闻,有一天他住酒店,进屋一看,自己床上躺着一对赤身裸体、刚办完事的男女。这是他的玩笑段子,却让我灵光一现。初期设计罪犯形象大部分都是背影,戏份也少。我就在电影前面部分加了一段女主和罪犯全裸的场景,刑警闯了进来,三人面面相觑。这让三人各自的感情有了一些变化,带动了整个故事的感情线。灵感会不断涌现,我接着设定出了刑警悄悄看完整段床戏,趁女主睡着后,拿枪逼罪犯跃下阳台等情节。具体的动作戏当时没有做完整的彩排。

当时《新世界》(2013)很流行,制片方告诉我说,一定要把出演《新世界》的演员朴圣雄拉过来,让他演罪犯的角色。后来我就去见他,顺利达成了口头协议。有一点让我印象很深,这个演员虽然身材很棒,看起来很男人,不过他的内心却像少年一样。他非常擅长动作戏,所以从阳台落下与刑警打斗的场景完成得很好。

递给投资方的剧本中,最后一幕是刑警被女主刺伤后,走在冬天被大雪覆盖的街头。他不说一句话,默默地走着,捂着伤口。可是制片方老板希望最后刑警能说一句非常有魄力的台词。他希望说英文的"新年快乐,贱人!"我同意了。但"Happy new year, bitch!"这句台词让我纠结很久,"贱人"一词……我把所有骂出口的词叨咕了很久,始终没有找到合适的翻译,因为时间紧迫,勉强用了"bitch"。

讨论定稿的时候,大明星李政宰说要加入我们,他希望自己来扮男主,我原剧本里的男主其实是个负面形象,而李政宰想要的却相反,老板当然站在李政宰这边,所以我得按他的话一字不漏地改。李政宰跟我的探讨倒也给了我很多灵感。电影中的床戏进行时,刑警通过窃听器听到了声音,停止吃饭,这其实是他想出来的。

后来剧本通过了,投资也到了,我们顺利地邀请到全度妍出演女主。她演技精湛、对剧本的理解也透彻,向来不会提出要修改剧本。问题出在李政宰要打造的正派的男主形象,所以我就得不断说服他。不幸的是,他在拍戏中受了伤,不得不退出了。

原稿中,我希望开场是一个男人的背影。李政宰加入后,开场便改成了男主武力制服歹徒。当他受伤退出后,我在第一时间就把第一幕戏改了回来,还把其他按照他的喜好改动的地方全都改了回来。

不过经历此次换角,制片方提出了更多要求,整个项目便开始停滞。剧本陷入了日复一日的改来改去。

最后一段罪犯被杀在原稿中只有一个场景。在那最后一场抓捕戏中,原本的设计是定格在全度妍的脸部特写,镜头稍微交代一下枪杀,再回到全度妍的脸上。枪杀这段戏篇幅是非常短的，连一分钟都不到。而制片方希望最后枪杀罪犯的是刑警，还在最后这段加入了更多的武打镜头。观众看的时候会发现，这段怎么看起来导演拍得如此没诚意、不情愿呢？说实在的，罪犯与警察互杀确实是我最不喜欢的一段。我本来希望把重点全放在全度妍的脸部特写上。

三幕结构中，高潮点最难写

　　写剧本到底难在哪儿？我觉得把电影分成三幕，从第一幕开始写时并不难。这个片子的第一幕很简单，无非就是简单介绍一下主人公的概况和目标，男主的目标是查案，追踪罪犯。

　　第二幕始于女主在家里做饭，等爱人回家。这是全度妍第一次登场，我们还给她准备了这个人物的主题背景音乐。难题从第二幕开始，主人公要有明确的目标，逐渐去推动感情线发展，进而推动剧情。从第二幕开始，刑警发现女主和罪犯常幽会，观众也会代入男主的视角跟随事件发展。刑警后来没能在第一时间抓住腿部受伤的罪犯，让他跑了。

　　很多人认为这才是第一幕结束，我不反驳，分幕点不是什么大问题。后面的情节是男主为了接近罪犯的恋人而去夜总会上班。而女主在这个过程中也会对男主产生些微妙的感情。如果细心观察整部电影，你可能会发现，若以男主、女主不同的立场去看，第一、二幕的分隔点也不同。我刚写剧本的时候是根据男主的感情线分幕的，但由于全度妍演技过于精湛，剪辑时会不由自主地让观众跟随女主的感情线发展。当然这只是一个小问题，并不会有太大的影响。

　　我觉得写剧本最难的地方，就是第二幕故事发展到感情进入高潮、达到爆发的点，那个点是最难写的。如果我们以男主视角去看，为了追捕罪犯，他决定去接近女主，这是第一幕。第二幕男子用各种谎言欺骗女主，我安排了很多男主和女主逐渐走近的桥段。第二幕高潮是男主最后决定背叛女主，以彻底利用她达到最终目的——击杀罪犯。这个过程，我进行了非常详细的描述。

不过距离男主杀罪犯、罪犯恋人崩溃的高潮还需要几场戏来过渡，最少也得两三场。往往一部电影最无聊的阶段就是"过渡点"，影院中此时往往会有很多观众看手表，如果整部电影 90 分钟的话，它会在第 60 分钟时。120 分钟的电影大概会在 70 分钟左右。整个电影若有 120 多场，我想大概到了第 70 场时，观众就会审美疲劳。我觉得这是最难跨过去的坎儿。

看《无赖汉》时，观众一定有感到好无聊、看手表的时间段，大概就在一车刑警为了追捕罪犯而熬夜在车中待命前后的那段时间。很多导演为了跨过这个坎儿，会刻意加一些不太合适的场景，或勉强从其他电影摘些桥段来，但这会让整部电影的质量下降。一部电影如果能称得上杰作的话，往往要在观众始觉无聊处巧下功夫，比如妙用各角色之间的情感纠纷，让观众不知不觉地度过这些时间。

由于好莱坞电影的示范，我们往往在创作中会非常在意三幕式结构。我想说的是，并不遵从三幕式结构的电影还是有很多的。此处仅仅是因为我比较熟悉三幕式的手法，才采用这样的结构而已。完全可以改用其他方法的。

我必须强调时间点。如果编剧想要深造三幕式的话，看电影时一定要有时间观念。这非常重要，能让技巧更精湛，让你在写剧本时发现一种节奏。能在剧本中看出节奏，大概技艺也就到了炉火纯青的地步了。

讨论答疑

学员：我们小时候看的韩国电影都是浪漫爱情片，这几年则多有批判现实的作品，非常深刻，一直说政府坏话。这是如何转变的呢？

吴胜郁：我先简单答复一下，其实韩国在二十世纪六七十年代处于独裁管制，有很多话无法通过银幕表达。70 年代末要是在电影中写上一些社会现象，韩国政府会有专门职员到拍摄现场监督你。这种如履薄冰的大气氛一直持续到八十年代。惭愧的是七八十年代的韩国电影大部分都是围绕女性情色来拍的，没有什么意义。你若完成一个剧本，首先要交到政府机构审核，而且审核都不是一次性的，从递交剧本到最后上映会一直持续。观众也渐渐不去电影院看电影了。

  我刚开始拍电影时，对韩国电影有一种非常不好的情绪。不过尽管在这种背景下，还是有很多年轻、有才华的导演想发出自己的心声。烧水时不论把盖子捂得多严，随着水蒸气的蒸发，盖子迟早会被掀起来的。有先驱者意义的电影陆续出现在八九十年代。我当时参加的一个剧组，那部电影没通过审核，而我又是剧组中辈分最小的，所以官方派人来调查时，导演总会派我去卖傻，说自己什么都不懂。调查人会拿着一支笔，说从哪儿到哪儿的戏全都删掉。我就硬扛着，说自己什么都不知道，做不了主。无论他说什么，我都说不知道。毕竟跟七十年代比，当时已经稍微开放了些，导演出来求情一番，这件事就算过去了。其实韩国的文艺界七八十年代有很多故事可讲。韩国电影之所以会日拱一卒，一步一步向前发展，最大原因在于观众，如果他们喜欢，会排队来看电影，表达支持。就算韩国是言论自由的社会，也不会有百分百彻底的自由。所以多亏了那些观众和一些导演们的努力，21世纪后各种管制也开始放宽，韩国电影也开始拍摄各种敏感话题了。

  虽然我以导演和编剧职业为生，但我本人非常喜欢看电影，甚至可是说是个狂热影迷。当我看到一部从未看过的好片子时会感到前所未有的喜悦，甚至因为太喜欢看电影，有很长一段（时间）都没去创作。身边朋友都说，干脆别当什么导演，就一直看电影看到过瘾吧！

  学员：1999年的"光头运动"您参与了吗？是主动的还是被动的？它对您的创作理念、职业生涯带来怎样的改变？您做导演是怎样选择工作伙伴的？

吴胜郁：1999年，韩国政府提出削减"电影配额制"的议案，很多电影界人士都反对缩减电影配额，就产生了运动。那天，我和许秦豪导演在小旅店里聊他要拍摄的《春逝》剧本。后来许导突然出去了一趟，回来的时候他已经把头发剃光了。许导非常有责任心，他说过，为了守住电影配额，我们所有人剃掉头发示威都是自愿的。不过当时电影界似乎形成一种氛围，若不参加这个运动，你就不是个好同事。我对这种整体氛围是不满意的。

我们的小旅馆在一个寺庙旁，很清静。光头的许导仍对缩减配额感到非常愤怒，我们就到一旁的小酒馆喝酒。寺庙僧人禁酒，他又剃了头发，没想到就被当地居民给举报了。寺庙里有任警察角色、维持纪律的护法僧，个个非常魁梧且习武，几个护法僧专门找到我们的旅馆来谈话，当时把我和许导吓坏了……这是个小插曲。

如果我找伙伴，功底一定要扎实，有经验。我往往会和他先见一次面，谈一下喜欢的书籍和电影。我最注重的是这个伙伴是否能以自己独立的观点、视角去理解电影。在谈论的过程中，我会去观察他，要有这种信念，用独特的眼光去观看世界。和这种独具眼光的人合作，他会抓住我忽略或不能顾及的细节、闪光点，因此我亦受益匪浅。与一个持不同观点、懂得用新颖视角对待事物的人合作，我觉得是愉悦的，虽然起冲突不可避免。

学员：我看过很多1997年以前的韩国电影，那时无论是光影、画面还是节奏都很一般，1998年以后从《八月照相馆》开始，还有《加油站被袭事件》（1999）等便加速崛起。您作为亲历者，怎么看这个现象的内因外因？是跟政策还是经济环境有关？

吴胜郁：可能我的观点有点不一样，在我看来，韩国电影并没有经历1997年、1998年的飞跃式发展。二十世纪七八十年代也是有很多出色导演的，他们也拍过很多名作。80年代末以后我们这代人，跟着这些大导演干活,当副导、编剧,学到了很多。90年代成为主力军,从前辈那里得到的经验教训使我们不断完善。到了2000年时,像《老男孩》这些电影受到了瞩目,出了名。这不代表之前的电影不好。当然七八十年代是政府管制扼杀创作力的。不过你要是有心去观察的话,80年代也有一两部放今天看也丝毫不逊色的电影,非常值得尊敬。

那时我看到张艺谋导演的《红高粱》(1988),想法会跟刚才提问的同学一样。中国拍出像《红高粱》这样的高质量电影是什么原因呢?这只是韩国人的想法,中国从业者是不会觉得《红高粱》之前没有大作的,张艺谋导演前面有吴天明导演这样的老一代导演,代代传承,日积月累,只是某个时段或某些作品突然提高了曝光度而已。其实韩国导演界同行们都会说,最近我们的影片在走下坡路,这么发展有很严峻的问题。

学员:我是李沧东电影的粉丝,他拍完《绿洲》之后,去当了文化部部长,一年零三个月后又辞职,后来去拍《密阳》。您作为他的朋友,如何看待?

吴胜郁:《密阳》是根据小说《虫子的故事》改编的。李导有一次和我还有朴赞郁一起喝酒,就说过要把这部小说改成电影。听完他这话,我跟朴导都拍了桌子,因为正值我俩也想把这部小说拍成电影,没想到被他抢先一步,非常后悔。原著是具有魅力的。

李导的一系列作品都非常具有艺术价值,并不是好卖的商业大片。据我所知,他做导演遇到了很多困难。他还是一个纯粹的完美主义者,拍片、写剧本都追求完美,写到一半如有一个细节不满意都会从头再写。这种情况有时会反复几十遍,所以他拍片子的周期都非常长。据我所知,李导有大量空档期不拍戏,一部分原因是制片方、投资方的一些大环境,还有很大的因素是他的个性,只有觉得作品百分百完美时,他才会去执导。

学员：老师好！剧本修改是我们经常碰到的问题，到了策划、导演、制片人那里，他们都会不断提意见。有的改得越来越好，也有的越改越糟。对此您有什么分享？改剧本有哪些要注意的事？

吴胜郁：问题很专业。其实我也不知道怎么改才是正确的。我可以说四个字，就是不忘初心。想要传达怎样的意境、情绪，要守住刚开始的初心。制片方或者导演想改的话，可以试着说服他们，不要做太多修改。说起来容易做起来难，我也只能说到这里。修改剧本会受到很多诱惑，但按制片方的要求全改一遍是肯定不行的。当然，如果制片方提的要求的确是自己没想到的好主意，就要虚心接受。据我所知，这种概率很低。所以要用自己的意志力尽量说服他们。

学员：能不能分享下，对您的创作影响最大的导演，还有您喜欢的作家和作品，除了《水浒传》？

吴胜郁：对我最大影响的导演是中国香港导演张彻，张导能在影片中准确捕捉那些最有意义和趣味的桥段，用栩栩如生的手法传达给观众。他拍过一个形象深入人心的刺客电影《大刺客》(1967)。提到刺客，很多人会想到荆轲这种有名的刺客，而他拍的是聂政。客观来讲，这位刺客作为一个武侠片主人公是有很多欠缺之处的。虽是一部武侠电影，不过武打戏份非常少。聂政担心刺客身份泄露，会殃及母亲和姐姐，所以他等到母亲去世、姐姐远嫁时，才开始行动。他完成一次暗杀后把自己脸划花，让人无法知道他是谁。与大义凛然的荆轲相比，聂政没有特别宏大的目标和大义，做刺客的动机也简单：他自认为平庸，既然有人赏识，卖狗肉时帮他们母子渡过难关，那就要报答。我觉得这种性格细节，让主角变得非常饱满、富有魅力。

张彻导演还执导过著名的《报仇》(1970)、《刺马》(1973)。《报仇》开头，兄弟主人公登场，不过哥哥在第 5 分钟就死去了，剩下 85 分钟是讲弟弟复仇。这刀光剑影的武侠电影会让人看着看着就感到一种恐怖电影的色彩。正是这种风格深深俘获了我的心。

要把那些给我灵感和影响的人物说一遍，可能需要花上一周左右。无论是大师还是普通作家的作品，只要我读完后能够带来灵感，便都会记在心里，这一点，有人说我像海绵那样善于汲取。

我还特别喜欢莫言，特别是《九国》。大概十年前，他的作品首次通过翻译在韩国正式出版。当时我看了《九国》之后目瞪口呆，足足十分钟都没合上嘴！《红高粱》也特别棒。作家巴金我也非常喜欢。还有张爱玲，其实她给我的《无赖汉》提供了很多灵感，因为她能把男女之间细腻的感情变化都表达出来，措辞和手法都对《无赖汉》深有启发。读完张爱玲的作品后，我就觉得不光是配角人物，连阳光、微风和汗水这些因素，都会成为作品中的配角。

小时候我喜欢看维克多·雨果的《悲惨世界》，年轻时候还想过要拍摄以《悲惨世界》为主题的电影，十几年前甚至写过一个剧本，主人公是一个女性，《悲惨世界》里的警长角色当时给了我很多灵感。与制片方商谈筹划时，我比较倔强，没有听劝。当时制片方觉得主人公是女刑警比较吸引人，会有一定票房。我自认为最重要的一点是女刑警追捕的人没有犯什么大罪，制片方却认为这样不行，执意要写成毒贩，我坚决不同意。意见不一致，所以剧本就搁浅在我的抽屉里了。

我认识个法国导演，他写了一部作品，刚好撞上好莱坞拍了类似的题材，所以他就把这个剧本放进了抽屉。过了十年，他又聘请了阿兰·德隆来演，成功地完成了作品。是金子总会发光的。如今没法拍好，就等待时机到了再拿出来。对编剧来说，忍耐是一个非常重要的关键词。

学员：关于剧本结构和叙事方式，请问您有没有经验可以分享？

吴胜郁：非常专业的问题。提起技术或者经验，我认为每人的都不一样，我的心得放到各位身上可能不匹配。我的方法是事先多进行采访，叙事上我偏向于从一个空间开始，以一个大家庭、大集团为切入点，慢慢铺展，把各个角色都描述一遍。对于一个编剧来说，初稿写完不等于大功告成。恰恰相反，这才是一个新的开始，路还长。

我构思剧本写出初稿后，会大声念出来给剧组成员听，将文字转化为听觉重新感受一遍，就能发现以前没发现的细节，使剧本变得生动。我会时刻问自己，这篇稿子只有我一人喜欢，还是能够获得广大认可。当局者迷，旁观者清，需时刻反省自己这部作品到底有没有魅力，能否打动别人的心。剧本就在不断怀疑过程中慢慢客观起来。说来有点类似悖论，我的右脑不断怀疑，我的左脑会坚信自己是对的，分裂的左脑和右脑一直对立，编剧这行实在不易！

学员：您在创作剧本的时候，更多遵循已有的市场规律和经验，还是有自己的一套打法？

吴胜郁：若说我创作剧本有特点的话，合作的制片方会说我在转场的衔接上非常具有冲击力。我写一场戏的过程中，脑海里会浮现下一个场面，主人公身后定要刮起一阵大风，或有一轮圆月升起，我要拿一个场面跟另外一个场面去碰撞。

《无赖汉》的开头，主演以背影示人，大概有一分钟都是背影。走到灯光很暗的漆黑地下时，他的正脸开始浮现在前面的镜子中。开头的几分钟虽然有很多场景描绘，不过一言以蔽之就是"主角发现尸体"，我的风格在于我会描述"开始要有拉长的背影，尸体还盖着被害者爱人搭上的花纹被子"这样的细节。很多人也许会忽略，不过花纹被子能折射出女子对这个黑帮分子的一些感情。有一个特写给了被害者爱人的脚，她穿着拖鞋，还做了精致的美足。这一系列细节都在慢慢刻画整个场景。

像《八月照相馆》男女主人公见面时树的设定，我对实现微风、阳光等气氛有着偏执的追求，然而这种需求要懂得适可而止，如果太过，会产生太多的形容词和副词，让焦点变得模糊。整个一页剧本里有太多形容词，会看起来难以理解。所以我一直都在反问自己：这个场景中，是不是有了太多个人色彩、太多强行加入的元素？是不是必须写进去的？这些都是我会思考的。

学员：怎样把正面人物写得更饱满、更有趣呢？

吴胜郁：描绘人物形象时，比起主人公，我会更注重反派描写。光靠想象是无法让人物形象饱满起来的，无论正反都一样。塑造反派时，我会把自己做过的最歹毒的事情，或者别人对我做的坏事，那些感情、细节都加进去。想要让主人公角色饱满，没有什么捷径，只能通过观察，把自己的见闻、想到的东西，用恰到好处的手法描绘出来。

你观察周围的人物，把他们用到创作中，电影拍完了，你可能会失去这些朋友，也可能遭到群殴。所以我观察完亲朋好友以后，会故意绕一些弯子写进电影里，不然可能我现在身边一个朋友都没有了。

学员：你写的电影中有没有跟自己特别像的人物？或者说带有个人色彩的角色？

吴胜郁：前面说过，编剧要做一个说谎者，我很多电影都有我自己的影子，只不过要假装以第三者的眼光来描述。拍完《无赖汉》后和演员们一起喝酒，全度妍对我说："电影里有一个一直奔跑的杀手角色，导演你和他一模一样。"当然我是否认的，我才不是那样的大坏蛋。不过全度妍一向有着非常犀利的目光，无论选剧本还是解读角色形象，她素来非常专业。

我非常钦佩那些一两句话就能总结整部电影的人。人们在看电影时，若能准确地把脉整个故事流程，明确地把电影优点、缺点、需改善处、值得借鉴之处整理出来的话，那么这人哪怕做编剧都会出类拔萃。虽然我接触的演员并不多，不过全度妍是我见到的最能捕捉到剧本人物形象的演员。既然她说我像大反派，估计有一定道理。

学员：您写作剧本的过程中，是先写片名再写剧本，还是最后想片名？先有主题再开始写剧本，还是在写作过程中或最后寻找到主题？

吴胜郁：大部分的情况是先定主题、片名，想好以后再创作。可惜的是，一般我想好的片名到了制片方手上都会被拒绝。《无赖汉》也是，很难有人听了就知道这部影片要讲什么，后来我也觉得《无赖汉》当片名可能不太合适。这是一开始我提的片名，开会讨论时有大把人提意见，可就是没有更好的名字。它上映一个月前，投资方公司还一直劝我们换名。幸运的是，最后老板还是拍板用这个。

《八月照相馆》我跟许导刚开始想到的名字是《快乐的邮件》，看你们的表情也知道这个名字不怎么样。不过它有寓意啊，男主离世以后，女主在门缝里塞一些信件进去。给死人寄信本是一件非常悲伤的事，但当时女主并不知情，总是面带微笑、怀着快乐的心情，每天都来塞信，所以这个名字我觉得也是有一定意义的。不过后来还是老样子，制片方那边不同意，改成了大家熟悉的这个名字。中方译名是《八月照相馆》，韩国名却是《八月的圣诞节》，接到通知以后我们还一直在抗议，七八月是夏天，怎么可能会有圣诞节呢？这不是难为我们吗？我们为此生了很久的气。虽然我和许导都非常讨厌《八月的圣诞节》这个名字，但是投资方，尤其女职员们很喜欢。后来我觉得既然女性观众会喜欢，最后就这么定下来吧。

《双生警贼》的韩国片名是《乞力马扎罗》，是个山峰的名字，刚开始我起的名字是《风之记忆》，制片方老板觉得太文艺了。编剧一开始起的名字若能走到最后上映，那得是非常幸运的，我猜在中国应该也差不多。大多数编剧提的片名，到最后肯定会被修整。我个人非常讨厌突然接到通知，为了讨好观众要改名。

学员：同样的故事以不同的视角讲述，会带来全新的观感。想向您请教在写故事时选取视角的经验。

吴胜郁：首先，要找只有自己觉得有意义、有趣的东西，并坚信自己的选择。然后慢慢地寻找一些志同道合的人，这个过程会不断积累自信，直到最后拍出视角新颖的电影。编剧始终会怀疑自己的剧本是不是不够好，是不是有意义。反复怀疑中，如果能遇到一个认可你的人，并达成合作，这是最好的情况。培养自信要靠成功打动观众，有了一次这样的经验开头，人会越发自信起来的。

我的写作总会得到"太过灰暗"的评价。有段时间，这对我来说是非常大的烦恼。可问题是，我这个人又无法改变自己的风格，来达到取悦别人的效果。不光《无赖汉》，筹划《八月照相馆》时也是如此，数不清有多少制片方都觉得这部电影实在沉闷。

《无赖汉》找投资时，访遍各家公司未果。碰壁后回了家，我寻思，既然你们说《无赖汉》太灰暗，那我就让你们看看什么叫真正的灰暗！我就凭这个动力写了一个新剧本。当时非常生气，就在这个剧本中把主角写死了，怎么个死法呢？把手榴弹放自己嘴里爆炸了。拍摄时，制片方老板说什么都不改，就让主人公多活一会儿就好。非常神奇的是，我觉得那个剧本是我迄今为止写过的最灰暗的，可当我把剧本拿给各家老板看的时候，没一个人说它灰暗。可能因为他们跟我打了很久的交道，认可了我的风格。

当然，编剧要不断去思考、增加阅历，不能让一个头衔把自己困住太久。换个角度来说，得到灰暗的评价也是风格得到了认可，所以我找到了自信。拍《无赖汉》时，每当制片方老板找我改这改那时，我都会说一句话："我这个人就是这样，你刚开始找我合作的时候不知道吗？"

学员：针对剧作节奏和结构方面，您有什么样的经验分享？是否将后期剪辑的思路介入进来？您学雕塑的帮助大吗？还是会借鉴其他艺术形式，比如音乐、戏剧等？

吴胜郁：我这人像海绵，构思一个剧本剧情的整体节奏，会从音乐等外部因素获取灵感；也会看经典老电影，不说模仿，就是试着借鉴风格，哪怕达不到他们的高度，也能提高层次。当然这也并非绝对，听某支交响曲、摇滚乐队也会突然来灵感，如此思路可不可以创作个剧本？读书也可以，像《悲惨世界》，它有时会不顺着剧情走，情节发展到一定阶段，会接大幅毫无关系的章节，都是跟主线无关的天马行空，这种叙事方式也给我带来很多灵感，我会去效仿。去构思剧本时，我也会写主人公中途突然自杀，或者直接删去个非常重要的人物。能不能过得了别人的眼倒是无所谓，关键是这种灵感来临会给我自己带来很大的快乐，我其实不在意它的结果。

以前看过一部法国小说，讲一个画家在大圣堂画壁画，想不出要画什么，交活的日子却一天天近了。有一天，他非常疲惫地进入梦乡，在梦中看到了想画的一切，雄伟、壮观、恐怖的，所有画面都在大圣堂的墙壁上展现出来。他从梦中惊醒，说："我哪怕仅仅梦到这些东西就已经很快乐了，为什么还要尝试把它画下来呢？"小说就这么结束了。

当我看到很多经典电影后，就觉得非常知足、高兴，心想：何必要费这么大劲天天和剧本打交道呢？之所以现在我还在做编剧，是静下心时有一个声音在召唤：我也想拍成这样的电影。正是这种动力，让我从事这个行业。

《阿修罗》（2016）在韩国上映时，看完电影后，我实在按捺不住内心的激情，走出影院后对着天空大喊一声，没有顾及别人的感受。我喊道："我也要拍出这样的电影，我还要拍出更棒的电影！"我相信在座各位也会怀揣这样的梦想去创作。我做导演的时候，如果有好的剧本，也希望和在座各位成为好的合作伙伴，期待着那一天早日到来。

类型片如何讲故事?

———————/ 第二讲

崔石焕

> 讲故事最好的方式是虚构。
> 说谎要说得生动有趣。

　　崔石焕，韩国著名编剧，擅长驾驭各种类型的剧本，与不同风格的导演长期合作，作品众多，经验丰富，被观众认为是最生活化、最感人、最幽默的韩国当代史编剧。2002年创作第一部电影剧本《黄山伐》，次年成功上映，之后有多部剧本作品成功拍成电影。2013年，与徐峥导演合作《港囧》。其他代表作品还有：古装片《王的男人》（2005）、喜剧《电台之星》（2006）等。

　　自从创作喜剧电影《黄山伐》剧本之后，崔石焕对驾驭历史性题材、创作出具有张力的剧情内容更加游刃有余。在与中国电影人合作中，他也亲身体会到中国电影市场的无限潜力和中国电影发展的正能量。在2016年1月的"大师之光"青年编剧高级研习班上，他与中国电影人进行深度沟通和交流，分享多年创作电影剧本的经验。

吴天明导演名字里有"天、明"二字,希望他在天上保佑着年轻的导演和编剧们,保佑大家的电影梦想成真。

我的剧本被拍成韩国电影,大家可能已经看过。有些成功,有些就比较马马虎虎。很高兴能来参加这个与各位爱电影的年轻人相聚的活动,今天在座的200多位青年学员济济一堂,真是令人兴奋。中韩两国人有个共同点,就是私下相见都很活泼,但集合起来开大会时又很严肃。我希望大家都活泼些,交流得开心些。

今天我主讲的是韩国电影编剧的核心内容。我相信韩国电影可以赢过好莱坞,那么如何赢?前两天,大家学了好莱坞编剧创作思路。今天咱们来学习如何超越好莱坞。你可能会问,为什么一定要赢过好莱坞呢?说来话长,这是韩国电影面临的问题。

在座200多位是有编剧,有导演,还有5位制片人?好吧。今天要讲的是编剧创作能力,要是被制片人知道了的话,那以后就可以掐住编剧脖子啦。是不是可以请这5位制片人离开?开个玩笑啦。

韩国电影往事

在不同的时代背景下,韩国电影会有不同风格、类型,战后1950年代形成了拍电影的氛围。那时主要模仿日本，据亲历者说，没什么剧本，直接拿日本小说翻译，画出台词、剧情就拍。到了 70 年代，就拿韩国小说来拍。选些好的小说文本，拍成的电影质感就好。80 年代，爱情片甚至成人向的片子多了起来。这时拍电影的制片人、出品方都是拥有院线的，可以把控电影的发展方向。其实令这些老板赚钱的最主要还都是好莱坞大片。

韩国电影那时有一个政策，每拍四部韩国电影，就开放引进一个好莱坞电影名额。所以为了配额，他们就会以最低的成本、最短的周期拍本土片，自然就会选择容易拍的、视觉刺激强的爱情、成人电影了，市场好赚。整个年代大环境就成了这样。80 年代，我的中学生阶段就整天泡在电影院里看这个，太好玩了。但电影界认为这样子韩国电影就玩完了。90 年代为转型期，有新构思、不一样的类型开始出头，这些影片经院线放映后，年轻一代又回归影院看本土电影了。

1996 年发生了历史性转折：美国电影市场向韩国政府施压，要求美国电影可以自由进入韩国市场，韩国电影人就有危机感了。国家执行政策，有人极力反对，直接拿刀子把电影院的银幕都割开了。

那年有一部《危险的情人》在首尔一座大电影院首映，结果有人在现场放了好多蛇，观众都吓跑了。放蛇人是一位韩国导演。你看韩国电影界的使命就是向好莱坞抗争，要赢过好莱坞。韩国电影市场总额太小。中韩两国电影的单片冠军票房差距能有 20 倍之多。据我所知，全世界 200 多个国家里，只有中国、韩国和印度本土电影可以抗衡好莱坞。除此之外，好莱坞电影在世界上任何一个国家都是赢过当地电影的。中国有一定政策保护，但韩国电影市场 2006 年是完全开放了的。当时创作者没少上街抗议，很激烈，但没用。当时我们挺悲观的，但这么多年过去，年年还是有不少好片子能赢过他们的。有两个原因，一是韩国观众愿意支持，二是韩国电影人专业、用心地去拍了。以上，就是韩国电影的发展脉络。

亲如一家的编剧、导演、制片人

现在开始编剧课程。首先强调一下，自己能否写好剧本，必须亲自探索。今天的课程也是意在鼓励大家勇于提问和发现。

我首先要讲一下制片人、导演和编剧的关系。

制片人完全站在观众立场；导演是嗜内容如命的吸血鬼；编剧则有如妓女，要迎合好制片人，因为他们代表观众。在韩国制作一部电影，编剧、导演、制片人往往像一家人一样亲密。为了好剧本，吃住在一起，生活在一起，不断去"头脑风暴"。制片人不断提问，导演不断修正，直到编剧给出一个圆满的剧本。这个过程不保证一定能出好电影，但是好片子则必少不了这么个过程，这是韩国电影的特色，也是胜过好莱坞的诀窍。

各位有着无限野心的年轻人可以用这种模式去探索，内容若要既能迎合市场又能迎合导演，这个过程必然是把编剧、导演、制片人这三股力量拧成一股绳的过程。我想，吴天明导演在世时是不是也是以这样的方式去培养第五代的？我对中国电影翘首以盼，希望以这种方式去延续他的探索。

成为这个时代最会"说谎"的人

故事是什么？剧本最主流、最核心的要素又是什么？我们讲的故事，只限定为电影剧本中的故事，不是昨天晚上发生的事，得是中国观众想看的故事。

讲故事最好的方式是虚构。"说谎"要说得生动有趣。各位，来成为这个时代最会"说谎"的人。观众本身不喜欢还原现实，电影应有想象空间，应超越现实。

好莱坞近几十年来对讲故事这事搞了事无巨细的研究，有个主流的传说：在山洞里群人聚居的洪荒时代，体格强壮者外出捕了头大熊回来，成为猎人。原则上讲，强者去狩猎庞大野兽回来喂饱众人是很帅的，异性特喜欢。离开山洞却空手而归的人，显然实力是不足的，但他还是表演了一段。他气喘吁吁地跑回家，说遇上了有生以来最大的熊，但"我一点都不怕它，我拿石器打了它的后脑勺，熊一惊，转头之际我便与它对视！我一直盯，熊发怒，我爬上大树，熊就来摇树，地都在颤！我在树上不断斗争，我下定决心总有一天抓到它"，然后他回来了。

故事就此起源。说谎的内容比事实更具感染力。观众会怀疑，但你不断宣传灌输，讲得有节奏感、特别刺激，对方就会逐渐相信。原则上，这是说故事最好的方式。

思考一下，各位现在所写的内容是否符合这一条件？观众不管你的剧本是虚构是说谎，都甘心被你套路。

咱们在学生时代都欺骗过父母吧？为了出去玩撒各种谎，只要能出去玩、能拿到零花钱，怎么都行，达到这个目的就行。我可能向父母说要买参考书，转头和同学们吃喝玩乐花掉了。几天之后被妈妈识破并没有书，一般学生会解释，参考书是买了，但要么借给别人要么就是丢了。换编剧的路子来讲：本来要去买辅导书，但在路上看到个可怜的乞丐，我就把钱捐给他了。妈妈听了没准感动、落泪，抱住儿子说："我竟然能培养出这么有爱心的儿子，太伟大了！"要说谎说到这个程度，层次得高。英雄出少年，这种孩子长大不当骗子，一定是个好编剧。

若是写了个剧本，自我感觉还不错、挺喜欢，这是不够的，需要极度真实。你这谎言究竟是普普通通，还是能让父母发自肺腑痛哭流涕，你心里要有数。

希腊罗马时代，哲学家就在思考这事了。2000多年前，亚里士多德提出故事三元素——开头、过程、结尾，最终发展成好莱坞的"三幕式"结构。好莱坞编剧更擅长这一套，我就跳过了。原则上，三段式结构是编剧最高的真理，需要大家遵循。我自己就这么干。要聊这个，我能讲三天三夜。

✏️ 写剧本就像盖房子，盖在什么地段好呢？

写剧本跟盖栋房子一样。建个万达广场这种每天千万流量的百货商场，需要什么条件呢？得去找城市核心区的地皮，贵也可以接受，客流量大嘛。好莱坞有原则上1亿美元起的单片投资，决策原理就是这么简单——贵，卖得好。他们对于黄金地皮的路段、人流了解得清清楚楚。

虽然我对中国电影市场不太了解，但假设要我来盖万达广场的话，我选的地皮是合家欢型的。这个类型可能不是最热门的，但它有人气且成本不高呀。

吸睛否？你的话题大众关心吗？商场里的货只有10%的客人愿意买，那就蠢了。如果要卖小众的货，策略上就没必要用最热门的地皮，那种路线搞两个漂亮导购员带路就很好了。

写一部商业化电影，就不能做小圈子电影。原则上，我的剧本就是给大家看的，要所有人都喜欢，剧本含金量就得上来。

电影市场是有黑马的，一部电影突然卖得好，就会有一众跟风的片子。电影人也图这么一下的。想让自己的作品成功，要朝着这个方向努力。只靠资方或者导演、演员的口碑和影响来成就电影事业，可以走一两年，但不会长久。

我希望大家写什么样的电影呢？开个不追求地段的百货公司，把它经营好。好莱坞来的片子都是万达广场型，给我们的从业者很大的压力，韩国的编导们都是在夹缝中生存。人人写剧本都期待能被一线大导、大公司看上，但这不切实际，我们可以考虑另一条路。我相信吴天明导演在世时，不希望大家都同质化地挤在这一条路上。但若你是被机会眷顾的幸运儿，尽快把剧本脱手吧，机会难得就别瞻前顾后了，卖了它，你可以接着写更好的。

✏ 忠于类型，是对观众的承诺

在商场买东西，你不会因为商场设计特别好就感动得要消费。结构对观众并没影响，对编剧却重要。结构保障这座大楼的安全性。它不会垮，就要有一个基本的架构。不同的百货商场外观有区别。若消费者进去以后特别没安全感，当然就跑走了；如果相反，还觉得新颖别致，观众就乐于在里面玩。

百货大楼有10层，分别卖不同商品。韩国商场一楼都是首饰、宝石、化妆品专柜，顶层一般都是卖小吃的。设置成这样很有道理的，是为了让顾客充分消费。商场里有童装、洋装等，剧本也有幽默、推理、动作、武侠等分类，剧本写起来要按分类的牌理出牌。

要思考这样一个问题，剧本若是按大众观点的规矩写，那么它自身特色在哪里？要写一个喜剧的话，剧本从开始到结尾都得处在有爆笑点的幽默环境中，笑点不能断。哪怕结尾悲情，男主角要死了，此时也必须有些笑点。类型特性是需要贯彻始终的。若是部推理性的黑色电影，再多笑点和黑色幽默点缀，也别忘了本质。依此也可以判断一个编剧是不是真的可以掌控自己的剧本。故事内容多姿多彩、元素丰富，但不能是朝秦暮楚，最后成了个大杂烩。请一定努力避免。不同的元素、情绪起伏都应存在，但在多重起伏下应有个主轴。让幽默剧从头到尾都是幽默的，推理剧从头到尾都是推理的。

同样的故事，我们可以用不同类型去表达。但类型是与观众的约定。从海报挂出来、观众去买票时起，它是部恐怖片、推理片还是爱情片，大家便都心知肚明了。这点不能欺骗观众，在原则上内容要一致。任何国家的医院都是白色的，结构也差不多。观众按约定进去看了，不要有太大出入，才会买账。忠于那个类型，算得上是一个承诺、一种服务，最多可以有 5% 到 10% 的小幅度创新。

电影的细节设计就像装修，要做整体设计。有个式样新颖的马桶，我们不会为此专门建一座很适合它的大厦。但有的编剧就会掉到这么个陷阱里：因为某个细节或某个特殊原因，剧本开始慢慢往某个方向变形。这是很多新编剧会犯的问题。就算真的有钱，因为一个纯金马桶而去修一座金殿也不妥当。小题大做，耗费太大。若有时间去思考这些细小的问题，还不如更多考量它的外形、结构更好些。

剧本整体很好，零散细节存在缺陷该怎么办？不用担心，大商场并不会倒塌，芝麻绿豆的细节慢慢改就好。

如何讲故事：让观众等待、快乐、回味

下面讲到的是拍电影当中主轴、核心的内容。

若一部电影最终能带来快乐，影院的观众就能接受等待。写剧本时，首段常常比较冗长无聊，这也正常。如果中段、尾段都很有趣，首段就是可以接受的。相反，首段让人开心愉快，越到后面越无趣多余，注定是很失败的电影。观众是可以等待一段时间的，两个小时的时间和电影票钱都花了，他们可以配合。

幼年记忆中，我的外婆讲了好多有趣的故事。她擅长此道，同样简短的故事，她就讲得有趣。各位小时候肯定也听过童话、传说。中国历史悠久，是个有故事的国度。我想每一位编剧、导演一定会有吸引你、帮助你成长的童年故事。

这种启迪会让各位擅长剧本的开端。这与我们的血缘、基因是有关系的。我现在将以电影的方式给大家讲个故事，我相信在中国同样的故

事一定也存在。在美国、日本、印度可能都有，这是个非常传统的童话。

电影开场：遥远的一座小小的村落里，有一个集市。有个女子蹲着卖糕点。她不断地在吆喝，太阳都下山了也没有卖出去。镜头掠过两个山丘，可见一个小草屋，两姐弟在家，他们念叨："肚子好饿，妈妈还不回来。"姐姐安慰弟弟说："妈妈很快就回了。"

妈妈想到家里的小孩要饿肚子了，就要赶快回家，把糕点打包给孩子。妈妈回家走过第一个山丘时，遇到只大老虎。老虎说你把糕点给我，我就不会把你吃掉。妈妈不想交出糕点，但是为了自己不被吃掉，还是给了老虎。过了第二个山丘，又出现了老虎，可是没糕点了，所以老虎一口就吃掉了妈妈。妈妈在死前对老虎说，山丘后面我家里有两个小孩在等我回家，求求你别把我吃掉。老虎还是吃掉了妈妈，来到了草屋，模仿妈妈的声音说："妈妈回来了。"

弟弟说快开门，姐姐觉得声音不对，不给开门。姐姐说："如果你要真的是妈妈，就让我们看一下你的手。"老虎就伸出了毛茸茸的爪子。姐弟俩看到吓一跳，就走后门跑掉了。老虎不断追赶，姐弟俩不断地跑，但是最后跑到了一个死胡同。前无去路，后有老虎赶来，姐弟俩无路可逃，姐姐就跪地祈求，求天上有一根绳子下来。

这时候奇迹发生了，天上真的掉下来一根绳子，姐姐、弟弟就沿着绳子爬上去。这时候老虎也祈求，天上再掉下来一根绳子，让它也爬上去。上帝也没有辜负它，也放下一根绳子。只是给老虎放的绳子是条旧绳，老虎爬的时候绳子断掉，老虎掉下来摔死了。姐姐、弟弟沿着绳子爬到了星空上，姐姐变成了月亮，弟弟变成了星星。

首段，要介绍故事里的人物，以及他们面临的环境。这个故事中，一个传统集市上有个妈妈蹲着卖糕点，一个草屋里一对姐弟等妈妈。几笔便完成了介绍，剧本第一部分就设定好了。

接着，突发性事件出现，这是故事演进的关键。老虎出现了，这个故事开始精彩起来。我要强调的是发展性、延伸性。这是一个要发生质变的过程。刚开始给老虎糕点，妈妈得以保住性命。糕点是种祭品，后来妈妈成了第二个祭品。这就出现了危机感，很紧凑。它要有一个质的变化。比方写一个战争故事，先说有千万大军打了胜仗，再说有百万大军打了过来，这种选择就不精彩。它只是量的变化，而不是质的变化。在观众看来，百万大军、千万大军都是打来打去，没什么吸引点，谈不上状况有什么恶化。

第二个阶段是故事的展开。老虎吃掉妈妈后，很急迫地要去找两个姐弟来吃，这时的紧张感、危机感一定要表现出来。老虎不停歇地急着追击孩子，速度感也要表现出来。非常可爱的小孩天真地企盼妈妈回家，非常凶恶的老虎不断地追赶，这会让观众有强烈的内心振荡。危机感是我们要传达的信息。编剧在写剧本时，也要有老虎不断追赶小孩的感觉。

要解决问题，危机感就一定要有反转。大家会认真听着故事的结尾。本来貌似死路一条了，一根绳子掉了下来，观众燃起了希望，会感动，超出预期。

如果只是姐弟爬上去，一个变成月亮，一个变成星星，这样的结尾不算失败，是观众可以接受的。但这个结尾还是有提升空间的。好吧，出乎意料的是，天上又掉下了一根绳子，观众又紧张起来，老虎爬上去会怎样？于是又有一个反转。老虎爬绳子结果摔死了，孩子变成月亮和星星。这就是非常完美的结尾，也是非常好的剧本案例。不是说单单有两个反转就是一个好的结尾，没这么简单的。

那我现在问你，这故事算浪漫唯美的还是悲伤的？答案有分歧，它既唯美也悲伤。按说这是世上最悲惨的故事了：两个孩子没有父亲，唯一的母亲还被吃掉了，还有比这更悲惨的吗？可小的时候，我不断让外婆给我讲它，觉得并不悲伤，小朋友爬上绳子到天上，一个变成月亮，一个变成星星，多么浪漫唯美。

设计结尾时，只有一个反转是不够的。要尽可能发挥想象力，竭尽所能挤出来想象力，让结尾变成两个反转。至少还有反转的空间。这样就能给观众带来复杂的心情，究竟是悲伤还是浪漫，很难说清，两个元素都有，这就给了观众不断思考的过程。有复杂性，方是一个好结尾。它悲伤，也相对比较唯美。

做反转时不能目的性太强，扭曲硬来。就像做菜要放调味料，在写悲伤的时候加一些唯美进去，写圆满大团圆的时候加点悲伤元素，调和起来。让观众有一种复合的感觉时是最好的。有个说法，要让结尾是bittersweet（英文单词，又苦又甜）的。

我会写的、善于驾驭的就是可以打动幼时内心的故事。我从小喜欢穷人的故事。相比富豪人家，我更爱写小市民生活。小人物身上突遇一个巨大的、特殊的事件，失掉重要的东西，他再去寻回希望与真谛，鼓起勇气重新生活。我本身就会为此感动，我相信大家也一样。纵然我们以笔为生，很有才能，也不可能写什么都棒，谁都不是天才嘛。有些人幽默剧写得好，有些人战争片、历史剧写得好，有些人擅长恐怖、推理片。当然都要尝试，但是要以最拿手的方向为主。

通过刚才的故事，我希望各位能够思考：最适合自己的类型是什么？去寻找这个答案吧。

✏️ 好故事来自与世界的碰撞

我每次来中国都有新收获，这次是关于饮食文化。中国烹饪技巧精湛，南北美味丰富多彩，做个中国人真是幸福的事啊！

我与徐峥导演合作过《港囧》。七八年前，我手上有个已经写好的剧本，故事内容是一位忙到没时间照顾家庭的人体检发现癌症，自己大概只有三个月寿命了，他在与家人相处时发现自己是一个失败的老公、不仁慈的父亲。他想最后帮助家里成员完成愿望：幼小的儿子想在天空上飞翔；上中学的叛逆女儿想得到班上帅哥的爱情；夫人则希望换个完美的丈夫。故事戏剧化极了。当时演员、导演都找好了，在韩国开拍在即。就在这时制片人居然得癌症去世了。项目就搁置下了，直到这边电影协会的朋友说尝试翻译了引进到中国。

我们担心水土不服，还把剧本送到一位电影学院的老师那里咨询了一下。他提出些疑问，我接受了修正的意见。在中国的市场与文化背景下，主角行将就木是非常悲伤的事，若以喜剧表达，观众能接受吗？二孩政策开放了，但家里有两个小孩尚不算普遍现象；婆媳一起生活在韩国比较普遍，那中国呢？剧本交到徐峥手上，他很感兴趣，想和我当面沟通。我当天就订了机票去会面了。他所思考的问题和学院老师所指点的很类似，但我们还是坚持了下来，完成了本土化的调整。上演之后，观众们可以看到他把我的剧本修得更喜剧化了，两个孩子没改。

其实创作者越是试图突破界限、触碰欲望，对观众的吸引力就越强烈。儿子对父母不孝在现实中是不可以的，但在电影中是可以的。公司里新来的菜鸟职员对董事长无礼在现实里不可以，但在电影中就可以。编剧在写作中自由发挥，突破创作限制，在现实中不可以的，但在电影中就可以。

我们要追问自己：是什么让我们紧张？是什么让我们快乐？是什么让我们生气？是什么让我们反思？是什么让我们羞耻？是什么样的过去在向现在的我们提出质问？

好剧本无非两种：第一种是从没人写过的新题材你给写出来了；第二种是对现有故事的重新叙述，用不同的方式表达。就这两种可能。

在生活当中有哪些令人紧张的元素？要是生活中没有瓜葛纠结的人生经验，活得与世无争，当好编剧、小说家的可能性就太低了。要是在家里每天与父母吵架，到学校跟同学吵，没准这人写剧本会写得好。进入社会时，他思考国家、社会的问题，无论对错，只要每天思考，那他写出来的东西就是有生命力的。

举个例子来讲，男编剧写一个父子关系的剧本，或女编剧写一个母女关系的剧本，若他们个人成长背景里确实常常与父母辈争执的话，那么真的会有源源不断的素材。可以写得偏喜剧一点，也可以沉重严肃一些，亲身经历真的有所裨益。

每一个编剧都有自己喜欢的领域，我喜欢音乐我就写音乐，你喜欢赌博可以写赌博。喜欢，就会写得更生动。请在喜欢的领域里去发掘一个新故事，让观众喜欢。而自己不了解，只为迎合大家喜好就搞搞搜集，写自己不熟悉的环境中的故事，成功率是比较低的。

另外一些引人愤怒的题材写出来也有高成功率。对于男性编剧来说，就写每一次谈恋爱都被女朋友发好人卡、背叛这种事吧，写得异常愤怒，弄个喜剧剧本，就很可能成功。原则上把不好的事搬进电影，这些内容最好能引起公愤。韩国常有这种电影，社会上有人干了伤天害理的事，却面临了轻描淡写的处罚。人们会追问，为什么便宜了这坏蛋呢？罪犯因掌握公权力逃脱了应有的惩罚。很多人不满这种不公，把它拍成电影，也很容易成功。

还有一种题材，把不光彩的人生污点拍给大家看，展现羞耻感。我成人以后常回想少年时的困惑、犯过的错误，作为孩子，当父母在世时并不孝顺，内心长久惭愧。大多数人，人生忙碌到无暇停顿脚步去回首，这类反思的故事就是对心灵的填充。

谈了这么多的内容，其实想说的是，要有长久的深思，才能成为好编剧。虽然我在韩国，却也能从媒体了解到中国社会正经历剧烈变迁，跟韩国一样。转型期的事情可以化作很好的电影元素。

亦有历史事件穿越时光向我们提出了问题。那些陈年旧事好像复制在时下一般，它们还会发生。这样的素材可以做成历史剧。如今要写历史剧，得问问自己：为什么是这个故事，它会给今天的观众什么启示呢？

✎ 写出人物的欲望和危机

接下来我要讲一下主角与众人物之间的关系。现在我提出的这些点，各位在写剧本时都要自己作答。好坏都不影响你写完这个剧本，但它关系到剧本能不能与观众共鸣，能不能打动他们。如果说我们要拍广泛院线上映的商业片，主人公的动机一定要明确。反过来，不管发生了什么，他得有一个持续的恐惧点：不想碰、不能做的事情。这个恐惧点必须很清晰。

观众不希望在电影里看到十全十美的主角，编剧更希望观众看完以后能够有共鸣，代入了主角。好莱坞超级英雄的人物都有个性上的缺点，他也是人，人都是有缺陷的，这个人物的血肉就这样被感知。编剧选择主角要有强烈的欲望，无欲无求的平凡主角也能拍电影，但这种剧本递到制片公司就会被回复说："你的主人公太平凡！"

社会上千千万万的人不都是平凡的人吗？一般来说，观众花钱看两个小时的电影，并不想看与自己相同的分身，他猎奇，想看不一样的剧情和主角。主角的欲望不能单纯，追求欲望的过程要剧烈，节奏要快。整个电影环境越来越危险、越来越紧张，观众才能与主角的欲望迅速地结合。这就是我要谈的故事。

一句话总结：故事环境危机逐步加深，主角欲望不断加强。再复杂的铺垫也要在这样的框架下展开。基本架构倘若不这么写，剧情发展不动，就不吸引人了。主角潜意识欲望不断加深，电影的成功率就高了。

举个例子，主角渴望成为中国首富，为了赚钱不择手段，此时外部环境一定要恶化，他面临被打倒的境地，交织着欲望加深，只要能赚钱，任何事情都可以做，主角变得非人。这就不是常规的成长经验了。主角潜意识里无比珍视家人们，电影里的配角朋友提醒他，为了家人不该如此行事："难道他们希望你如此挣钱吗？"其实就剧情来说这不重要。让观众体会到主角的爱家人情绪足矣。

主角的欲望、弱点、潜意识一定是编剧要反复思考的。编剧也需要以上帝视角来考虑主角可有多大质变。举个例子，在座的其中一人离去，背上包去世界旅行五年再坐回这里，我相信他还是那个人没错，但他的人生必然有了质变。电影的主角哪怕只过一个晚上也要有质变，一定得变！观众如此才觉得值回票价。操作起来，不论是瞬间还是百年，重要的就是变化。主角转变与否、转变幅度大小，给人感受绝对不一样。

✎ 写出人物的情感纠结与起伏

之后再聊聊主角形象。不同人物要让观众感觉得到差异，他要做的事情、要完成的人生目标，以及他的洗心革面，要在电影里面呈现出来，要让观众有所体会。假设在我脑海里有一个矮矮的、小心眼的人。这不叫真实形象，这只是一个人的外表而已，世界上个儿矮、小心眼的人太多了。这家伙的人生目标是什么呢？他要如何去完成呢？解答过程中这个人物形象就可以被定义了，比如这个人每每被取笑个儿矮时都生气，一点就着。同样，也能写这个矮个子脾气暴躁，别的事情一点就着，唯独在被嘲个儿矮时转身就走，反而不发脾气了。这些怒点差异虽然微妙，但可以定义、区分人物，制造喜感。

继续思考，一遍一遍地筛选出精华。人物就是反复加深塑造，方能出来鲜明、有特点的形象。他有性格色彩，才有吸引力。

不光主角，配角也很重要。有个常见误区：剧本里配角做的事情就很次要，这是不对的。配角只是相对主人公戏份比较少，并不意味着他为主角而生，他在自己的人生里是绝对的主角。要让自己笔下出现的配角，在极有限的时间里去做自己的主宰，再短都会是光彩照人的。编剧可以透过配角的笔墨来向观众传达电影最核心的深层的价值。

当电影里外在的环境危机感不断加深，主人公的欲望不断增加，一个纠结、矛盾点或障碍便呼之欲出。这就是整个故事了。如何将这个过程表达给观众就成了重点。如果剧本的障碍或纠结点不明确、不突出的话，成功率就是很低的。要问自己这个问题：主人公在追求目标的过程中付出的代价、舍弃的东西，究竟是什么呢？假如主人公有100亿人民币，然后再去为挣1亿而努力。这个故事就不精彩了。反过来，若为了挣1亿，冒着失去100亿的危机，这样就可能比较精彩了。我们要设计出这样一个情形：他为了追求人生目标而跌倒、坠入谷底、失去一切，特别悲惨。

编剧要帮他设定什么是他人生中的最惨、最恶劣的状况。这倒未必要让他死掉、破产。试想一下，对热爱养波斯猫的人来说，假如猫不见了，人就垮了。编剧要把这样简单的事情写得极其悲剧，如坠谷底。

✎ 不提前定好结局万万不行

在最紧张、最高潮的部分解决故事，不代表电影就此结束。主人公从始至终必然要有一个质的飞跃式的转变。在剧情最高潮处会有一个情绪化转变，此时主人公的心理和结尾时的心理一定不同，如果一样，就没有什么吸引力了。有了质的变化，第二次高潮和紧张感就有了。

上述若是理解起来有困难的话，咱们可以回溯源头来思考它。写剧本时，一定要设定好剧情的高潮和矛盾解决方式。先把这两点设定好了，再去动笔。否则就像旅行没有目标一样，可以去北京也可以去天津，这样的剧本是没有什么意义的。绝不是编剧写着写着高潮就出现了。结尾要先设定，否则长长的剧本摇摆不定，真是灾难。到底要怎么结尾？这个问题会持续干扰你的写作。基本上最高潮的时候，主人公有一个改变人生的转变、质的变化、性格的变化。新的人生观、价值观是什么呢，结尾是开放式还是封闭式？都要思考出个答案。

编剧的思想要比观众超前，编剧要比观众聪明。一个人在感情上得到极大满足时，就不会再考虑其他问题。并不是说观众不能多想什么，而是说本片给他们极大量、极强烈的信息刺激，这感觉占据了观众的心，他便没有闲暇时间去思考别的答案。要做到这一点，在高潮与结尾处，就要把剧情内容与情绪传达结合在一起。这是最简单、最常用的方式。

编剧若想通过结尾画外音表达主旨，要避免通过主人公的嘴讲出来。比如这一部核心价值讲爱情的电影，主角念叨：爱情多么重要。当然这不是很好，但最起码把核心价值表达了。更好的方式是要用画面呈现出来，比如表现爱情的伟大，结尾可以是主角穿越枪林弹雨的战争场面，危机重重；或者他从一列驶向荣华富贵的列车上跳脱出来，奔跑着去追赶他的情人。剧本越到后面越不能用画外音讲。用对白展现都算层次低下。主人公想说的事情，可以在电影开头、中间部分讲，到后面了，一定要让主角动起来、演出来，让情节紧张起来。发自内心的共鸣是很难靠嘴巴讲得出的。

🖉 故事若写得好，没人会问主题是什么

若是剧本拿给电影公司或导演看，他们会问你到底想表达什么核心价值这种问题吗？如果有，说明你的剧本完成度还比较低，需要修整。

剧本在导演或电影公司那里，主题是需要编剧通过阐述故事里的人物和剧情来体现的。主题应该是主人公本身，是故事探讨的问题本身。主题不应由编剧来说，而应由评论家来找。主题是我们给主角定义的追求对象或者意识形态。用好莱坞编剧的话讲，是主导性的话题。

就拿刚刚我谈到的《港囧》原型故事来说：癌症晚期只有三个月可活的爸爸，不懈努力只为完成家人愿望。剧本写成了还要去追问编剧主题吗？没必要。实际上，主题在于呈现。故事的发展不流畅，别人看不

懂，才会问主题是什么。编剧应该掌握主动权，故事若写得好，没人会问主题是什么。

编剧要成功，没有确定的路数。不过得警惕，某一些岔路绝对不能走。这个可以走，那个不能走，只有亲身体验才知道。自己身上发生的事情，或在编剧过程中所体会的人生经验，千金难买，在座的同学也买不走我的剧作能力与经验。写完剧本的诀窍究竟是什么我也不清楚，我本人唯一可以确定的，是知道哪些错误不能犯。我可以分享这个，避免大家浪费时间。

有些人会误解，说编剧就是用文字把事情表达出来，写出来，变成个剧本。实际上，任何一个电影公司都不是为了这个付剧本费的。结合主题，让故事发展成一个完整的剧本，这才是生意经。再具体点说，就是把一个不很常有的、不常见的、没因果关系的事，用不同的方式表达出来，写出可拍摄的成品剧本，这才是编剧的使命。

如果你面对一个故事的感觉是：这样的事情怎么可能这样发生呢？那么，这个剧本成功的可能性还是比较大的。刚才那个离死期还有三个月的爸爸圆梦的例子中，小儿子的梦想是飞上天空，结局达成了，但他并不是从悬崖上往下跳的。场景安排到了上海，市民们抬头就可以看到小孩飞来飞去。这一幕着实超现实，但要怎么呈现与叙述呢？这是编剧考虑的事。好的编剧会编一个矛盾纠结的故事，乍一看难以合理解释，他却可以呈现得明明白白。有了想象的空间，让观众去听这个谎言，再让这个谎言变得真实，编剧要有这样的能力。

剧本中尽量别用说明性旁白，越少越好。观众看完自己会去理解。最坏的剧本就是，昨天晚上主人公发生了一些事情，第二天他与朋友喝咖啡，自己用嘴又把前情叙述了一遍。实在需要说明性画外音的时候，就让这些人物产生冲突，吵架打架都行。冲突极大、互相对骂的旁白，就不算说明性旁白了，这只是骂人。比如一对男女主角，男的向女的说明头一天自己出轨的情形，就得用吵架的方式。女主角骂"你怎么这么坏，这么没良心，我要离开你，我不要和你在一起"，在这个过程中，男主角就要不断地解释。

两个人喝咖啡对谈，或者开车与副驾驶座上的人对谈，这样的情景常有。这貌似是必需的场景，实际上又是可以避开的。你可以把冲突写得更激烈、更好玩儿一点。这一般是电视剧和电影的区别，电视剧可以有很多平淡的聊天的，电影要尽量避免。电视剧在短时间不用拍很多很多内容。但一般电影观众希望在看电影的时候，会有更华丽的、不一样的冲突画面，这是电影的刺激感。

因此，剧本叙事过程中要说明什么的时候，你要常常思考是不是可以把它变得更有趣、更有冲突性，能不能让观众入戏。

要让观众喜欢剧本中的主人公，他是否得是绝世好人？不，也可以是坏人。喜欢一个人，并不一定因为他是一个好人或善良的人，电影里的人物有魅力就足矣。《沉默的羔羊》（1991）里的精神科医生汉尼拔不是个好人但有魅力，观众会喜欢他。很多观众会假设自己成为像他一样的高智商变态。这是个能参照的好例子。修改剧本时看一下人物的性格魅力，是否足够有吸引力。剧本写不出细节、写不出魅力，才会有人问你主题是什么。

✏ 讨论答疑

学员：我想问下老师，是什么原因让您当上编剧的呢？

崔石焕：我是工科大学的毕业生。干过建筑公司的职员，然后在 IP 产业创业。35 岁之后，我突然质疑自己的生活和未来志向。在大学时代，我曾尝试和要好的几个同学做过微电影，当时如果说毕业就去电影产业里做那种 80 年代的低级片子，还真不能接受。但当我 35 岁时，韩国电影已经开始有新类型尝试，这时我就有兴趣多了。

当时的主流是轻松愉快的幽默电影，感觉上韩国电影充斥着层次比较单纯的喜剧内容。当时我进入电影界，就想拍摄幼时最爱的童话故事，希望让观众也感受一下这样的故事。当时没有人接收，所以就无从决定应该加入导演、编剧还是制片人行当，那种环境下只能去当编剧。和当导演、制片人不同，做编剧的话，只要故事质感好，有人愿意买，变成电影的可能性就比较大。既然主流是喜剧，那我就写喜剧好了。不是想写什么就写什么，而是迎合市场需求去写的。

我写了一个非常轻松愉快的喜剧：在首尔偏远的小村庄里面，有三个分别教中国功夫、日本剑道和韩国跆拳道的武馆共存，老板相互竞争、不断毁谤。村里有一个美女西施，武馆老板们也为了这个美女不断吵闹。我的处女作特别简陋，令我感觉很惭愧。但我写完不到一个月就有公司想买，然后就拍成电影了。所以，我一直建议刚入行的年轻编剧，自己真正想写的剧本可以等你成功以后再写，现在就要迎合市场，什么主流写什么。这样成功的可能性比较高。

学员：为什么您把家庭、幽默电影当成最值得去写的方向？

崔石焕：幽默剧，比较好玩儿的、开心的题材比较卖座，比如《港囧》《泰囧》。因为儒家观念，中国社会中血缘、家庭非常重要，所以家庭幽默剧可能是一个主流方向。我跟徐峥导演合作过两部电影，《港囧》及后面一部，都是家庭幽默剧。这些工作经历影响了我的相关观点吧。电影像百货商场，很华丽，可以满足人们的欲望。观众们不可能变成电影的主角，但看电影令人可以扮演这样的角色，以获得满足。生活里我是个小市民，电影里我就可以是个大英雄。

学员：关于孩子被追、天上掉下绳子的结局，让我想到《侏罗纪公园》。当女主人公被恐龙追到绝路，来了另一只恐龙解围。好莱坞这种"天降奇兵"突然放出某个元素让主人公逃过一劫。孩子那个故事，要是提前对绳子做一些前期铺垫，感觉是否会更好一些？

答：这是一个韩国童话小故事嘛，给小孩讲的。古希腊很多传说故事是这样，人世间吵啊闹啊发动战争，最后一个神下来解决所有的问题。在古希腊，神仙下凡解决问题可以感动当时的人，小故事亦可以感动小朋友。电影这么干不行！电影要考虑华彩、转折、质变的部分怎么写。

童话只是举例，老虎是个反面人物，小朋友走投无路天上掉绳子，这都是一个期待感、一个想象的空间。我们的人生中也会失去父母，和兄弟姐妹不断地成长，这个童话故事讲的也是人生脉络。不管是韩国电影、中国电影，还是好莱坞电影，结尾危急关头，编剧不断地加入元素进行反转再反转，可以不断地给出新的想象空间。虽然各种故事不同，操作的方式是一样的。

学员：《爸爸去哪儿》这样的中国综艺节目能被拍成电影。同样的综艺节目在韩国没有被拍成电影吗？听说好莱坞电影编剧发展空间很有限，有的就去写电视剧了，韩国有类似情况吗？

答：跟中国一样，韩国也有很特殊的文化背景。在韩国有一个不太好的现象，电影界是一个圈圈，其他人要进来不容易。韩国电影人觉得我们要保护自己的电影，有这种使命感。在韩国，电影是电影，电视剧是电视剧，综艺节目是综艺节目，三块分得特别清楚，未来也还会是这样。在韩国，写电视剧剧本的可能比电影编剧赚钱更多。从电影编剧转为电视剧编剧是有的，可能电影卖得不好便转行了。从电影转电视剧成功的概率是比较大的，相反就不行了。为什么会有这样的现象，就像前面说到的，韩国电影的制作过程中，制片人、导演、编剧三个人拧在一起、生活在一起，一定要把这个无中生有的剧本做好，有这样的勇气和毅力的编剧，成功率是比较高的。韩国电视剧拍摄过程跟好莱坞、中国的是一样的，制片人定下档期，定下演员，定下多少预算。我们按照一定的程序、花一定时间把它拍完，一切没有变量。而韩国电影不一样，制片人、出品人可以多投点钱，导演也可以多磨一点时间，演员也愿意多多配合，直到把这部电影做好。这也可能是韩国的电影与电视剧的差别。

学员：现在中国单一类型的电影票房有天花板，结果就出现很多类型混搭的现象，比如近期的《唐人街探案》。您怎么看待？

答：这个问题非常好。混合类型或者两个以上类型的电影任何国家都有尝试过，在韩国目前我们也在尝试。混搭类型电影赢得票房成功后，它开拓了一种新的电影模式，让后人去学习。如果说今天混搭的电影成功了三四个，这个类型已经形成模式，就会变成一个新类型。

我们在写剧本时，如何把两个不同类型的内容结合在一起，这肯定要看编剧。有的电影既不属于喜剧也不属于恐怖片，但加了非常多的元素，比如恐怖、幽默、推理，就好像我们买了个大杂烩，里面什么都有，都是明确的类型元素。明确分类或是混搭类型，不能说哪个更好，成功与否要由观众来决定。做尝试时，需确定你能拿捏到位，运用成熟。如果一部混搭类型的电影拿了满分100分的话，并不意味着混搭的两个类型各50分加在一起100分，而是意味着每个类型都达到了100分，这样才会成功。观众看上去很简单，但其实不然，编剧要花多倍时间去探索类型的差异，然后再成功地将其整合到一部作品中，以统一的基调表达，这本身是非常困难的一件事。

学员：我看过很多韩国电影，尤其关注一些现实题材的电影，包含一些民族意识的电影，像《熔炉》《7号房的礼物》《素媛》《恐怖直播》《亲切的金子》这些电影。我想问您一下，您认为韩国编剧和韩国电影对推进韩国的社会进步和完善韩国的法律制度起到了多大的作用，重要吗？谢谢！

答：这个问题非常好，我认为电影有推进社会进步、完善法律的功能，这是电影最主要的功能。社会大众所沉默的事情，明明是问题，大家却都不去提，然后靠我们通过电影把它演出来，使它成为主流话题，使大众关心、社会进步。在韩国拍这样的电影更能卖座。但实话讲，这个路子成功也不过十年的时间，并不长。因为十几年前韩国也有审核制度。审核会在潜意识里局限我们的想象空间。

学员：我最近写一个剧本，里面有韩国人物，请问您有何建议？

答：用手写的剧本居其次，用脚写的剧本才居其上。用脚来写剧本，意味着要搜集很多相关资料，这样故事才有细节，才精彩。想写好韩国人，不如去韩国看看那里的人究竟是什么状态。编剧真正去体验生活后写出的东西是不一样的。

学员：如何应对剧本看上去"一目了然"？韩国喜剧电影很有特色，在中国有很多观众喜爱，而且喜剧和其他类型嫁接后，产生比如黑帮喜剧、爱情喜剧、校园喜剧，但这些戏从造型到表演都比较夸张，和现实差距比较大，能请老师讲一下这是为什么吗？

答：写剧本切忌让观众一眼看到底，马上能推理出下一场戏。这不是好编剧。一目了然，一下从开头看到结尾的故事没人喜欢；但反过来，过于离谱的主线，观众也会抵触。所以对于"一目了然"的火候，要拿捏得很准，什么时候放，什么时候收，要有把控的能力。假设一目了然是一把刀，我们要在这把刀上走动，要拿捏着走好。

韩国虽小，但对喜剧类型开发甚巨。服装、台词夸张的类型能被介绍到中国市场，很可能是市场选择的结果，可能是由于中国观众比较能够接受。

学员：韩国电影怎样在这么短的时间内有这么大的提升？剧本的质量又是如何整体地提高的？除了编剧、导演、制片人三者关系特别好之外，韩国电影产业链与好莱坞有什么区别？

答：最主要的原因就是要抗衡好莱坞的电影，要赢过他们，我们不断去思考，如何才能在激烈竞争中生存下来，所以韩国电影会有这么一点点成长的空间。原则上，好莱坞根本不关心韩国的电影，因为它们是强者我们是弱者，但我们要在夹缝中生存，我们去分析、学习好莱坞强者的优势。作为电影从业者，我不愿意说电影就像战争一样，但是在韩国的院线，每天上韩国的电影还是好莱坞的电影，就是天天在作战。危机感推动了韩国电影不断去改变。如果有一天中国电影没有保护政策了，所有好莱坞电影都可以进来，本土就会面临被它们打得一塌糊涂的危机，优胜劣汰，如此，我们怎么生存？现在是中国电影资本可以与好莱坞抗衡的时代了。但韩国作为一个小的经济体，策略和紧迫感就不一样。

学员：韩国出品了很多优秀的犯罪片，比如《恐怖直播》《杀人回忆》《追击者》《看见恶魔》等，是什么让韩国电影人去关注犯罪类型，是跟风还是市场需要？另外，犯罪类型是不是韩国票房最高的类型？

答：犯罪电影成功有两个元素。第一是特别强烈的犯罪动机，很残忍的剧情现实中是没有的，演出来就会非常吸引观众；第二是现实中可能真实发生的剧情被表现得特别好，这样影片的成功率也比较高。只有这两个可能性。

韩国犯罪电影能成功，主要原因就是现实当中并没有那种很恐怖的犯罪，实际上韩国治安很好，罪犯很快就被抓而无法逃脱。法律制裁也很严格。

学员：一个不知名的编剧怎样推广和交流自己的原创剧本？崔老师比较幸运，但不是所有人都这么幸运。生产和销售是一个悖论，在家里待得越久就越不会说话，如果在外面跑一段时间，回去后内心又不那么宁静。

答：我写的剧本能在一个月之内拍成电影，是一个幸运儿。但是你要相信你自己，要觉得自己有能力去驾驭这个剧本，或者你有这个天分。

我们要不断鞭策自己。当然不是说给你一个不能达到的梦想，不是的。意念中你要认为你是一个好的编剧。你不能否定你自己。

所有的导演都渴望好编剧。我想举徐克导演的例子。十年前，徐克导演去韩国，我也很有幸和他见了面。徐克导演说，只要这个世界上有一个好编剧，哪怕他在地狱，我也要抓住他。实际上，制片人也好，导演也好，他们都会去"抓捕"好编剧，只要你是好编剧，不管躲在哪里，他都会找到你。我们来看中国现在的情况，他们都想要好的剧本，已经跑到韩国去翻找所有韩国编剧的内容，好剧本全部都要看。所以如果你手上写了一个好剧本的话，不管把它藏在哪里，总会有人高价去把它买走。就好比身怀利器，只要是好的，总会出头，藏不住的。

以作者思维改编 IP

/第三讲

荒井晴彦

> 你要做的，就是把你害羞的事情暴露给别人。

荒井晴彦，日本最具代表性的电影编剧之一。于1977年开始活跃于电影剧本创作领域，作为编剧曾创作出在中国备受关注的日本电影《W的悲剧》（1984）。其剧本屡获日本最高荣誉奖项的肯定，包括4届日本电影金像奖、6届日本《电影旬报》十佳。2011年所编写的电影剧本《大鹿村骚动记》（2011）在日本电影金像奖入围多个奖项，也是2012年第四届关渡电影节的闭幕片。荒井晴彦除了担任电影编剧之外，曾亲自导演、编剧了三部电影作品，分别是《身心》（1997）、《日本的天空下》（2015）和《火口的两人》（2019）。其中，《日本的天空下》荣获读卖文学奖最佳编剧奖，《火口的两人》被日本《电影旬报》评为年度最佳影片。其他编剧代表作有《左轮手枪》（1988）、《振荡器》（2003）、《深夜食堂2》（2011）、《相残》（2013）、《再见歌舞伎町》（2014）等。

荒井先生现任日本映画大学教授、编剧系主任，同时担任《映画艺术》杂志总编。主要著作有：《昭和之剧：电影剧作家笠原和夫》（2002）、《电影剧作神圣喜剧》（2004）、《存在争议！剧作家荒井晴彦电影论全集》（2005）等。

2016年12月的"大师之光"青年编剧高级研习班上，荒井晴彦受邀分享独特的创作经验，本期研习班以对话交流的形式开展，故特邀嘉宾晏妮与之对谈。晏妮从清华大学毕业后供职于中国电影家协会，1984年留学日本，先后在早稻田大学研究演剧、电影专业获得文学学士，一桥大学社会学研究科历史/社会专业获得社会文学博士学位，现在日本教学。她非常了解荒井晴彦老师，是他多年的朋友，她会带我们从各个角度提问，探寻这位独特编剧的内心。两位在对谈中，也会时不时对来自学生的提问做出应答。

将推理小说改编为青春电影:《W 的悲剧》

晏妮:今天上午我们要讨论的是如何将推理小说改编为青春成长电影,《W 的悲剧》大致背景是 1980 年代引进的一部日本作品,小说原著作者是夏树静子。当时我在中国电影家协会就职,看完这部电影之后写了一篇报道,在《大众电影》杂志上发表。

电影是一种不同的呈现方式。小说的前半部分是罪犯视角,后半部分是警察视角。但是荒井晴彦先生在影片中设定了剧中剧的结构来展现。形式如此,但我理解《W 的悲剧》首先是一个现实故事。它描写一个年轻姑娘渴望能够当上演员在进修班学习,但是无论她如何努力也没法当上主演,后来以一起意外为契机圆梦。

这部电影还有条线是从侧面观察的情侣,这部分展开的故事是一个青春电影,它已经和原著很不一样了。

荒井晴彦:原著是深山里下着雪的别墅中发生了一起密室杀人事件,有人说要拍这个,你来改编。读了小说,我觉得太无聊了,我搞不定。但是角川先生[①]跟我说没事,只要把题目留下来,随便怎么改都可以。

这样一个作业怎么交?我后来想了个办法,原著中有个舞台剧在里

[①] 即该片出品人角川春树。

面，由此我想就把原著情节当戏中戏，再套一层"龙套追梦"的主题，这个处理方法足足花了我一个月才想到。

大概确定思路后，我就开始在日本不同剧团采访培训班的年轻女孩子，询问她们的故事。另外还看了很多好莱坞反映舞台后台的一些影片，如《彗星美人》（1950）、《日落大道》（1950）等等。

原著也是替身故事。我是把年轻龙套女孩当成了事件替身。这个原著主角名字用日文拼写首字母是 W。此外还有女人 WOMEN 的 W，再就是 W 字母本身有重叠的意味①。多层寓意在里面了，所以题目保留《W 的悲剧》。

晏妮：好莱坞的《彗星美人》主角用非常不择手段的方法最终当上演员，做日本故事的形象塑造有何不同？

荒井晴彦：《彗星美人》是约瑟夫·L. 曼凯维奇执导的电影，贝蒂·戴维斯演的主角满怀着热情要成名，就和制片人亨利发生了关系，她觉得这是在实际练习如何成为一个女人、一名女演员的必经之路。欲望驱使这个女孩为了上位做了很多"练习"。这些方面给了我很大的启发。

晏妮：影片第一个场景是从床上的镜头开始的，剧本的初稿有非常多台词，我都拿这个当成留学生的教材来用，可最终成片电影处理得倒是轻描淡写。为何修改？

荒井晴彦：女演员是一个正当红的偶像派演员，演的上一部片子结尾刚好是她走到旅馆门口。偶像明星，我们没法拍她裸体，就有意地设计在旅馆里的一个黑暗环境中让这两人通过对话展示情爱。我们写了大量台词，但拍这电影时制片公司又非常保守，只好改了。

---

① 即 Double V。

晏妮：我认为这部电影是非常有现实意义的，包括记者招待会的场景，娱乐记者也过来采访，也有很多很有名的电影人来演，你在创作时也是基于现实主义去描写的吗？

荒井晴彦：这部确实是，我非常关注这种题材。

拍一个非常真实的虚构故事呢，还是去虚构当下的真实故事？这总是我在思考的一个命题。蜷川①是非常有名的舞台剧导演，他能来参演，是因为我当时采访演员进修生时，访到的其中一位是他的子女，于是就请蜷川先生读了这个剧本，参与进来，可谓非常有缘。演员阵容中还有位著名的舞台美术师，拍电影等场景也耗费了很多资源。蜷川先生在电影里有个很生气地摔剧本的情景，他在真实生活中就是这样，严师出高徒，他教出了优秀的后辈是众所周知的，那场景就是原封不动地再现他本人。

我早年写的电影《新宿混乱的街区》（1977）是一部浪漫情爱戏，是我的自传，写了一位剧作家和想成名的女演员同居的故事，女演员如愿以偿后就甩了这个青年。《W的悲剧》则把笔墨放在女青年身上，影片里男孩放弃了想当演员的梦想，但爱上了这个志同道合的女孩。

当演员就是成为"另一个自己"。这男孩不管是高兴的时候，还是不高兴的时候，都会告诉自己说，这个时候你该开心了，这个时候你该悲伤了。他觉得天天和"另一个自己"打交道很麻烦，就再不愿意这么费神耗下去了，因此不再想当演员。而那个女孩却是恰恰相反。这是我那部自传电影的延续。

晏妮：您的剧本里经常出现情侣的一方抛弃另一方。《W的悲剧》的剧本初稿结尾是两个人开心的大团圆结局。成片却并不是这样，为什么改？

荒井晴彦：这电影一开始我听说是一部贺岁片，是由当红偶像演出

---

① 即日本代表性的戏剧导演蜷川幸雄。

的新年电影。我认为结局就该拍得大团圆些，就是初稿版本。后来角川社长通过制片人来告诉我说，无所谓的，结尾怎样都可以。我当时听了还有点诧异，您早说嘛。所以才会是成片这样。前面的故事情节塑造丰满了，结尾怎么弄都好。

晏妮：好莱坞的《第三人》最后一个场景就是女主看到熟悉场景中有爱人在，但她却熟视无睹，冷淡地决裂。《W的悲剧》也是，给人挺温暖的感觉，为什么这么处理？

荒井晴彦：你说给人温暖的感觉，是不是你想说它比较甜美地结束了两人关系？难道是因为我就是一个甜美的人吗？我每次分手都有这样的幻想：跟我分手的这个女孩，肯定有机会还会复合的。当然女方可能不会这么想，男人则踌躇满志重拾旧缘。《第三人》拍于1949年，很早了。

改编中台词的处理

晏妮：印象中您的剧本中台词都是偏多的、详细的，《W的悲剧》也是，您怎么看待剧本中台词对于人物形象塑造所起到的作用？

荒井晴彦：这片子由两部分台词组成。一个是剧中剧的台词，演员所说的这部分台词；另一个就是实际生活场景中的台词。

我是希望用真实生活中得来的台词给观众留下深刻印象。当年有句台词很有名，女主角被男青年打了一下，她说："你不要打我的脸，因为我是一个女演员。"这台词源于我的前女友，她是个女演员，她就这样说过，所以我写进了剧本。

晏妮：生活中体验更圆满的人是不是没有办法成为一个编剧？是不是缺少一些经验和想象力？这种想象力如何培养？

荒井晴彦：基本上，生活若圆满，就没必要成为一个电影创作者啦。

因为自己过得幸福，他就没有对于过得不幸的想象力。过得不幸才会拼命地思考啊：我为什么这么不幸？因此会仔细地观察身边的人和社会。我就是把我的调查、思考、想象写成一部一部的作品。

晏妮：我很同意。近些年各国越来越多的电影都把台词写得很简洁，需要观众发挥自己的想象力去观察、思考场景和人物，这是个趋势，您怎么看？我记得您曾经写过一篇文章，名字模仿一首歌曲，叫作《烟熏了我的眼泪流》，意思是想写下这样一句台词，让大家看了以后能够深深地留在他的印象当中，就像被烟熏得流出泪一样打动人心。

荒井晴彦：如果是舞台戏，还是得靠台词来展现。另外一方面我觉得更重要的是，如何写好一场又一场戏，水到渠成地令台词活起来。"我爱你"这样一句简单的台词，只要前后场的戏剧情境铺设得好，准备得好，同样可以打动人。另外还有一种未来我想尝试的：不给演员解释性的剧本，就靠写好的台词，能不能拍出一部戏出来？

谎言与真实的复杂性

晏妮：非常期待。当明星及相关人士引发丑闻时，就会不得不出来面对媒体的责问，要以开记者招待会的形式，说明前后的经过，更还要当众道歉。道歉的方式方法是否得当，这些都影响到人们对她的评价。在日本这是很平常可见的一种场景，为什么特地把这样的情景放到电影中？

荒井晴彦：这个场景中的女孩子是甘愿做另一位女明星的替罪羊，顶了这段丑闻，办记者招待会，向大家道歉。她用这个牺牲换得了在舞台上的角色，得到了她想要的东西。

所以我想要展现的是真正在舞台上成为一位女演员之前，她已经具备了撒谎的本事，证明她具有女演员的一种素质。特别是这其中，她有一句台词说："如果我不从他那里拿钱，这样你们都会相信我们是真正的恋爱关系了吧？"这其实是我最想要表达、最想让女演员说出的那句话。我的母亲去年去世了，当时她看了这部电影之后，就跟我说了一句话："记者招待会的时候她说了那样的话，其实就是你最想要表达这句话吧？"妈妈说得非常对，那是面对媒体的一种反击、一种逆袭、反抗的精神。

晏妮：我在日本也有很多剧作家朋友，跟他们也经常见面聊天，也听他们讲了很多创作故事。我曾经听一位朋友讲过这样的事：某一位著名的导演去世了，女演员过来参加葬礼。在葬礼上要讲几句悼念导演的话，这位女演员就流着泪在讲如何缅怀这位导演，他说太可怕了，这个人怎么在葬礼上演戏。当然不能说她的眼泪就是假的眼泪。可我的这位朋友已经分不清眼泪的真假。她在撒谎，但眼泪是真实的。只不过眼泪的寓意不一样，电影中的女孩是对着说谎的自己，对着另一个自己流泪。这是谎言当中包含的真实。换句话来说，也有一种可能是，真实中也有编造的成分在。我想荒井精于描写这两者的复杂关系，日本剧作家无人能出其右了。

荒井晴彦：这部影片的主演药师丸博子拍这部戏的时候只有20岁，很年轻，她一直不太喜欢这部电影，她觉得这部电影当中的女孩使用非常肮脏的方法实现了自己的目的，背弃了好友，实现了当演员的梦想。

待她40多岁的时候，我再次见到她，她终于说那部电影是好片。她说领悟到这部影片当中所蕴含的深深的含义。电影是有着肮脏交易的行业，有很多潜规则。不这么做，也难以在这里混得下去，这才令人厌恶。

好莱坞，还是日式风格？

学员：创作这部电影时，您一方面看些好莱坞相关的电影，一方面又去找一些剧团年轻女孩采风。这种创作方法适合所有电影的创作吗？

荒井晴彦：在生活当中寻找台词，这是一种基本方法。这部影片，我采风花了一个月时间，搭梗概花了一个月时间，然后我就放下来喝酒和玩，后来发现再过两个星期就到了截稿的日子，就又通篇梳理了一遍，完成了创作。加在一起三个月时间，大概是这样一个创作过程。

我有一个朋友说他构思需要三年，写稿写三天。我认为跟他相比，我还是很认真的。

学员：刚才荒井晴彦老师提到了做《W的悲剧》时参考了好莱坞经典时期的两部影片《日落大道》《彗星美人》，您是否会有意识地区分日本电影和好莱坞电影。

荒井晴彦：《W的悲剧》难道看起来不像一部好莱坞的影片吗？现在的人怎么想，我不太清楚，至少我们当时的人是觉得50年代好莱坞电影是我们应该参考的范本。比如说现在韩国拍了很多片子也是模仿美国，但是真正好莱坞的精髓没有学到，只是学到一些表面的东西，动作、明星等。真正支撑拍摄的强烈的意识形态，或者说电影当中的灵魂部分没有得到体现。所以，现在我们也经常对年轻人说，你们要多看一下50年代的好莱坞影片，但现在年轻人对于黑白电影不是很感兴趣。

很多日本的电影导演在市场上受到好评，黑泽明也是，小津安二郎也是，大家觉得他们拍出了日本式的电影。但是这些都是深深受到美国电影的影响之后拍出来的电影。他们看过很多美国电影，才拍了自己的。所以到底存不存在这种概念叫作日本式的电影，我对此是存疑的。

学员：看过影片和剧本之后发现差距还是挺大的。荒井晴彦先生也做过导演，您对于成片和剧本之间的差异怎么样看待？

荒井晴彦：这片导演泽井信一郎的老师叫牧野雅光，泽井跟牧野先生学的方式跟我完全不一样。我们有很多对立的地方。他是靠形式，靠各种各样的形式去展开电影的表现，而我一直是日活系，所以我重视现实、真实的感受。我们沟通起来有很多观念差异。比如说电影当中博子初夜后走路的场景，泽井导演给博子讲戏时说："你在走路，中间像夹了一根粗粗的棍子一样走。"我说这个哪儿成？这不可能嘛。

但是从电影表达方式来讲，这样的剧让人很好懂。她回去之后还在挂历上写来月经的日子，每次都记。我会想，真的有这样的情况吗？我在脑海当中觉得电影就是用形象来表现的艺术，理念很重要的。我采访很多女生第一次的反应，有什么感想，很多人说没什么特别的感受啊。所以我觉得他的导演方式跟我的太不一样，我再也不想跟这样的导演合作了。

最后结尾的场景，我们分歧非常大，最后的拍法是先把镜头摇到整个城市镜头，之后结束这部影片。我和制片人两个人花了一个小时的时间说服导演，才拍成现在的样子。泽井导演对博子哭的表情不太满意，觉得不好，而我们觉得挺好的，应该结束在她那张似哭非哭、似笑非笑的脸上，就是要这种很复杂、看不透的表情。我们为这个结尾费劲很久，我也深入地介入后期制作中。

🖊 日活罗曼情色电影：《红发女郎》

身体之外的性别共情

晏妮：下面我们聊聊《红发女郎》，能请荒井先生先讲讲背景吗？

荒井晴彦：60年代后半期，由于电视机普及，很多的人不去电影院看电影了，日本电影受到很大冲击。曾经做过由胜新太郎演的《座头市物语》的大映公司破产了，他们也拍粉红影片，一般就是投入350万日元、3天的时间，尽量让大家多看一些裸体。然后就是日活公司，他们模仿大映在自己的摄影棚里面，专门拍裸体。从1971年到1988年，17年时间共拍了1100部影片，在世界上也是非常少见的，我们管这样的电影叫作日活罗曼情色电影。

当然了，很多员工认为怎么能拍这个呢？很多人就辞职了。一些副导演或者新手导演，就相继成为导演或者制片人，继续维持生产。

当时工会在日活经营活动当中起到很重要的作用，工会背景就是日本某党派。这事说起来非常有意思，该党派在公开场合反对黑帮、暴力、色情的影片，可是为了维护员工生计，因此不得不用拍粉红片的方式维持这个电影厂继续存活。

拍摄周期是两周一次，同时拍三部影片，一播就是连着三部，所以需要大量创作人员。像我们这些刚刚出道没多久的年轻人，参与到这个拍片过程中，对于我来讲就是一边拿钱、一边学习的好机会。这种影片只要满足一个条件就可以了：十分钟就得出现性爱场景。片长就70分钟，只要满足这个条件，其他你干什么都可以。

从类型上来讲，它可以是动作片，也可以是喜剧，什么都可以。主角是女性，有各种各样的人会登场，比如说女老师，住在大型小区当中的白领老婆、护士，或者是潜水到海里取珍珠的海女、女高中生，等等，职业五花八门。

晏妮：《红发女郎》小说原著作者是中上健次，这部作品的女主人公没有名字，就叫女人。故事情节也不那么突出，最主要的场景就是房间里面两个人交合、吃饭、出门，来回重复，从文学的角度来讲这个构成是成立的，但是从电影的角度怎么样？原著有很多文学性的表达，是难以用电影语言再现的。

荒井晴彦：确实是没什么情节，我想可能来电影院看这部影片的人，他们只要看到女人的裸体就满足了。一般生活场景，男人和女人彼此看见互相喜欢，爱情发展，才有性行为。可是这部影片是相反的一个过程，有一天这位男主人公开着车子遇到了一位路边的女人，就把这女人捡回了家里，两个人没有什么互相了解，就从性行为开始，这是异于世间常识的一种做法。到底能不能够先有性，再有爱情？这个问题，是从我20多岁的时候就一直思考的一个问题。我想这也应该是成立的。这样的一种爱是怎样的，这是我试图探索的问题。

我写这部剧本的时候是31岁或者32岁，我那个时候一直不知道什么是爱。写的时候有一个导演朋友问我说："你这个剧本的主题到底是什么？"我当时的回答是："是嫉妒。"男人自己也不知道什么是爱，有一天借着冲动把女人让给自己朋友上床了，真正遇到了这种场景，他会流泪。这个时候，我想这个人在流泪，是一种嫉妒的感觉，因为是爱着她，所以才会这样。如果真让朋友和自己的女人上床，却什么感觉都没有的话，那就没有真正产生过爱。这是当时对这个问题的思索。另外还有一点，我觉得爱与性是分裂的，不全统一。性只要舒服就可以了。但爱并不一定是这样，男人的下半身都说是没有人格的，这没有人格的下半身躯体和有人格的上半身躯体，其实是处在一种分裂的状态，不一致。

晏妮：确实，看荒井晴彦先生的影片会发现男性的形象比女性表现得更弱一些，说是娘娘腔也好，给人感觉没那么强，而且始终没能获得拯救，偶尔有段感到男人有点出彩，但是最终男人还是都不怎么样。可能这是惯用视角吧。

很佩服的是，荒井晴彦先生在描写人物、各种人物关系时处理得非常好。比如说《红发女郎》若只描写一组男女故事会显得比较单调，荒井晴彦先生就会描写好几组，用多组关系推动故事发展。

荒井晴彦：这个里面出现的是三组男女关系，这些人物在原作当中都有，但是并不是这种彼此都是情侣的关系。比如社长的女儿和她男朋友，在原作当中不是恋爱的关系，在电影当中是恋爱的关系。

要按中上健次的小说原作拍，内容是不够70分钟的影片的。所以我就花了一个月的时间，把所有中上健次的小说都读完了，看看当时有没有一些可以吸收进来的东西。他写的那个地方的人说方言，我写剧本的时候也努力学习了这种方言，但是电影换在大阪地区另一个地方拍了，这一点让我非常失望。

晏妮：小说当中有文学性的表达，比如说女人的气味，你怎么用电影的方式展现的？包括一些下雨的镜头，怎样把外面的场景跟室内的气息融合在一起展现出来？

荒井晴彦：写一些情节，比如女人在家，男人下班回家说"你怎么不给我做饭"；展现她穿着男人的内裤在睡觉等，我也会努力地从他的小说当中去找一些可用的材料。女人是主人公开着车子在路边捡到的，而且她当时正处在生理期，两个人性交，女人还戴着卫生棉。导演问"真的可以这么编吗"，我说我自己有过这样的经历，可以，没问题。

晏妮：（对学员）他有说谎的，你们不要太信，要听取一部分。这部影片是拍给男人看的。当时几乎没有女人去电影院看这种片子。假设就是拍给男人看的。20世纪70年代的时候确实是这样一种情况。那现在的情况跟当时不一样了，很多女性观众也到影院里面看罗曼情色影片，为什么？

荒井晴彦：过去说主流的情色电影看着觉得挺过瘾就行了。但是我的电影被一些女权主义者评价说她们可以接受。这说明其实是有不同的情色影片拍摄方式的。

过去的女性有勇气想感受一下罗曼情色电影，通常说要穿好两条牛仔裤，做好防护工作才可以去，没准还有咸猪手过来。现在来讲，大家去电影院里面看这样的电影，周边环境跟以前相比好了很多。

晏妮：让我想到大岛渚导演的《感官世界》，主人公是历史人物，叫作阿部定，其实是反映女性题材的影片。您拍的这个《红发女郎》是符号性的女人形象吗？

荒井晴彦：中上健次作家出身于所谓被歧视部落的贱民或者非人。姓中上，知道的一看就知道。因此他很多作品反映的都是这样的主人公。日本其实很多人的出生地，或者姓名，都会暴露他是否会受歧视，所以剧情中这个女人也不透露名字。

晏妮：为什么没有把这么敏感的部分选进去呢？在日本有歧视存在。

荒井晴彦：有一位先生就批评过我，你为什么不把这种内涵表达出来，反映一下受歧视部落的现象。神代导演说，没事，我们两个拍的就是男女电影，不是在拍存在受歧视部落的现象。我们拍的是男人跟女人之间关系的一部电影。

晏妮：那你是不是想表达这个主题，而导演神代先生反对了？

荒井晴彦：不是的。原著也有一个挺奇怪的变态大叔，电影中也点到为止地呈现出来了。一看到他，明白的人就知道怎么回事，原作中没有特别有意介绍。（电影中）如果要进一步展现这个主题，又需要加入很多说明性的语言，所以就没有这么去处理。

晏妮：中国朋友可能不太了解受歧视部落到底是怎样的一个社会背景。其实就像上海知青蔑视苏北一样，觉得那个地方大部分人从事的工作是屠宰牲口以及皮革处理等。在日本也是，有人世世代代都在做这样的工作，形成了类似于印度人所说的"贱民"，直到现在，日本这个统合的问题也没有得到特别好的解决，只不过大家不去触及它。

荒井晴彦：回到前面说的大岛渚。初期的大岛渚比较喜欢神代的片子，也就是日活的罗曼情色影片。后来大岛拍的《感官世界》，不太一样的地方是拍摄手法，大岛渚是让演员真正地做爱；日活的情色影片有一条规定，实际上只能借位表演，要仔细看的话，男女演员肚脐眼位置是不对的。

晏妮：《W的悲剧》和《红发女郎》，有人简直不敢相信这两部作品剧本是出自同一位编剧的手，您怎么看待这样的评价？

荒井晴彦：我其实1979、1980、1981年分别还有三部作品，《神赐给的孩子》《远雷》以及《W的悲剧》，很多人看了以后根本看不出来这是同一个编剧的作品。既然能够得到这样的评价，我觉得对于我来讲是无上光荣的事情。我也学过很多的东西，当然这些题材都可以驾驭，自己还觉得挺有自信的。自己对自己虽这么评价，但从那之后也没有更多人找我来写剧本了。

与导演的创作比赛

晏妮：《红发女郎》当中的一个场景很美丽：外面下着雨，而到室内，男女主人公在一起，我感觉到这个镜头的魅力了。

荒井晴彦：我写了十几年剧本，这个场景让我挺佩服这个导演的，处理得比我还好。导演的处理是把泡面炉子拿到了日本取暖用的小桌子底下，原封不动拿过来，这个处理非常好，让我觉得神代导演了不起。别的地方我还是觉得是我的剧本好。

我就是喜欢动，要各种各样的人和东西在电影里动。我不会很静，比如说有两个人端坐在那里，一个人说"真是好天气"，另外一个人说"是呀，真是一个好天气"，这样不行。导演（拍摄的时候）也一直让演员动起来，要不然爬个不停，要不然就翻个跟头。有的时候看起来没有必要，跟这个故事没有太大联系，但是给我一种"哦"（恍然大悟）的感觉，有了这样的印象之后，我就事先把他还没想到的东西都写出来，写在剧本里，不能让他抢先。得较劲！

晏妮：中国的娄烨导演讲过他比较喜欢神代辰巳、荒井先生的片子，始终在动的这种。电影研究中，搞理论研究的人，比如说德勒兹研究电影时，他提出电影就是动的形态。神代先生用了这样的一个方式——动的方式来表达这个女性的性格。

日本电影业最迫切的问题是观众宅得要命

学员：日本电影、韩国电影其实都有自己很独特的美学以及自己的风格，看过日本建筑设计大师黑川雅之写的《日本的八个审美意识》，您从电影的角度看，日本元素应该是什么样子的？

荒井晴彦：每一个国家的电影都有自己的特色。日本电影有什么美学概念？日本的电影业发展现在最迫切的问题是有三分之二的观众宅得要命，都去看动漫电影，真人作品的观众流失了，真是没什么精力谈美学了，你问我美学关键词，这种情况下怕是列不出来了。

学员：我曾经看过荒井老师另外两部片子，一部是《战争和一个女人》，还有一部是《相残》。想问这算不算粉红电影在现代日本电影的新发展？

荒井晴彦：青山真治有一天跟我说，我们一起拍一部情色影片吧。我们一起拍了《相残》，但是拍得不太像粉红电影。我一直把很多电影当成情色影片，也介绍过日活请有名的导演重新翻拍老情色电影。但是在我看来，这些作品的作者性都太强烈了，只是一些使用了裸体镜头的、具有强烈的作者个性的作品。这其中也包括我写的一部叫《身心》（1997）的作品，那个年代拍罗曼情色电影，时代气氛还比较宽松。

学员：您刚才提到了一句，您在1979年、1980年、1981年分别还写了三部影片，但是很遗憾地说现在没有什么人找您写电影了。我不知道为什么，是因为被时代淘汰了吗？请您聊聊创造者跟时代之间的关系。

荒井晴彦：并不是说我落后于时代，大家都不来找我了，我认为我各种领域都能够驾驭。但大公司不来找我的原因在于,我三本剧作外给大家留下了深刻印象的是《红发女郎》,所以一提起荒井,就说他是特别擅长描写男女之间混乱关系的编剧,擅长写罗曼情色的剧本作家。

最大的卖点就是你自己啊

学员:您创作多年,写了不同题材,去年您的电影还被选为日本最好的十大影片之一。请问您从事电影的初衷是什么,怎样保持如此旺盛的创造力?

荒井晴彦:我其实也希望成为一名导演的,但是我年轻的时候还没有数码录像,拍一部电影的费用很高,而电影制片厂又不再录用新人了。也有像粉红电影那样独立系的拍摄现场,当时大岛渚导演也是从副导演开始做起的。可我当时的想法就是,与其去拍那些很无聊的剧本,还不如自己写剧本。拍电影用的胶片很贵,但是写剧本用的纸很便宜,这也是一个很重要的因素。

我写了这么久还在写,是因为我得活下去。观众觉得我的剧本质量还可以的话,我就继续写。我不会为迎合观众而做一些自己觉得无聊的事情,我做这些工作能够维持我的生计就可以了。

学员:情色片领域有一个分类叫作女性友好型,在一个商业敏感度高的行业里面出现这样一个现象,我觉得是挺有意思的。这是一个一般来说"厌女"的行业,《红发女郎》《W的悲剧》我看完之后,并没有厌恶感,请问老师是怎么做到的?

荒井晴彦:我想更全面地描写多层次的人性。如果我处于同样立场的话,我可能也会那样做。比如说那位女孩,一方面,为了实现自己的愿望,她就甘心接受了这件对她来讲非常不体面的事情。但是另外一方面,这个女孩并不坏,她也是一个挺好的人,只是因为身处弱势位置,才会做出无奈之举。她有很多喜怒哀乐,想要实现自己的梦想,如果这个人已经做得很好、非常成功的话，就没有什么有趣的地方了。所以，人都有好的一面和不太好的一面，这两方面我都致力于去描写。

晏妮：我补充一句，我觉得用一句话来说，就是荒井晴彦先生在写作的时候虽然是一个男性，但他是换位思考的。他在写的时候，肯定自己本身是站在女性的角度写的，这样对女性的观众来说就不会产生一种厌恶感。这是我自己的想法。

学员：人一般会把自己不太好的一面藏起来，您为什么能够做到，把一般人不愿意显露给别人看的一面，就这么勇敢地把它暴露出来了？

荒井晴彦：你最大的卖点就是你自己啊！特别是对于没有什么才能的人来讲，就只有自己是最大的一个卖点了。所以，我经常对学生说的一句话："你要做的，就是把你害羞的事情暴露给别人。"不要怕丢脸，不要怕出洋相。只要你这个洋相、弱点暴露给别人之后能够受到欢迎、能够被关注、能够卖座的话就可以。这里面有一定的技巧，自己一定要站在客观的立场上，自己嘲笑自己，自己客观地评价自己。所以，普普通通写一个流于形式、场景平庸的故事，是没有什么特点的。我们不仅要敢把自己的缺点暴露出来，还要用一定的技巧表现出来。

学员：想问下您写作时跟自己相处的方式。

荒井晴彦：我通常要写一个东西的时候，会把该读的东西、该查的东西花一点点时间集中地了解。有了一定的主意和构思的时候，就一鼓作气地把它写好。虽然是一鼓作气，考虑到现在的体力，也需要花一周左右的时间完成。

我们的灵感不是这样坐在电脑前写着写着自然而然就来的。写不出来的时候，你需要放松自己，你需要玩。我们这个工作挺优雅的，即使你喝酒或者跟女孩子聊天，脑海里面某一个角落仍然可以时时刻刻都想着剧本的事情。也许灵感突然就到来了，在你坐电车、上厕所的某一个瞬间就来了。有一天灵感再也不来，你也就完了。我也有助手来协助我做一些工作，我把想法告诉他们，他们写好了，我在后面看一遍再指点，也有这样的一种合作的工作方式。

家庭题材翻拍片：《神赐给的孩子》

三名编剧共同执笔

学员：您参与的《神赐给的孩子》（1979）这部影片是由三个人共同创作的剧本，如何一起来合作的？

荒井晴彦：这个作品是我在写完《红发女郎》之后，前田导演[①]告诉我说，他正在创作一部新的作品，让我来帮忙。这是一部叫《集金旅行》（1957）的老片子的重新翻拍。

老版拍摄的时候还没有日本的新干线，但是我们拍的时候有新干线了。[②]这部片子本来讲的是一对情侣收债后去旅行的故事。现实时间维度短了，怎么办？我们就在里面加了一个小男孩，小男孩没有父亲，突然被塞到主角家里说"是你的孩子"，他们就得为这个小男孩找父亲。当时美国流行一部寻根的电视剧，我们就给加了两条主线进去，一条是一对情侣为小男孩找父亲，另外一条是女主人公顺便通过旅行探索她的母亲的来历。

当时这部影片已经确定了女主桃井薰，男主渡濑恒彦。后来我们这三个编剧就在一起，商量要怎么分工。我们把这个作品简单分成前、中、后三个部分，我们三个人花了一周的时间，把情节差不多都敲定，用"剪刀、石头、布"来确定谁认领哪个部分；接着就各自分开干活，隔了一个星期的时间又聚在一起，花了三四天就把整个作品串了起来，就此

---

① 即《神赐给的孩子》导演前田阳一。
② 公路片的时间维度便不同了，新干线的速度要快很多。

完成。

这种共同执笔创作的情形,如果时间充裕,最好是大家分别写完以后,然后再交换立场各自重新写一遍,这样就会比较理想。但是我们没有那么长的时间。拍好了以后反响还不错,导演山田洋次特别发来贺信,祝贺这部影片的完成。

晏妮:您曾经在日活创作的《红发女郎》这部影片给您带来了很大的成功,为什么接受以拍温馨家庭题材为主的松竹的邀请参与这部片子?

荒井晴彦:我不是受到松竹的邀请,而是受到了一位我的同龄人高田纯次的邀请。

晏妮:松竹出品的是温馨家庭片,跟您之前作品风格不太一样,您创作的时候有没有照顾这点?

荒井晴彦:肯定起到了某种作用,但我是接触了之后才觉得松竹的朋友比较保守,在那里工作挺憋屈的,感觉浑身都起了荨麻疹似的。剧组里面有很多上年纪的人,我是个小年轻,所以感觉很不适应松竹的体制。但是主演桃井薰和渡濑恒彦这两人跟我年纪差不多,本来就是翻拍,我便在剧本里加入一些台词,比如说旅行时互相对骂,吵架时男的说很久没做爱了,女的也回应说很久没有做爱了,但是那个台词涉及性,被松竹公司删掉了。不过初稿中还有,实际演出时,两位演员即兴地演,就把这个台词说出来了。某种意义上来讲,两位年轻男女主演跟我一起共同作战,是战友。这部虽然是沉重题材的翻拍,但是还是有70年代的特点。

晏妮:荒井晴彦先生负责中间的那一部分是吗?

荒井晴彦:确实是中间这部分,但是经过微调之后,三个人的部分都很好地结合在了一起。我在一些细微的地方加入了很多自己的观察。

比如说像女演员寻找她母亲的足迹时，后来得知母亲曾经是一位卖春妇，她回到过去那个地方找来找去，"大概应该是这里了吧"，她蹲下去，回想起小时候看到的那些事件，觉得就是这里了。还有她学母亲在街上拉客的场景。这些很细致、微小的地方，是我建议加的。

  晏妮：最近我看这部片子，还是觉得很有趣，您的片子很少会出现一个幸福完美的家庭形象以及对它的维持。基本上是没有出现过能够让人觉得幸福的场景。是不是您对家庭这种体系本身是持否定的态度？这部片子面对松竹这样偏保守的公司时，您一方面要妥协，另一方面也把自己一贯的思路融合了进去，可以这么理解吗？

  荒井晴彦：这部片子的开头，桃井薰所演的女主角是个龙套演员，有一句台词说"其实我和你所想的应该是差不多的一件事吧"，等于是男女主角用这样的一句台词确认了彼此都想把这个并非亲生的孩子共同抚养下去。这是比较符合松竹选题的一句话。通过这样一个处理，算是把这部片子放进了松竹所允许的价值观框架中。确实，我对家庭这种机制持一种怀疑态度。但是松竹的片子不可能这么反映这个主题。

  这部作品问世后不久，上海有一家电影杂志过来说，能不能把您的这部片子的剧本刊登到我们的杂志上进行介绍，我说可以，那就用吧。后来我家里有一个亲戚会中文，翻译以后，发现那本杂志里面说"这是出于批判的需要"，说我这种是颓废的、男女同居的资本主义的思潮。

  晏妮：80年代的中国您就不要往心里去了嘛！基本上都是这样的。我稍微评价一下，说起松竹，大家的普遍反应就是家庭温情片比较多，但是这部片子从开始到结束都没有出现一个完整的家庭，小孩血缘的关系也说不清楚，只有五分之一的可能性。唯独出现真正的亲子关系，是过去式的女主人公和她已故母亲的关系。最后也没出现家庭，没人知道这对情侣会不会结婚，这也算一个保守电影公司拍出来的具有革新意义的片子了。

荒井晴彦：其实也没有那么厉害，日本很小。

我受新好莱坞影响，结局往往是悲剧

晏妮：我们谈谈类型吧，这部片子横跨两种类型，一种是公路电影，一种是喜剧片。您给我们详细介绍一下您对类型片的看法。

荒井晴彦：公路电影可能就是符合电影原理的吧，场所在移动，人的心理也随着这样一种移动发生变化。这就是拍电影的基本形态。喜剧，我其实本身不喜欢喜剧，比如说你有十个包袱想让观众看了以后笑，但其中不是每一个包袱大家都能够感受得到的。所以你得做好心理准备，一开始就有人告诉我，大家能够感受到三四个，能笑出来就不错了。你得想着多抖一些包袱，才能够达到效果。如果你抖的包袱大家都感受不来的话，你就惨了。

晏妮：刚才您提到山田洋次，他有一部影片也是用了桃井薰演，叫《幸福的黄手帕》，也是一对年轻情侣，也是一部公路片，路上出现没有家庭的高仓健，这一对就鼓励高仓健找他夫人，这部片子您怎么评价？

荒井晴彦：不喜欢。

晏妮：不能够一句话就打发我们，说说为什么不喜欢？

荒井晴彦：我心里期待最后不要挂黄色的手帕，用别的颜色。我感觉这部片子好像太情真意切。不过人没有那么一根筋，人其实有很多的弱点。当然它是从美国一首乡村歌曲改编的片子，没有办法只好这样了。我觉得不能说这个人这么多年一直等着他回来，看到一个黄色的手帕就行了。我要写，就是正好挂了别的颜色的手帕在那儿，高仓健看到就走了，我希望是这样一个结局。

晏妮：如果是新好莱坞电影，真可能会这样吧。我知道荒井晴彦先生是比较喜欢那个流派的。

荒井晴彦：我喜欢新好莱坞电影。我受它影响，结局往往都是悲剧。

我年轻的时候读过山田洋次的文章，他写道，我们这个世界放眼一看到处都是肮脏的东西，所以我要在电影当中拍一些美好的人、美好的事，拍一些这样的电影。我觉得挺虚伪的。因为电影，最终还是要让人去看，有所感受的。比方说我年轻的时候就感觉他把电影的作用贬得很低，就好像我那时常去的居酒屋，里面贴着一条标语"今天这一杯喝下去，明天你就精神了"。你就是来这里喝酒的，今天喝痛快了，明天就有劲干了。他把电影贬到了这样一种价值观，我觉得不对。既然说这个世界上到处都是腐败，到处都是贫困，你不要让大家沉浸在虚假的美好当中，你应该通过电影号召人们斗争啊。

晏妮：山田洋次拍影片还是很合大众心意的，我想他应该发自内心觉得电影应该这样拍，所以才一直从事电影的创作。说到这样的流派，引起我个人关注的一个现象就是，日本"3·11"大地震发生之后越来越多的片子强调的是家庭里面的感觉，这种温暖的、给人鼓励的片子比较多。

学员：您好，我想听一下您对是枝裕和导演的评价。

荒井晴彦：不喜欢。

学员：请您说一下理由。

荒井晴彦：是枝裕和在中国、日本都非常受欢迎，还有西川美和也是，我不喜欢。我觉得他的片子像电视片，怎么看也不觉得像部电影。《如父如子》的设定不算有问题，要探讨哪个是生他的父母，哪个是养育他的父母。可这主题不太符合现在的潮流，太古典了。因为放眼世界看，不同肤色、不同头发颜色的人，都可以作为同一个家庭的成员在一起生活。可是他现在还拘泥于谁是养了我的人，谁是生了我的人。另外，《海街日记》当中出现镰仓的四季挺好看的，但没有什么内容，那故事没有什么情节，同一个影片竟然会出现两次给父亲举行葬礼的这种情景，好像有点多。食堂老板的角色跟四姐妹没有任何关系，为什么把重点放在这里，也让人觉得迷惑。我不喜欢。

🖉 编剧执起导筒：《日本的天空下》

写吃饭，吃了什么菜一定要写出来

晏妮：《日本的天空下》这部影片是去年荒井晴彦先生根据一部小说改编的，他自己写的剧本，自己执导。作为导演作品来说，是他时隔27年拍的作品。

荒井晴彦：日本这个国家在打败了那一场战争的时候，很多人把战争当成一场自然灾害一样来看待，觉得战争结束了这事看起来对他们而言似乎就跟台风过去了、地震结束了一样，不去思考这场战争为什么打响了，为什么结束了。70多年来，日本人一直缺少对战争的反省。我在这部影片当中描写的是一个年轻姑娘身上的小小故事。一般人都讲战争结束了挺好的，可是这个姑娘说我不希望这场战争结束，为什么，因为她喜欢邻居的有妻之夫。战争突然结束的话，男人家去乡下避难的妻子孩子也就要回来了。这个女孩没有办法接受这一切。我想描写的就是这样一个大的环境之下，一个不希望战争结束的姑娘身上发生的事情。

晏妮：荒井晴彦教我们写剧本的时候都会告诉我们：写吃饭的话，吃了什么菜一定要写出来；写做爱的话，从脱衣服到行为结束的这个过程全部都要描写出来。特别是在《日本的天空下》这部影片里，吃饭的情节特别多，里面有一场戏是讲女主角来月经之后，肚子饿了偷吃饭里的豆子,那一场戏我印象特别深刻;另外一场是她家院子里种的南瓜熟了之后,她跟妈妈站在那里讨论这个南瓜应该怎么烹饪。我想问一下荒井晴彦老师,当时是怎么样考虑要把这些写得这么具体,有什么想法?

荒井晴彦:我的副导演当中有两个人是广岛人,他们问我说:"这部作品描写的是战争题材,可是这里面出现了这么多吃饭的镜头合适吗?"这部作品描写的不是战争的前线,而是后方。后方的广岛、东京也受到多次空袭,甚至原子弹,但除此之外,大部分人是普普通通一天天过日子的,过日子就要吃饭。也有年轻人看了我的片子就说,这部电影根本没有揭露出战争的悲惨。我是这么看这个问题的:第二次世界大战的时候,日本有320万人死于那场战争,但也要注意有8000多万人活了下来,才有今天的日本。大家好像谈论战争的时候都缺少对活着的人日常生活的一些想象,有小的地方没遭轰炸,没有受到战火直接的伤害,所以我想拍的是战争这种非日常事件中日常生活的镜头。生活在那一场战争中的人,他们要活下去,要活下去就得吃饭,所以我就描写了很多吃饭的镜头,而且是很详细地去描写。

我笔下没有了不起的男人形象

学员:两个人关系发展到结尾,女主角一直在思考,一直很忧郁,直到战争结束,还满怀期待男主角到她家里去。但战争结束后,男主角对两个人的关系没有思考。片尾旁白中女主角说:"战争结束了,我的战争刚刚开始。"女主角是不是在暗喻,战争是由不负责任的男人引起的呢?

荒井晴彦:没有到那种程度,但是也差不多,从结果上确实可以这样看待。这个里面出现的男人是一个没什么魅力的人,因为其他的男人都被征到战场上去了,没办法,只有旁边的这个男人,人品又不是很好。我想描写的就是这种很软弱的男人。我笔下没有那种了不起的、让人敬佩的男人形象,一般都是狡猾、胆小的,或是不可救药的比较多。

学员：我非常喜欢这部电影，我看这部电影有很强烈的感觉，它很像《我的父亲母亲》。这跟荒井晴彦老师个人家庭的故事有关系吗？片中，西红柿熟了，采摘的年轻人却不见了，想问荒井晴彦老师，对西红柿是不是有特别的情愫？

荒井晴彦：确实，我对西红柿有一些特殊情感，我原来拍的一部片子《远雷》，主人公就是种西红柿的农家青年。那部片子是我和根岸吉太郎一起拍的，这部《日本的天空下》我也想跟根岸吉太郎先生一起拍，我把本子给了他之后，他说这个本子挺好的，可拍了有谁看呢？我想算了，那我自己拍吧。

说起跟家人相关的一段回忆，片中还有市毛先生拉小提琴的情节，我的父亲会拉小提琴，上战场前他自己花钱录了一盘唱片，算是留给家人的遗书。他从战争中活了下来回到家，才有了我的出生。我把这个小提琴的情节，当成对父亲的回忆，这是原著当中没有的，这是我添加的内容。

学员：想听一下老师对园子温电影的评价，园子温在中国视频平台的弹幕上是非常受欢迎的。

荒井晴彦：我非常不喜欢。我觉得他的描写太过了，过于追求感官的刺激，比如说把人杀死了，然后肢解。为什么要拍到那样的详细程度呢？其实给大家看的内脏，当然都是假的，都是道具造出来的东西，可是给人感觉不太舒服，而且过度追求感官的刺激。很多年轻人看他的片子，会习惯这样过于刺激的镜头。比如说，有年轻人看我拍的《战争和一个女人》，就觉得"为什么不把强奸的镜头描写得更加激烈一些"，他们对于一般的暴力描写都没有什么感觉了。这就是园子温过度使用暴力、过度追求感官刺激所带来的一个后果。从这个角度来说，我不喜欢他。

我喜欢的原著作品，就很难去改编

学员：日本动漫产业非常强大，还有推理小说。现在很多的电影是根据漫画和推理小说改编的，请问这样的行业现状对日本电影的冲击或者影响是什么？想知道您改编过程中的一些心得和建议。

荒井晴彦：首先，我要改编一部原著，就要站在一个评论者的角度审视这部作品。我很喜欢的原著，就很难去改编，因为爱会让人麻木。

比如说现在最火的片子《你的名字》，在日本已经创下了两百亿以上的票房，我也去看了，看了以后的感想是，这么多人到电影院里面追电影，这些观众肯定都是没看过啥正经好片子的观众。我想之所以我今天在这里拍电影，是因为我们这些干电影的人之前就看过很多能使自己受到感召、彻底改变的好电影。所以现在日本电影怎么说呢，最大的问题在于日本的公众。

学员：中国很多创作者受美国类型片的影响，创作会追寻一个结构，像三幕结构，每一分钟、节点都有一定的规律。但是我不知道日本的创作者在这些方面会不会遵守？比如说会搭好一个框架，每分钟往里面添什么，会不会把每一分钟的东西都列出来？还是根据自己的习惯，按照自己的想法直接写？

荒井晴彦：好莱坞的片子，悉德·菲尔德的编剧技巧用得多。我也翻译过这样的剧本。在日本，相对来讲不会这么严格，但也采用一页纸一分钟，一旦涉及成本，大家会就这一页纸的具体内容去讨论要不要增删。很多大制作，会采用制作委员会的方式，这就好像开一艘船，很多人当船工，船却总开不好，也有这样的现象。

电影是跨不了国界的

学员：《大鹿村骚动记》是当年的日本《电影旬报》十佳之一，这部电影好像也代表日本入围奥斯卡，借这部片子，您挖掘了日本国民性，让日本电影走向了世界，我们想了解对中国有什么建议和经验分享？

荒井晴彦：原田芳雄这位演员被查出来有癌症，医生说活不到一年了，导演说"我要拍一部片子，算作他一生最后的作品，你过来帮忙吧"。这位演员本来是一个动作片演员，导演便设想给他演个黑帮电影，从监狱里面刚刚出来的角色。我觉得挺没有意思的，就建议导演说："您得问问他自己本人想演什么吧。"于是导演问了他本人，他想演一个村庄当中的歌舞伎，那是一种戏剧剧种。我没有看过歌舞伎啊，愁。后来写成的影片中还有主角的老婆跟着好朋友私奔、得了阿尔茨海默症又再回村的情节。为什么要写记忆丧失？因为我自己的母亲就被这个问题所困扰。

一般来讲，一个女人与两个男人冒险或流浪的故事中，通常是其中死了一个人，然后故事结束。在这里，要编个什么故事才有办法让三个人都死？我想到的就是这个女人失忆了，区分不开 A 和 B 两个男人了这样一个情节。创作时，我并没有想到会有这么多好评，还得了奖。

晏妮：（对提问者）是日本学院奖吗？您说的应该是日本的奥斯卡，不是美国的。这个奖项在日本戏称为"混蛋奖"（笑）。

荒井晴彦：都说电影可以跨越国界，怎么说呢？我个人认为还是跨越不了国界的。欧洲人总爱用"发现"这类词，仿佛哥伦布发现了新大陆，可是其实美洲一直都在那儿。日本人也说我们发现了黑泽清等。这是一种以欧洲为中心的价值观。我不喜欢。很多人觉得去了戛纳、获了奖，好像多么了不起。我这样评价可能跟我没有在那儿得过奖有关系，他们不怎么看好我的电影，所以我能够这样说。我觉得，他们对日本是有误解的。

兼任编剧、导演的创作模式

———————/ 第四讲

弗雷德里克·奥比坦

> 所有的事情都有规则，
> 但是总有例外。

弗雷德里克·奥比坦（Frédéric Auburtin），法国导演、编剧，代表作有《巴黎，我爱你》（*Paris, je t'aime*，2006），以及讲述了国际足联百年历史和世界杯诞生故事的《激情联盟》（*United Passions*，2014）等，影片曾入围戛纳等多个电影节奖项。在职业生涯的初期，他曾担任许多大片的执行导演，同时将多部优秀文学作品和历史文学巨作改编为剧本。

1998年，弗雷德里克·奥比坦和法国著名男演员热拉尔·德帕迪约（Gérard Depardieu）合作，拍摄了他的第一部长片《偷情桥》（*Un pont entre deux rives*，1999），同时为该片创作了音乐。随着其导演生涯的发展，他创作了一系列喜剧影视作品，例如《圣安东尼奥》（*San Antonio*，2004）、《特使》（*Envoyés très spéciaux*，2009）等，以及改编了戏剧作品《狐狸》。

在2016年12月的"大师之光"青年编剧高级研习班上，身兼编剧、导演的奥比坦介绍了法国的电影传统和产业环境，并分享了三十多年积累的关于文学改编、喜剧创作、定制电影及合作拍片的独家经验。

🖋 法国特色作者电影

我是作为法国电影人来跟大家分享点个人经验的！

有声片诞生后的20世纪30年代以来直到50年代，法国出现了很有特色的现象，有的导演邀请了文学界的大师人物编写剧本，如马塞尔·卡尔内与诗人雅克·普雷维尔的合作。很多大导演同时也是影片的编剧，譬如让·雷诺阿、雅克·贝克等。这其实已经是后来所谓的"作者电影"了。许多法国作者导演深受其影响。自从30年代以来，他们创作出很多扎实的剧本，尤其是在语言方面。而在当时，法国编剧团队中会有专职写台词的工作人员，为特定演员量身定做台词。

50年代，安德烈·巴赞创办了《电影手册》的杂志，弗朗索瓦·特吕弗率先提出"作者策略"（La politique des auteurs），重新定义了法国电影中的"作者"含义，电影创作者要自己写剧本，对剧本和对白负责，由此诞生了大家所熟知的新浪潮运动。这是50年代末60年代初的一场电影运动，从此，编剧一边创作剧本一边开始导演自己的作品。特吕弗、戈达尔等影评人弃笔从影，走出摄影棚，走到大街上用新的方式、用非常自然的方法拍摄自己的新片，有极大的创作自由。导演变成了影片的作者。直到今天的法国，最终剪辑权依然是紧紧握在导演自己手里的。在美国就完全不是这样。

法国电影资金体系与电视台的角色

法国继承新浪潮以来的传统，每年可以出产150部到200部的剧情长片。如今，电影在法国分为作者电影和商业电影两种，制片过程中能感受到这两种电影的不同。作者电影可以享受到法国电影资金体系带来的极为有利的融资条件。

法国国家电影中心建立了为本国艺术电影提供资金支持的体系，观众每买一张票，就有抽成会返回电影作者手中，剧本创作开发便获得了支持。甚至比如汤姆·克鲁斯或者成龙的电影在法国上映都要接受票房抽成，以支持法国国内电影制作。这在全世界都是独一无二的。

法国商业电影如通俗喜剧一直是非常有票房保障的。要收回投资，演员的选择就很重要，需要找最瞩目的明星来演，这也传承了源于好莱坞的方法。喜剧演员稍一走红，制片人通常都会蜂拥而至与之签下合同，当然同时也会签下编剧和导演。比如说一部《欢迎来北方》（2008）创造了法国喜剧电影的最高票房成绩，当时引起了相当的轰动，主角凯德·麦拉德和丹尼·伯恩也因此片约不断。

法国的电影资金体系中，电视台扮演着重要的角色。在法国，几乎每部影片都要跟电视台签订发行合同。电视其实打破了媒介的时间性。假设有部影片上映，四个月后可以看到DVD发行，电视播映发行大概就是在一年后。

法国作者电影、商业电影都绝对会有电视台的资金支持。随着几大电视网络的领导权逐渐落入一些商人的手里，他们可能在商业的考量上更多追求大众流行的内容，最著名的法国电视一台就是如此。

绝大多数电影最强有力的支持就是"CANAL+"，拥有这个标志的电视台几乎向所有法国电影提供资金。它是一家有线电视台，会率先购买电影版权在自己频道上播出，然后才拿给免费公共电视台播。近几年，新技术的出现使CANAL+电视台的资金支持在逐渐地减弱。

法国所有的编剧、导演都要做这样的事情：做了一部时长两小时的电影后，还要为电视台做上两集 90 分钟的迷你剧，或者八集、十集、十二集这样的连续剧。处理这样的单集、迷你剧、连续剧都会运用到不同的编剧技术。

电视对电影内容产生了不可忽视的影响。电影可以从电视广告商那里得到非常高的收入，内容便也要做到取悦电视观众。不过，这其实是对自由创作的伤害。要符合电视的要求，就不允许有冒险的尝试。我不想表达得特别悲观，因为总有一种电影的形式是可以逃脱这样处理的，就是文学改编。

✎ 文学、戏剧改编电影

法国有深厚的电影文学传统，文学是电影无穷无尽的创意源泉。比如说大仲马的《三个火枪手》其实在默片时代已经被改编成电影作品了。今天上网搜，几乎可以看到《三个火枪手》的传统版本、西部片版本、色情版本等各种各样的类型改编，差不多每三年就有一部新版《三个火枪手》出现。

我 1983 年大学毕业，入这一行时，法国电影还致力于制作古装片，有非常大型的布景、奢华的服装等，如《恋恋山城》和《甘泉玛侬》，还有改编自玛格丽特·杜拉斯同名小说的《情人》。这几部作品的编剧都是热拉尔·布拉什，我曾有幸跟他一起工作过，他几乎参与了罗曼·波兰斯基、让－雅克·阿诺所有的作品。他其实不只是编剧，也是一位作家，稍微有些自闭症，非常害怕外界社会。他一般都待在房间里，很少出门。那时候也没有网络，他在房间里，猫坐在床上，电视在床后，24 小时一直开着，但不打开声音。他有很多书，非常热爱运动。我想告诉大家的是，作为编剧，你甚至可以不出门，像我非常尊敬的这位先生，一辈子把自己关在房间里，害怕走到人群当中，他就是这样写出了很多很优秀的剧作。想象力对于编剧来说才是最重要的！

我的父母是马赛一家纸媒的记者，我小时候经常看到周围的人拿着笔不停地写东西。写作是电影最重要的基础。就像画家总是拿着纸和素描本不停地画，你要做的就是不停地写，然后将写的东西搬上银幕。对于编剧或者导演来说，思想一定要像烧开的滚水一样，要不停地沸腾。编剧是不可能早上八点上班、下午六点下班的。要找到适合自己的写作节奏。你可能也会非常地劳累。

戏剧改编的优点是在结构上已经比较完善。可能不一定是三幕剧，有可能是四幕剧、五幕剧，这结构是可以直接拿来用的。但一定要警惕不能拍成一台戏剧录像。戏剧，尤其是歌剧，很多情节是通过歌词来传达的。所以，戏剧改编电影要避免从戏剧观众角度呈现故事。

另外在戏剧改编过程中要注意的是：一定要打破规则，毫不犹豫删掉一些原著已经有的人物和情节，自己再新添一些人物和情节。你总会有自己的主角，也有这个主角的对手。所有故事都有主角，有敌对的势力，有他的朋友，以及各种各样次要人物的辅助。从最早的古希腊戏剧一直到莎士比亚、莫里哀的剧作，甚至到现在的卢卡斯的作品，这些作品中都能看到同样的人物功能，每个剧中人物各自的功能是不可取代的。

原先戏剧在舞台上演出，发生在平面空间，在改编成电影之后，就可以增加电影的三维空间感。我们做戏剧改编的时候，除了空间感外，节奏感也是非常重要的。要通过人物以及对话、情景的设置，调动观众情绪的紧绷、松弛，掌握好观众接受这部影片的节奏。每一次饱满的情绪之后，我们一定要让观众休息一段时间，重新获得能量，再迎接下一次情感的高潮。

✎ 提笔就写对话？

很遗憾，今天很多法国电影的剧本往往都没有写到完善的程度就开拍了！这些围着明星转的影片，通常来源于制片人或者是编剧的创意，只花两个月剧本就创作完了，甚至都拍摄完了！这样的影片搬到银幕上必然会失败！

用一句话描述我所说的创作：所有构思在脑子里都已完成，现在只剩写作了。写作只是最后的步骤。你知道这个故事、人物、所有情节的设置，以及情节之间的关联。当这一切都在脑中仔细思考之后，再开始写作，我觉得这是编剧过程当中最重要、最根本的一条。

我现在遇到很多法国年轻编剧一上来就开始写，比如说我们在天津上大师班这件事吧，他们会冲上来先写上"内景（或外景）、时间、地点"，人物就是两个老师，动作就是上课，下面直接开始写对话了！这是非常重大的错误。所有的优秀编剧都会告诉你，一定要把对话放在最后才写。

提笔就写可能会有种满足感，但是这样会有很多返修的工作等着你，你很可能会忽略了情节的设置，以及对人物感情的层层铺垫。

让-保罗·拉佩诺导演的改编作品《大鼻子情圣》（1990）在电影史上可以称为巨片。他不仅仅是导演，也是一位编剧，还是一位非常优秀的剧本医生。他教了我很多编剧方面的东西。他甚至可以花十年来写作剧本。你们想象一下！他没有自闭症，有专门的办公室，每天早上要出门到这个办公室写，他家里的桌子、椅子是给客人来坐的。他会把自己写剧本的小便笺贴满整整一墙。他的创作理念是，他会严格遵守剧本创作的程序，绝不打破——先写初稿，再做结构，最后把台词放进去。

让-保罗教给我非常重要的方法，就是每写一段戏，设置情节时一定要问自己为什么要这样处理，有什么必要。为什么这个人物要在这个时刻表达自己的情感？为什么在此刻我需要一段安静的场景？我在拍摄的过程中，也会不断追问自己：为什么把摄影机放在这儿？如果回答不了，很可能不能满足对情节设置的需要，也不能充分表现人物感情。

喜剧最重要的是节奏

喜剧最重要的是节奏。我其实也做音乐，深知节奏对于音乐创作来说也是最基础的。

我最喜欢的喜剧电影大师是比利·怀尔德，他拍的喜剧里面，我最喜欢的就是《热情似火》（1959）。强烈推荐给你们看。你可以看到非常完美的三幕剧结构和喜剧情景。前面说过，语言并不算最重要的。这部作品的喜剧效果更多来源于主人公通过喜剧情景摆脱了其遇到的困难，它的结构、节奏都堪称完美。

如果喜剧写得非常成功，当我们拍第一个镜头的时候，它几乎就可以让所有在场的工作人员开始笑。通常，拍摄会先拍全景，然后再拍些中景、近景、特写的镜头。拍摄需要用不同焦距的镜头。后期第一次粗剪是非常痛苦的。拍摄时可以看到的喜剧效果，剪辑初期是被破坏了的。这时工作重点就是，一定要找到当初创作剧本时要达到的效果，还原剧本传达出来的喜剧精神。这样的工作流程，就可以保证我们从剧本创作一直到剪辑，都能促成影片的成功！

如果编剧写出了很好的剧本，拍摄也很好地还原了喜剧效果，剪辑亦如此，那么哪怕工作人员已经看了三百遍，依然还会笑，因为这样的喜剧效果是通过人物关系、情景设置来传达的。衡量喜剧作品的标准，就是你看了上百遍依然还能笑得出来，这就是成功的喜剧！

给你的人物制造一些灾难吧

讲到法国喜剧，还有些经验想跟大家分享。米歇尔·奥迪亚（Michel Audiard）写台词非常优秀，作为编剧、导演的他可以说创作了新的电影类型——幽默黑帮片，比如这部《亡命的老舅们》（1963），推荐大家看看。

我觉得喜剧好笑是因为创造了情景，这其实是非常难的。比如60年代非常有名的一部喜剧，相信大家都看过，叫《虎口脱险》(1966)，它的喜剧情景是在法国被纳粹占领这样悲剧性、灾难性的时刻创造出的。

痛苦和不幸反而是创作喜剧的源泉。当一个人很孤独地在大街上行走，不幸撞上了什么东西摔了一跤，这很惨，但作为旁人的我们看到人摔倒、脑袋被撞等痛苦状时，通常都会发笑。人性如此。我们通常所说的幸福的人，其实是没有故事的。给你的人物制造一些痛苦、一些不幸、一些灾难吧。

还有位优秀的法国喜剧导演是弗朗西斯·韦贝尔（Francis Veber），他所有的电影都是他自己来完成的，自己写剧本，自己做导演。他是一位完美主义者。比如《难兄难弟》，1986年他给我看这个剧本时只有13页纸。我记得他的字非常小，看不到任何修改，甚至连标点符号他都会仔细选择。每一句台词里的每个字，他会想好演员说台词时的口音和语气。拍摄时他会严格要求演员，"某某你好"这样简单的话可能会拍50次。他还会要求你高声朗读剧本。所以，他一定要找到很好的对话者，跟他一起读剧本。

你也一样，可以跟你的编剧助理、妻子、丈夫，或者你的金鱼一起读。每一次的朗读就像是一重过滤，好比这个地球上的雨水，落到地上一层一层向土壤渗透，成为地下水。一定要高声把剧本读出来。每一次朗读就是一个过滤并提炼精华的过程。

📝 喜剧《特使》的构思

我导演的电影《特使》是部通俗喜剧，两位主演是法国非常著名的喜剧演员，片子摄制于2008年，今天来拍几乎已经是不可能了。故事讲的是两位被派到伊拉克的前线记者，其中一个粗心把钱都丢了，甚至都没有坐上出发的飞机，所以他们回了巴黎，藏在朋友的家里，这个朋友刚好是伊斯兰教阿訇。他们制造出的一些喧嚣，让听众误以为他们已经到了伊拉克。伊拉克此时刚好封锁了国境线，大家都以为只有这两位法国记者进入了伊拉克战争前线。

第二幕有个戏剧高潮，人物完全没有退路了，他们想了个办法，伪造被挟持为人质的录像，向法国政府"求援"。

大家在看片子不带字幕的片段时，我听到了笑声，非常好。喜剧的幽默感在形式上可能很重要，但不一定完全依赖于语言。这部电影在院线取得了一定成绩，不算好，但在电视上广受欢迎，会不停地重播。法国电影创作者是被电视台的资金支持体系保护的，有的法国电影会像红酒一样年份越老味道越好。法国会有一些作家、编剧组织负责监管已经完成的作品版权，使创作者持续获得收入。

这部片子拍完后很快被美国人买走了翻拍版权，也请了两个美国大明星，但那是完全不同的盎格鲁-撒克逊文化。

我做片子的时候是2008年，那时从种族方面做了很多思考，我其实看了很多西方人割喉的真实视频资料，在构建剧情细节时也会追问自己为什么这么做。我一直提醒自己，有哪些伦理底线是不能够跨越的。喜剧效果往往拒绝平庸，一定得找一些极端的场景和形式才能渲染出来。但在这件事上要有底线，不能鲁莽地表达现实社会的残酷真相。

利用视角与隐情

我当时写这个剧本，除了极少场景指示外，全部都用对话。我希望能像刚才举例的两位前辈弗朗西斯·韦贝尔和让-保罗那样，在剧本阶段做到细致之极。全是对话的剧本，也需要做大量工作，找资料，在每一句台词当中制造出幽默效果。

我一直强调，情景设置往往要有隐情，要有观众了解而剧中人不知道的信息。比如剧情中打人者和被打者的老婆在偷情，观众是心知肚明的。反过来，也可以让剧中人了解比观众更多的信息。

所以，一定要巧妙地去协调以谁的视角讲述。通常我写剧本时，自己做第一读者，尝试分别站在作者和导演的上帝视角、观众视角、主人公视角审视故事，这个技巧在编剧的工作当中是非常重要的。很多场景中，要用视角来做游戏。你要相信观众，这样的话，就能制造出很多复杂的情节。

电影跟电视的区别在于，我创作电影时通常会觉得观众是聪明的，但拍电视的人常认为观众是愚蠢的。因为看电视的人是辛苦工作一天的人，晚上回到家非常累，才会打开电视，可能还要一边做家务、照顾孩子等等。但我觉得近年来观众对信息的接收逐渐变化了，如今观众更习惯通过屏幕了解故事信息。观看形式的改变影响了故事的创作。

传统故事第一幕中要把整个故事先大概地描述出来，要展示出一些基本信息，铺垫设置戏剧因素，在第三幕结尾要做总结。而现在连续剧跟之前传统叙事模式已经完全不一样了，观看习惯的改变使得信息密度变得更大。连续剧结构中的回应可能不出现在剧末，而是出现在第三集或者第十二集，等等。

回到喜剧电影，2016年之后没人再用传统形式来写剧本拍电影了。尤其是法国去年经历了恐怖分子的袭击之后，所有法国文艺工作者对这个话题都敏感了。《特使》这部电影有意识地避免了政治难题。

现实比想象更好笑

所有人可能都要教你一定要避免程式化、老哏，但所有创作都是高度重复性的，哪怕你觉得是创意非常新鲜的喜剧效果，可能早已在超过40部影片里面用过。我拍《特使》时，其中一位编剧是记者，他会给我一些职业采访的真实情况，我发现现实比想象更好笑。

新浪潮导演特吕弗每天都会看报纸，搜集剪报。他写剧本时，会偶尔去参考剪贴过的花边新闻，把这个新闻放进剧本，发现意外贴切、合适。举个例子，有疯子把自己的老婆杀了碎尸后，把装尸体的垃圾袋放车上打算运出去，他停在这个路边取东西，不小心遗落了尸袋，另一辆车路过看到袋子，打开后发现是女人的头。这样的故事可能在社会新闻中确实真实发生过。你在创作剧本时，就可以从真实的生活中汲取营养，搜集和积累信息。刚才这个例子可能不是很好，但我有很多编剧朋友确实每天都关注大量的社会新闻。我并不赞同有些编剧导演从其他电影中去汲取这样的养料，其实这算是一种偷窃。做编剧一定要找到适合自己的方法，从你的个人经历，从你的朋友、家庭生活各方面的渠道获取这样的养料。

✎ 兼任编剧、导演的控制力

欧洲电影中各国电影人的合作很常见。人与人之间的交流一定要打开，波兰斯基被美国、英国禁止入境，依然在做很有野心的英语片作品。现在这个时代，有野心的作品往往是合拍片。比如《末代皇帝》投资那么大的片子，不可能依靠一国之力来完成。

制片人说了算的时代已经过去了，如今要有非常厉害的导演、明星，资方才会对票房有信心。当然明星的参与并不一定会让影片变得更好，票房没准也会非常失败。上个月我还拜会波兰斯基，他在巴黎摄影棚里面准备开拍新片，资金非常匮乏。现实就是这样。

如果兼任编剧和导演，就与仅担任其中一职是不一样的。编剧干活可能多人合作，对我而言，写剧本有人合作才舒适。我觉得，如果一个剧本要达到值得拍出来的水准，创作它花费掉的时间得是个硬指标。需要打磨很久，才能挑得出前期创作的失误。周期短是不会出好作品的。所以，你要找到合作者，提高效率，避免失误。

我大学学的是文学专业，从上学开始就写了很多东西。进入电影这行的时候，我是从最基层的导演助理开始做的，每天买咖啡、伺候演员，帮他们"打扫厕所"。所以我非常了解电影中每一个工种、每一个技术环节。那时候没有电脑，一定要有非常好的记忆力，用自己的方法将所有复杂的工作统一、联系起来。

我也学音乐，依我的理解，编剧工作就好像是作曲家一样，要把所有的音符写在乐谱上。而导演则像指挥，带着有不同分工的乐队把乐谱演奏出来。有时你又要作曲又要指挥，会比单纯作为一个指挥家了解得更多。很多时候也有非常出色的指挥大师，虽然自己不作曲，但是对作曲的了解不亚于作曲家，有些导演就能够做到这些。

🖉 编剧也要考虑后期问题？

我总结自己的剧本写作过程，要考虑四个阶段的问题：（1）剧本的写作；（2）开拍之前的筹备；（3）拍摄过程；（4）后期制作。

我从业这么多年，从没见过一个剧本拿到就能拍。肯定得改！剧本完成时，首先是制片人提意见。在法国，第一个阶段是电视台提意见。尽管有作者电影传统，但起关键性作用、把各程序连起来的还得是制片人。

我观察到一个现象，所有写成的剧本时长都太长！无论是我自己写的，还是别人拿给我看的，都是这样。通常大家会认为，开始写长了没什么问题，后期可以删。实际上常常删不动，后面会面临很多难题。

像我今早说的，高声朗读剧本是非常有效的。我做导演也好，编剧也好，总是会大声朗读剧本，在这过程中发现很多需要裁剪之处。

开拍前的筹备面临选景、挑服装，这些选择大有可能影响到你对剧本的调整。显而易见，会有经济原因。整个布景过程中，你会发现你的剧本无法操作，有些细节必须进行调整。完美剧本并不存在，所以得不断发现问题，及时调整。

在拍摄现场编剧一天差不多要回答100多个问题，单纯技术问题还好处理，但像"这个演员为什么要戴这个领带"这样的细节，如果编剧从心理层面去解答，就可能会对故事主题产生别的影响。

经常会听到制片人、导演、演员说"有问题不要紧，总会在剪辑阶段解决掉"。这是错的！如果剧本写得不好，演员表现不好，拍摄参数设置不好，剪辑也没法挽救。因此，编剧要提前预测会出现的问题，而不是把所有的问题推到后面。编剧自己对剧情、情节、人物心理了解得足够多，其实是能够回答这100多个问题的。一定要将剧本处理成一个有机体，任何阶段都要去参与，而不只在纸上完成创作交给导演就完事。我当导演时，非常愿意跟编剧一起来并肩工作，对于一部影片来说，没有人比编剧更了解这个剧本。

就个人而言，我喜欢在结构上做很多工作。我也是一个音乐人。电影与美食、音乐有类似之处。比如说爵士，也是集体创作，其他音乐形式中可能会有独奏，爵士乐至少需要三个人一起演奏。爵士乐演奏者要熟悉自己的乐器，就像编剧、导演要熟练掌握讲故事的技术。爵士乐演奏者还得了解所有音乐，尤其是古典音乐，并且要听得下合作者的建议，和其他乐手一起合力演奏，音乐才好听。

✎ 意大利式剧本围读

剧本的结构其实和爵士乐的有相似之处。所以我想跟你们分享一下我的工作方法，这个工作方法是从来没有给我制造过难题的，总能得心应手！

一般我写剧本都会先列个图表，把每一个场景、步骤、工作程序都写下来。所有的想法都列出来，前提是故事烂熟于心，才能任意调整其顺序。

  法国演员有一个问题，他们不对自己的角色做更多调研、更多了解。也许他们太多听从于本能，而不够职业化，与之合作，每天要不停地进行沟通。

  跟演员一起工作的第一个步骤是选角。选角阶段一般只能通过经纪人，凭初步感觉选一个大致形象符合的演员。通常，演员阅读完剧本后会说挺有意思的，"但是在这里，我是不是可以尝试这样或那样的演法？"。他提出这样的建议，其实是对剧本权威发起了挑战。特别是一些大牌明星，通常会要求各种修改。

  第二个工作阶段是剧本围读。所有演员都要出席，在一个大空间围着一张桌子坐下来。编剧和导演肯定要出席，制片人则未必。演员要高声朗读剧本，不仅仅是自己的台词部分，而是连整个标题、剧本的附注、时间场景都要高声朗读出来。我强调，要想效果好的话，围读通常得进行 2~3 天。

  请注意，我这里所说的剧本围读并不是美国体系里的排练、排演。好莱坞演员必须进行至少 2~3 周的排练。法国则完全不是这样。可能是我们比较懒，没有办法做到这样。也可能是新浪潮遗留下来的传统，更看重自由的表达、即兴创作，但这样的传统为后期的工作带来很多麻烦。

  剧本围读的过程中，有一个人对我很有帮助，就是录音师。因为所有朗读都会被他录制下来。这只是朗读，而不是表演，行话叫作意大利式朗读。没有人会进入角色中的。现在有数字录音技术，录音师会按照不同的场，一段一段记录下来。开拍前听听这个录音，整个电影结构，乃至需要的配乐，便都在我脑中形成了。所以，它能帮我尽量提前规避开拍后遇到的问题。不能避免的问题，我会和编剧一起调整剧本来解决。

📝 只要 12 句台词，13 句也不行

演员是你的想法和文字的替身，即便他可能是全天下最狗屎的演员，你也是能通过他们的本能、敏感来找到闪光点的。我很喜欢明星演员，但现在的明星非常难合作。

到了拍摄阶段，法国演员和英美演员又有很大不同。英美演员非常熟悉自己的台词，法国演员往往又迟到又记不住台词。演员常常抱怨，"这里写的我看不懂，不知道该怎么表演"，这样就得请编剧来调整台词，这是非常浪费时间、金钱的工作模式！所以，一定要确保自己的台词写得完美，让演员完全挑不出问题来。写一个好故事和写一手好台词，完全是两种不同的工作！二者很难兼顾。

通常台词的问题是，它跟普通人的语言是不一样的，在真实生活中，我们不这样表达。好的台词除了表达表面的信息，还要有些潜台词隐藏其中。它不必机械重复些显而易见的废话，而是要用语言打开另一道门。好的台词要打开所有门，这样演员就可以毫无障碍地一路前行。

我跟你们讲一个真事，这是一个演员跟我说的。他有一个编剧好友，生平第一次成功地把剧本卖给了华纳。克林特·伊斯特伍德答应拍他这部片子。编剧非常激动，生平第一部啊！影片前期筹备定下来在伦敦进行。工作启动了，接着就是选景，两个月后就要开拍。伊斯特伍德忙完手边工作后就来伦敦跟编剧会面。因为他还没有讨论过具体的剧本情况，便对编剧说"请你到酒店来见我吧"。编剧浑身颤抖地去了。伊斯特伍德非常热情，告诉他剧本写得太棒了，一定会拍出一部非常棒的电影。编剧也特别高兴。伊斯特伍德接着说，但是只有一个小的问题，他的角色只能说 12 句台词。编剧晕倒在椅子里，他说："你怎么会提这样的要求？"伊斯特伍德拍他的肩膀说："真的，我只要 12 句台词，13 句也不行。我们两周之后再见！"

编剧就回去了，他调整了台词，尽量浓缩，也成功地做到了伊斯特

伍德的要求。这件事中很有意思的一点是，伊斯特伍德注意到，一个人物沉默可能会比他说话更有力量。像音乐一样，有时停顿会比音符更有力量。所以，写剧本一定要精简、有效，一定要追问自己："为什么要写这句话？"

对我来说，还有另一个非常重要的规则：展示你所能看到的。但凡你能通过画面、人物、行动来表现的，绝对不要用对话。电视里是在一直不停地说话。连续剧都是通过大量台词来讲故事的。而电影的画面冲击力得是最有力的。

我还有一个经验想跟大家分享，尽量晚一些让制片人、演员来读剧本。第一印象非常难改，后期剧本做再大调整，第一印象都很难忘。

我建议你也不要一开始就让不认识的专业人士看剧本，提意见，这样毫无用处，批评会对创作者产生不好的影响。再者自信也会受影响。好朋友的话，可以拿给他看。不过，他若是同行的话，可能会有两个风险：首先，他有可能出于友情不愿意伤害你，会告诉你作品非常好。这个意见对于完善作品是没有用的。其次，就是朋友非常坦诚也说了真实的看法，会有批评，你俩会因此吵起来的。所以我会说，编剧最好找一个人合写，或者与导演一起写，这样两个人合作中的意见可以避免虚假。

《偷情桥》的情感主题

下面讲两个片例，首先是我执导的第一部剧情长片，德帕迪约主演的《偷情桥》。我拍过一些好电影，也做过非常差的，我最爱这部，也是个人以为自己最好的一部影片。故事背景是 1962 年的诺曼底。它是一个在文学中非常典型的主题故事——三角恋。这一次是一个女人在两个男人中间，在她的丈夫和她的情人中间。女主角是卡洛尔·布盖（Carole Bouquet），是法国很有名的女演员，德帕迪约演的是丈夫，另外一位男主角演情人。这部片子大概是唯一一部我从最初阶段就参与进来的作品，从写剧本到前期筹备就加入了。

最早是德帕迪约找到我，他是我的好朋友，是个大明星。坦白来讲，他想找谁都行，他当时跟我说"要找到个人来共同分担焦虑"，我说，"你在开玩笑吧，没人能想到你还焦虑"，德帕迪约说"咱走着瞧"。任何一个人写剧本、拍摄时总有无穷无尽的焦虑。但我觉得，焦虑对于艺术家来说也是非常必要的，如果没有焦虑，我们可能就没有办法找到最能呈现我们的怀疑、痛苦的方法。

这里借《偷情桥》想说明的是，一定要用画面来展示而不是用语言。"德帕迪约"怀疑他的妻子在外面有情人，而妻子是做家庭服务工作的，他就来到妻子的工作场所，这是个充满个人体验的场景。通常当一个丈夫知道妻子不忠，可能会有歇斯底里、暴力、争吵等激烈反应。而德帕迪约之前总演硬汉形象，可在这个故事里，他举起双手对妻子说："我可以把你撕碎。"但他并没有动手，他希望妻子的外遇只是昙花一现，尽快结束了就好，他其实已经原谅了她，想请妻子再重新回归到家庭中。故事里很多情感是可以通过画面、人物的眼神来表达，而不是大量对话。这时影片增加了新元素，妻子会重新回归家庭，还是离开？这制造了一定的悬疑感。值得注意的是，人物并没有以我们的想象展开下一步行动。

对我来说，要做一个好作品，一定要找到它的独特性，让你的人物非常有尊严感。在亚洲文化中，可能非常看重面子，但是在欧洲文化中，面子则没那么重要。其实很多喜剧或正剧中，一些人物做了些不道德的事，但是创作者并不会以羞辱的方式来处理他的下场。每个人物依然会赢得观众的尊重、喜爱。金·凯利有一句歌词是"尊严是最重要的"；卓别林在电影中对着警察屁股踢了一脚，回身依然要整一整自己的破烂衣衫，他是乞丐，但有尊严。

在整个电影的制作过程中，剧本都要不断再创作，带着这样的考量，我们来看影片结局。

这部影片是根据同名的小说改编的，第一稿由小说作者来完成。作者就让导演、德帕迪约以及三位主演一起来朗读了，听完这版，我和德帕迪约都觉得不好，太普通了，很难引起人的兴趣。所以德帕迪约又找了另外一位编剧，也是很有名的编剧，他来重写了第二稿。我们根据第二稿的剧本进行拍摄。

这个剧本本来是非常忠实于小说的，结尾其实非常有戏剧性，像好莱坞的电影。妻子过了很多年以后找丈夫，觉得非常内疚就想自杀，从桥上跳下去了，丈夫看到妻子坠河，跳下去把妻子救了上来，最后是大团圆的结局——宽恕与原谅，非常好莱坞。救上来之后，满天焰火，我们这样拍了，也剪了出来，花了很多钱，整体再看时，结尾的风格完全不对。只好重新修改了结尾，与其他部分保持了一致的风格。

成片的结尾处，丈夫说："你往这边走，我往那边走。"我认为这是非常完美的结局。他们依然温柔相待，两个人都是带着尊严离开的。德帕迪约也觉得这个结尾非常细腻。当时这个片子在法国上映后，其实也引起了很大关注，大家都很喜欢，因为结尾带给他们的是温柔的感觉。我非常喜欢这样的处理，两个相爱的人离开了，但是他们是带着温柔与尊严离开的。

有的导演完全敢于质疑错误，比如伍迪·艾伦、库布里克。伍迪·艾伦一般是自己做编剧和导演，剪完了之后如果不满意，甚至会找别的演员重新演，经济负担极大。正常情况下，编剧一定要在前期提出很多问题，并做充分考虑，避免如此重拍。

与德帕迪约合作

我跟他是 1985 年认识的，一起合作有 15 部影片，合作过很多类型，爱情、喜剧……我真心认为他是非常优秀的演员。他就像孩童般的心灵长在了成人身上,这是上天赋予的。德帕迪约是表演的天才。他大概拍了200多部影片,和全世界最优秀的导演一起合作过。他现在演戏比较少了,已经从明星变成了公众人物。对我来说,首先他是我最忠实的好朋友,我们完全是通过眼神就能够互相理解对方的。

他了解所有跟电影相关的技术,比如说,当导演要求他站在离镜头大概100米远处,他会精准地跟摄影师沟通,调整姿态。比如"你拍我到哪个部位""手里的东西不能出现在镜头里",这甚至不需要通过语言来沟通,他都会非常注意。

讲个故事吧,我最后一部做副导演的影片是《铁面人》(1998),片中有很多大明星,有五个火枪手的角色,德帕迪约就扮演其中最胖的火枪手。剧情是他到了一个有很多女孩的场合,跟大家打招呼,而皇家卫兵则冲进来要抓他。他上场时拥抱了其中一个女孩,摄影机就在女孩的位置,然后皇家卫兵上场,他拔出剑来打来打去,正打着,手机响了,他便转身接电话,说"我待会儿跟你聊,我正在拍戏呢",下一次转身他还继续打那通电话,拍摄中电话一直没挂断,德帕迪约就抓住背对摄影机的时机接完了电话。他就是技术如此纯熟,不会被摄影机拍到任何破绽。人又非常幽默、友好,喜欢认识新朋友,在片场总能说很多笑话,逗得大家都非常开心。像这样的全能型的表演人才,任何国家都很难找到与之匹敌的演员。

✏ 定制电影《激情联盟》的风波始末

下面就讲一下定制电影《激情联盟》。上网可以看到各种各样对它的批评,说我是地球上最差劲的导演,片子是世上最"屎"的电影,好像我引发了世界大战,理应是所有恶果的承担者。我想问问,有谁看了这部电影吗?好的,只有一位。这部电影没多少人看过,但是所有人都在骂，这确实给我带来了一定伤害，票房成绩也很惨。今天我想跟大家分享一下，如何在各种各样的审核要求下完成一部定制电影。

甲方的层层审核

这部片子也是德帕迪约找我，为2014年巴西世界杯准备的，主要讲了国际足联成立的过程——从初创到鼎盛时期，一直到2014年世界杯。制片人是位女性，对足球完全没有了解。我也不太懂足球。最早他们定的导演是吕克·贝松，找到我时说这片子的制作成本是2500万欧元，足联会投1000万欧元进来。我接触国际足联后，他们说愿意投全部预算进来。2012年10月我跟国际足联取得联系时，所有围绕这部片子的丑闻已经开始四处传播了。而我则被要求在18个月内完成剧本创作、前期筹备、拍摄乃至上映，这本身就是无法完成的任务。我已经找编剧完成了一稿剧本，却被国际足联拒绝了，因为他们认为有点吹捧过头。

故事希望讲述的是国际足联百年历史，历经前后四任主席。一般来说，历经百年的故事片，总能在其中看到贯穿始终的人，比如一个老者，从最初出现一直到结束，来讲述这百年历史。但这个剧本没有。我和我的合作编剧设想的故事线索是，在今天的瑞士——国际足联总部，警察要调查腐败内幕，通过这个调查回顾了足联历史。后来我们发现这是个糟糕的想法。国际足联一点也不喜欢这个情节设置，他们执意不要警察、法庭、调查，不想听到其中的任何字眼。片子要在世界杯开始前完成，所以很多前期筹备工作那时就已经开始了。我和编剧立刻就意识到这部影片里不能讲述我们想讲的故事，我们删除掉警察调查的线索，把新版剧本拿给国际足联看，他们就开始做记号。前60页涉及的人物其实都已去世，所以没问题。可今天足联的很多人还健在，这部分就限制重重。

我们要全程在国际足联的紧密审核下做这个剧本，资金也有问题。国际足联最早说可以完全支撑项目预算，但是直到开拍仍只有1000万欧元到账。等到开拍一个月之后，制片人跟我们说没钱了得停拍了，可景都搭好了，服装也制作好了。我的好朋友德帕迪约就向国际足联施压说："你一定要把不足的资金立刻补上！"他居然成功了，国际足联又放到了账上 2000 万欧元。资金到账的当天，好消息坏消息一起来：好消息是我们又有钱了，可以把片子拍完，所有人都可以领薪水。坏消息是国际足联要拿到整部影片的审查权。

总有巧妙的办法守护你的创意

我尽了最大的可能，在剧本创作阶段和筹备阶段，以最巧妙的方式让国际足联不要提出任何疑问。比如电影接近结尾的一段，国际足联主席布拉特帕在换届选举中被击败，于是向前任主席讨教建议。这个片段我想说几点：首先是我用了很多画面上的符号，这些没写在剧本里。画面传达了类似《教父》中的柯里昂那样的黑社会背景意涵。船的后面有非常大的瑞士国旗，中立国旗帜在这儿便是符号。这个长镜头很多人要求把它剪掉，我说不能删。我能为自己争取到的最小的这点权力就是，这里绝不删。我不知道大家会不会感同身受。就像我今早上所讲的，要做一部电影的时候，一定要问自己为什么要做，有什么必要讲出这样的故事？所有的导演一定都有非常打动他的意象。我已经尽我所能了，这是非常好的一场戏。

这个片段用了很多象征。画面中的人物是非洲国家的代表，他收到了信封。信封会吸引观众，大家可以想象这个信封里到底装着什么，世界杯决赛前、足联主席选举的前夜，非洲代表收到了信封，大家很容易猜想里面就是现金。国际足联要求剪掉这一场戏。我跟他说："这场戏是不能剪的，紧接着下一场戏是非洲代表拿着这个信封对着镜头说，'谢谢你送给我这张决赛门票'。"还有一场戏是面朝观众的是阿迪达斯总裁，拿着世界杯专用足球给国际足联主席看。国际足联看了说："这场也不行，因为里面有箱子的画面，这个箱子也会引起暗箱操作等类似联想，不能出现"。下一场戏，阿迪达斯总裁打开了这个空箱子，里面只不过有些足球设计图。

由于时间的关系就不再举例了，我的目的就是想建议大家在遇到障碍时不要轻言放弃，一定要努力地想解决方法，总有些巧妙的方法能实现你原本的创作意图。哪怕这部电影是一场灾难，但是我也满意了，当国际足联要求我剪掉一些场景的时候，我并没有听从他们的，这部电影在一定程度上就是以我的设想来跟观众见面的。

《巴黎，我爱你》：集体创作的挑战

《巴黎，我爱你》是一部集体创作的影片，最初的创意是想通过很多小故事来构成一部长片。意大利人在60年代也做了很多类似的尝试。如果说这是一个类型的话，可以称为创意影片。这部影片的拍摄周期非常长，一直持续了很多年。我有幸从前期筹备一直参与到最后的成片。

巴黎的地形看上去是非常封闭的，由卢浮宫所在区域向外辐射开，分了20个区。

最初的游戏规则是请一个导演来导巴黎一个区，每人两天的拍摄时间，时长不能超过5分钟。我负责转场部分，必须让20个短片能够有机地联系起来，也给整个片子带来某种能量。但拍起来确实非常困难。

17世纪古典戏剧传统当中有"三一律"的规则，要求在时间、地点和情节三者之间保持一致性，即一段时间内，一个地点发生情节完整的一出戏。像美国的《大象》（2003）就是发生在固定的地点校园内、固定的时间一天中，所有的人就在这固定条件下产生各种各样的交集。有部片子叫《时间编码》（2000），也非常有特点，画面被隔成四小块，以四个不同的视角来拍，分别是四个各自有不同故事的人，慢慢建立交集。推荐大家一定要去看这部影片，对编剧、导演、故事结构、叙事等都非常有借鉴意义。《木兰花》（1999）则是随着故事的演进，诸多人物被一件事情联结起来。诺兰导演的《记忆碎片》（2000）则是有一个故事按顺时针方向演进，而另外一个故事按逆时针方向演进。这些都很有参考意义。

20 个短片的转场难题

制片人先找到了德国导演汤姆·提克威，拍摄了娜塔莉·波特曼和盲人小男孩的故事。这一段拍完做了后期和音乐后，他们再拿着这个短片去吸引别的导演加入。第二个接受邀请的是科恩兄弟，科恩兄弟第一次拍短片，讲的是杜伊勒里地铁站的故事。汤姆·提克威和科恩兄弟的两个短片让我们发现，发生在巴黎的爱情故事居然可以如此不同。

这部影片的"游戏规则"是，导演自己写好剧本，把剧本发给制片人，然后导演拍摄，再自己剪辑。这样的流程还是出了问题，汤姆·提克威的短片有12分钟，超时了。但制片方给的钱特别少，演员也是大明星，所以难以开口提什么要求。每个短片的整个薪酬最终可能就是3000欧元或5000欧元的样子。

前两个片子还是相对自由的，没给施加什么压力，但后来的就不一样了。制片人决定组建一个制片团队，与剩下18位导演合作。转场要成一条贯穿始终的线索，把20个短片串联起来。我要负责设计转场。这是个难题。

最早的主意是用一只猫在巴黎城中溜达，偶遇不同小故事的主人公。具体来说，可以让猫咪越上房顶，刚好看到了朱丽叶·比诺什和他的儿子，它进入地铁，连接到科恩兄弟的故事。我还设计了猫和两个小丑等方案，但是这样的设计会把篇幅拉得特别长……所以后来的方案就成了让每个短片的演员来衔接。

可实际操作时，每个导演都带了一个新故事来，完全摧毁了早先设想的故事结构和时间顺序。假如一个演员来巴黎是要进行为期两天的拍摄,若要拍转场,就得趁他这两天在巴黎,不然等他离开后再叫回来拍,光想想就不可能。

还有一个新情况,没有任何一个导演能够把片长控制在 5 分钟之内,8 分钟的、10 分钟的、十几分钟的,都有!这样一来,最终这部影片得有 4 个小时长。

最初做这部影片就把目标定在戛纳电影节,我们自信它的独特一定会得到组委会青睐。但这些片子真拍起来,就发现谁也无法控制它的走向!故事之间的逻辑性?几乎完全是不存在的。有一些短片仿佛是外星人拍的,充满了想象,比如说杜可风拍的 13 区部分,风格非常惊艳。杜可风人很棒,能喝,也热情,但就是有时候走得太远。朱丽叶·比诺什演的那个片段也跟当初的设计全然背离,我们原本的设想是在巴黎的一见钟情或夫妇间的两情相许,结果传统爱情电影桥段一个都没出现——猫进入了剧院,跟人说起话来,有点像《谁陷害了兔子罗杰》(1988),脑洞大开,这个片段也从《热情似火》(1959)中找了灵感。

整个工作还是继续往前推进,我们仍要趁着演员在巴黎拍完转场——主角间相逢、交错的场面。但是故事顺序一旦改变,关系就完全被摧毁了。拍转场还有一个时间问题,到底要拍夜戏还是日戏?一旦连不上,则会完全打破影片的时空感觉。我们越来越意识到各自陷入了无解的悲惨境地。

2005 年 12 月的时候,20 个短片已经拍摄完毕,剪完长度是 2 小时 40 分钟,依然按照三一律来设定——地点是巴黎,时间是 4 天。剪辑的时候我们要找到时间感,从清晨醒来到日暮黄昏,昼夜交替带给这座城市的节奏感。

试映给部分观众看时,我们又发现了一些问题。首先,影片太长了。尽管在整个结构上做了这么大努力,观众依然是觉得有一些地方掉了链子,戏接不上。还有这个问题,片名叫《巴黎,我爱你》,但片中有时根本看不到巴黎。比如两个小男孩主演的《马来区》,根本看不到任何巴黎外景。全片主题讲爱情，要求是讲情侣的相逢，然而却跑题了。实际上相当多导演都跑题了，关于死亡的讨论几乎出现所有的内容中，还有表现漂泊异乡的，情绪上偏离了不少。可片子需要个统一的情绪贯穿其中啊，怎么办？

我和剪辑师伙伴就商量能否提炼出一条"情绪主线"，创造出一个三幕剧的结构。比如第一幕是带着一些好奇心、幽默感；第二幕来展示各位导演表达的关于死亡、漂泊、孤独的情感；然后到了第三幕，情感升华，达到高潮，问题得到解决。就像传统的三幕剧结构一样，第一幕展开主题，在最终结尾得到圆满解决，从始至终贯穿着回响。

所有的事情都有规则，但是总有例外

在影片的创意设计之初，我们希望这 20 个短片相互串联，不会有停顿的感觉。最早的设想是不要段落字幕，短片前没有短片名。现实的情况则不然。电影像小说一样也需要分章节，这样情绪也能从一个人物、地点转移到下一个中去。

我们把这 20 个短片来回排列，尝试了 82 个版本，不去考虑逻辑线索，而是完全尊重了情绪。比如：有一对小丑哑剧演员夫妇的故事，是个稍微有点怪的短片，我们起初设想这段要么放开头，要么放末尾，最后却决定放在中间了，前面衔接朱丽叶·比诺什演的丧子母亲的故事，接下来是背大双肩书包的小孩的故事。让以绝望和忧郁为基调的故事接富有生命力的小男孩的故事，这个过程就像库里肖夫做的蒙太奇剪辑实验，并置会产生不同的含义。整个剪辑过程，就好像引领观众在各种情绪中散步一般。最后我们把所有的人物图像拼成马赛克，是想让整个影片给观众这样一种感觉——所有这些巴黎人其实有着一个共同的故事。

团队内部还是有一些争执，男制片人就要保留一开始设计的所有转场戏，他并不赞成我们做的各种排列组合尝试。这段经历给我的经验，就是一定要非常自信,要尽力做各种各样的尝试,永不停歇地做实验。

我们一共有 21 位导演,因为有的导演还带了副导演来。为了风格的统一,制片人为这些导演配备了统一的技术团队,大部分导演接受了我们的团队,但是也有导演不太愿意跟这样的团队合作。所以最后决定,导演如果坚持的话,他可以带一个自己的摄影师。

规定的拍摄时间是两天,但是有的导演确实要求了三天甚至是四天的拍摄时间。有几个短片又贵又复杂,非常考验制片人的智慧,尤其是外交手段。这么多优秀导演,要想合力创作出一个好作品,别产生什么不和,必须要做一些灵活调整。我们是法国人,我们有一句俗语:所有的事情都有规则,但是总有例外。

这部电影最终如愿入围了戛纳电影节,以其非常独特的形式跟世界各地的观众见面,温柔地打动了人们。其实我在制作过程当中充满了担心,成片最终要在戛纳电影节与 40 多位导演、20 多位明星见面,他们如此声名显赫,我不知他们会有怎样的评价。但是放映结束时,所有的导演都上来跟我拥抱表示感谢。

短片合集的类型,即便在欧洲也是有很大的市场风险的。但是《巴黎,我爱你》的票房是成功的,也许它就是例外吧。这部片子在法国票房非常好。后期影碟的发行也非常不错。《巴黎,我爱你》第一个成功后,又有了《纽约,我爱你》,好像还有一部《里约,我爱你》,但是后面几部跟风作品都没有取得像《巴黎,我爱你》这样好的票房了。

我们去找巴黎 20 个区的区政府拉过赞助,却都遭到拒绝。所以在影片最终字幕,制片人加了一条"本片没有接受任何区域政府的资金支持"。很可惜我们没有拿到巴黎一分钱,不过说白了,我们还是免费给巴黎各区做了宣传。巴黎的导游们会专门按照《巴黎,我爱你》的地点带着外国观光团实地旅游,他们的旅游手册都用了影片的海报照片!

人物的背景与潜台词

《拉丁区》那个短片有我参与导演，字幕说是德帕迪约导的，但是其实他来了一个小时后就溜了。说说我在其中的经验吧。对于编剧，人物不只是简单写个名字就完了，一定要对人物做很多的调查，他怎么穿衣，他的行为举止、性格如何，一定要往深处挖掘人物。英美电影传统会对人物做小传，背景挖掘是非常重要的，比如说他每天早上几点起床，如何洗澡，早饭吃的是什么东西。这些未必会出现在未来的影片当中，但是所有对人物的挖掘一定会最终影响到人物塑造，这些功课都不会白费，会对你的剧本和影片有重大的影响。无论是编剧也好，导演也好，演员也好，不可能不去了解一个人物的性格、家庭、朋友关系。

所谓"潜台词"一定会指向我们前面所提及的背景调查和附属细节。在《拉丁区》当中，男女主角相识的戏，剧本成稿是这么写的：

> 本看到了出租车停下来，吉娜从出租车上下来。二人寒暄。
> 吉娜："对不起，我迟到了……交通堵疯了。"
> 本："没事，我到处看看，挺开心的。"
> 吉娜："你看上去还不错。"
> 本："你看上去也很美。最近怎么样？"
> 吉娜："告诉你实话吧，我需要喝一杯。"

潜台词是什么？第一幕女人其实是在说："我其实并不想来跟你会面，所以迟到，我是故意让你等的。你早到，我晚到。"男人则说："不要以为你赢了。"这一段对话像拳击互相来来回回对打。有一个很短的瞬间，两人都不说话了，因为男人其实被女人迟到打了一拳，但他要佯装并没有领教到这样的一个轻视。女人就说"你看上去还不错"，这句话的潜台词是"我不会当着你的面说难听的话，我会依然有教养"。男人回复

"你看上去也很美",就是在说"我也是非常有教养的"。"告诉你实话吧,我需要喝一杯"这句话的潜台词是:"好吧,就算你赢了,不想打了,第一回合休战。"

所以,在写剧本时要先处理好人物小传的问题,再开始写台词。因为只有了解人物,才能真正地写出合适的台词,更重要的是,写出颇有深意的潜台词。设想同样的场面,女人说:"你好,本,你怎么样?"男人说:"你好,吉娜,你怎么样?"女人说:"咱们去喝一杯?"这样对话就很乏味,不会引起观众对这两个人物的丝毫兴趣,而只会把注意力放在他们下一步要做什么。

关于这个短片的女演员吉娜·罗兰兹,我再说两句。这位女演员几乎可以说是所有欧洲女演员的偶像。拍这个短片时我们花了一个星期做准备,我非常尊重"游戏规则",就用两天来拍,准确地说是两个晚上。为了这六分钟的短片,你们无法想象我们在剧本上做了多少努力,我从来没有这么细致入微地写一个剧本。前期排练时男演员没来,所以我来扮演男人跟吉娜对戏,开拍前一周我们做了非常细致的排演,比如拿起杯子说哪句台词,将杯子转过来又说哪句台词,非常科学,细致入微。但等到真正开拍,哪怕同样的镜头我拍了五次,可每一次吉娜都会给人即兴表演的感觉。我作为导演,这一段经历是非常难以忘怀的。

构建故事,从深挖人物的需求开始

———————/ 第五讲

约翰·C.理查兹

> 在好莱坞有种说法，一个人物就是一种类型。

约翰·C.理查兹（John C. Richards），1957年出生。早年间，他一边写作短篇小说，一边作为摇滚乐队的吉他手活跃于加拿大和美国新奥尔良。2000年，将自己的原著短篇小说改编成电影剧本《护士贝蒂》（Nurse Betty），一举斩获第53届戛纳电影节最佳编剧奖。2018年，创作了由《雨人》导演巴里·莱文森（Barry Levinson）执导、阿尔·帕西诺主演的传记片《帕特诺》（Paterno）。

二十多年来，他为二十世纪福斯、派拉蒙、环球影业、索尼、华纳兄弟等知名电影公司创作剧本，与众多知名导演合作过，如迈克·纽厄尔（Mike Newell）、尼尔·拉布特（Neil LaBute）、迈克尔·霍夫曼（Michael Hoffman）、托尼·凯耶（Tony Kaye）、安东尼·富卡（Antoine Fuqua）及伊恩·索夫特雷（Iain Softley）等。

2016年1月，受吴天明青年电影专项基金的邀约，理查兹来到中国开始了为期两天的编剧大师班。他从剧本的基础即剧本的发展开始，为学员们带去了有关如何开始剧本写作、如何塑造人物、如何建立剧本框架，以及创作剧本的原则的课程。理查兹谈道，一个剧本的发展往往来自一个生活中的片段或是对人来说印象深刻的时刻，抓住这些时刻，就会产生一个创意点。而在人物的塑造阶段，每塑造一个主要人物都要思考四个主要问题：人物想要什么、故事的目的是什么、人物的短处、人物的动机。这一步完成就得着重发掘人物的需求，明确人物的需求后，主线故事才真正开始。

我从童年时代便开始写作，大学主修文学，毕业才过渡到编剧。电影是如此打动我！我干过差不多 25 份工作，下过工地，当过服务生、疗养院护工等等，做不喜欢的事是令人失落的，却是维持生存必要的。后来，我发现每份工作都对写作有裨益。

✎ 新手闯荡好莱坞

我通常夜里写东西，彼时朋友们都在开派对、泡酒吧，这着实考验内心是否够强大，你需要去对抗来自社会和现实的压力，这也是一个锻炼自己的过程。

做疗养院护工时，我写了第一部电影剧本《护士贝蒂》。故事的点子源于一幅抽象的护士画像。我先写了一个短故事，再编成梗概，然后扩充为剧本，这开启了我的编剧生涯。

在中国也是这样的流程吧？制片公司会连着发来一个又一个的剧本订单让你写，但大多数剧本并不能搬上银幕，这可真是编剧的宿命！写本子要精益求精，但到了一定时候它就开始失控。这种痛苦的宿命更意味着，混编剧行业的人要脸皮厚到能接受各种狗血打击，又得足够敏感才能创作，可真是矛盾极了。确保对自己创作的主导权，可谓一大幸事。

写原创故事是纯粹、非功利的。想写什么写什么真是美好。我建议大家多多尝试。我在《护士贝蒂》之前写过一个离奇的科幻惊悚故事，有人因此欣赏我的文笔，让我得到了一份毫不相关的纪录片旁白的活儿。这应该对新手有所启发。

写完《护士贝蒂》，我发现自己开始被好莱坞当成迎合市场的工具用起来了，比如他们会让你写一个刻板的女性形象，堆砌奇怪的笑点与暴力元素，经纪人说这是为我做阶段性推销而不得已为之的事，我颇为抵触。

但行业又如此仰赖于编剧，只有你写出东西，所有的人才能开工。剧本是电影的设计图纸，恐怕没人为了好玩儿读这个，你能想象人们在休闲旅行时读设计图吗？写剧本就是遵循规则做设计，而不仅仅是书写故事，我会在剧本中加入拍摄角度、剪辑点。编剧应像为一句好台词自豪那样为这些设计感到自豪。

编剧这件事情很特别，写小说和写剧本很不一样：小说作者带读者进入画面，但主要靠读者想象；编剧却要为画面负全责。看过原著再看改编电影大多会失望，因为读者读小说时的想象实在太个人化、太隐秘了，最好的电影改编也只能做个平衡的桥梁。小说的时空也有弹性，叙述可长可短，读者亦能反复泛读与精读，控制与它互动的节奏；而电影则完全限制了这些时空。我觉得就像诗歌的格律要求之于诗人，限制未必是坏事，电影这种方式可以使受众完全沉浸，常规电影一般长两个小时，但是《教父》（1972）、《霸王别姬》（1993）这样的杰作会让我们忘记了时间。节奏好，观众就不会觉得是被强迫着观看的。

规则，欲破先立

电影剧作有很多规则，像一块精密的手表。对各个零件的作用，我有自己的经验,所以来跟你们分享。规则并非不可打破,但了解它会事半功倍。

写剧本不能像写小说那样写起来漫无止境,否则节奏会失控。这样会降低观众的期待感。

写故事的时候,次要情节线(B story)可能会让你兴致大发,写起来也酣畅,但观众会问"我在哪里?",他们找不到主线故事(A story)了。他们可不傻,那都是些被影像训练得极敏锐的当代观众。

我的公司叫"篝火",得名于我的感慨:编剧的工作,和几万年前原始人点篝火讲故事本质上没有什么不同。就算台词和场面再有设计感,如果你没有掌控好受众的注意力,他们就会立刻走掉。写剧本编故事这条路上,坑是很多的,不知不觉就会功亏一篑。

要用画面来讲故事,用剪接来实现你的想法,比如:没有台词,前脚是在森林里撒腿逃命的男人镜头,后脚就是日落中的情侣在亲热的镜头。这种设计亦由编剧来完成。

看《速度与激情7》(2015)、《变形金刚》(2007)这一类的片子,你不会期待经典的人物或台词,但它们一样是好电影。这些电影的动作戏设计都是很棒的,就像游乐场的过山车体验一般。更不能否认,一定程度上这对创作是有启发的。朋友笑话我爱看这种片子,但我乐在其中,它们的长处是让观众感受到压力的宣泄。

像侦探一样追索人物

那么如何着手开始创作?

我的第一个建议是,先不要去担心主题。先写,进而探索出自己的主题。这是个人经验,应该会有人不认同。但如果给故事预定好一个"善与恶"的主题,探索的过程就变成了一种脑力练习,可能会非常枯燥。如果是在发展人物的过程中，逐渐发现它是关于"善与恶"的，那就不枯燥了。

写故事的诀窍是通过创造人物来完成这一切。平时可以试着关注一些非常细微的生活情景，比如坐地铁时的琐事，记住它，人物就可以由此细节生长。人物可以是独自一人，也可以有三四个人物，这时你需要确定故事根据谁的视角来展现。一部好电影能一下抓住人的注意力并令人始终看得入戏，靠的就是一些非常非常小的细节、情景。

这个练习最重要的一点是：要对创造好的人物提问题。比如说在坐地铁时，旁边一对男女说话。男生讲话但女生没在听。来，像侦探一样追索——她为什么不听呢？男的为什么还在讲呢？就是这样！不断构建起人物，就慢慢找到了整个电影。强烈建议：当你在一个寻常的时刻获得了一个灵感，一定要抓住它！请一定要勇敢地相信自己的直觉。

还有一点也很重要，编剧要习惯跟无法解决的问题一起生活，别怕自己会写得乱七八糟。还是地铁的对话，先写出来，管它会出现在电影的开头、中段、结尾呢？只要慢慢写，它会自己健全、生长。我个人的习惯是用素材卡片，铺在墙上或地上。不妨试着铺出来 40 张素材卡片，贴满一面墙。每晚睡前，我太太都会问：写得怎样？我会告诉她，我也不知道。我的人物是谁？他们想要什么？我要表达什么？——你可以带着一堆没有解决的问题入睡。要相信自己的直觉，在对话中一定会有故事发生。

多年前，我被一位电视编剧雇去帮忙写一集约半小时的喜剧剧本。每几场戏就得抖个包袱，他挺抓狂的，不知道剧情写到第 40 页会发生什么。我铺好卡片便安慰他无须担心，早晚会解决的。尚不理解人物时，便强行追问人物动机，显然也是无果的。我也同意有位编剧将一部两小时的电影视为一片荒芜沙漠的观点，但我知道怎么穿过它。

下一个重点的问题是：贯穿全片的主要人物动机是什么？我们要在诸多层面回答这个问题。整部影片要回答这个问题，每一场戏也要回答。

如果演员演的时候不知道他所演角色的动机，那是非常难演的。这是电影情感的重中之重，是连接电影与观众的纽带，是观众最为共情之处，否则他们就不会在乎这部电影中会发生什么了。

创作者不需要像诗人那样，做个侦探足矣：通过小问题，一点点追索到事件的核心。并不是非得当一个特别感性、情感丰富的人，才能抵达人物核心。

✏️ 10 分钟法则：前 10 页决定一切

接下来我们谈剧本的前 10 页。前 10 页之所以重要，不仅因为这是一切的开端，更因为大多数人读剧本不会超过 10 页。训练有素的互联网制片人并非不想要新鲜的东西，但他们只会在前 10 页里找。怎样能够既写出他们想要的东西，又能说自己想说的话，这堪称考验。慢慢来，至少这些制片人会看 10 页，前 10 页可以发生很多事情（在好莱坞，一页纸的剧本，对应一分钟的剧情）。撇开古板行规，我认为重点在于，你要有足够好的东西与观众共鸣。通常，这 10 页要介绍主要人物、他们的背景、他们要做什么。

10 分钟法则并非一定要求有一个事件，它也可以是人物在这 10 分钟结束时出现一个问题、动机，或他的欲求。例如《阿拉伯的劳伦斯》（1962）的前 10 分钟，主人公就是遭遇了一个问题。保险起见，至少要有一个人物，至少要遇到一个问题。

我们接下来看一部片子的前 10 分钟——《桃色血案》（*Anatomy of a Murder*），这是部 1959 年的片子。在它前 10 分钟里，我们见到了两个主要人物和完整的故事前提。它开场缓慢，因为是靠镜头叙事，而不是靠人物台词。主人公钓完鱼回家，经过门口时，画面上掠过一个写着他名字和律师字样的牌子。回到家后，他掏出随身携带的一瓶酒，镜头扫过他的家，我们可以看到书架上满是法律书籍。另一边，一个年长一些的男人离开酒吧，来找主人公，途中还在墙上把烟熄灭。二人寒暄后，一起饮酒、抽雪茄，主人公还弹起了钢琴。此时来了一通案件业务电话，电话线另一端是一个性感的女人。从画面信息中，我们可以得知，他们的身份是律师，过着单身汉酒不离身的生活，这些信息都是很明显的。

接下来的部分我就有些失望了，两人在对话中一直在解释画面中已经出现的内容，年长的律师不停地说着诸如"被排挤""成了废人""你是个出色的律师""才华一直被浪费"的话，这些信息全是用冗长的台词传达的。

故事主角是一个孤独的男性和一个需要帮助的女性。五六十年代的电影就是这样，他们一登场就目的性很强。刚离职的不得志年轻律师和他酗酒的伙伴去破一个杀人案，而杀人案的主角是一个有夫之妇。从我编剧的角度来看，这个开场不高明，台词太多了。

✎ 案例研讨：根据真实事件改编的电影《41天》

下面我给大家讲讲《41天》（*41 days*）这个故事吧。这个项目将在巴西制作。

我在巴西遇到一个拍摄关于人质绑架纪录片的当地导演，他在圣保罗花了四年跟进警方、受害者、犯罪分子，跟进了12个案件。看他拍出的作品有如亲历现场，非常震撼，这吸引我想做个关于此事的故事片，我联系了马修·麦康纳（Matthew McConaughey），想请他来演一个英雄的美国外交官，解救自己被绑架的子女。

说到我与马修，我们合作过另一个改编小说的项目，在密西西比看好景，选好演员，就在开拍之际，制片人撤资了。啊！这种事数不胜数！在好莱坞，除非最后一刻拍板，否则不要对任何事寄予希望。尤其是编剧，活都干完了，制片人、导演都满意，然后来个电话告诉你，这些都是泡沫浮云……这就是你要适应的行业。刚才这个例子只是狗屎环境的沧海一粟。但第二天起床你还是要写，不能被他们的生意经影响了心情。

因为我跟马修相熟，所以写那个本子还是拿到了钱。合作带来了解、信任，于是《41天》便顺理成章。我与巴西导演聊，他不希望做一部好莱坞的电影，我觉得也对，那个体系就像个马戏团。

受限空间的故事

我们在12个案件里选了一个"人质被绑架并被囚禁在管道里41天"的故事。按照这个路子拍，将是比好莱坞规模小很多的一个项目。人被困在有限的空间里，这对编剧是一个非常大的挑战。

我们参考了一部片子叫《活埋》（2010），讲的是一个人被困在地下的一口棺材里，只有一个场景、一个演员。还有詹姆斯·弗兰科（James Franco）主演的《127小时》（2010），登山者被卡在山石中困住了。两部片子不只展现了故事本身的场景，还涉及了人物的幻觉、梦境。但这都不能改变它们都是小成本影片的事实。

说到我们这部片子，人们提起它，都会说这是关于一个男人被囚禁在管道里41天的故事。我是认同的，比起做一块大个儿的钟表，我愿做一块小小的手表，但是一切必须完美。

故事网越来越复杂

后来我又深入了解到三点：一是现实中这个绑匪逃脱了，他在两千公里外的地方用赎金开了家比萨店并营业至今。坏人没被绳之以法，你甚至可以去吃他做的比萨。真是难以置信！二是案发前，约有三十多位目击者对于管道中被困的人质是知情的。他们出于恐惧未有作为。三是绑匪间还有冲突，导致其中一人死亡。

我与巴西警察聊天，警察把绑架比作歌剧，受害者是舞台中间的主人公，周围所有人物都在扮演自己的角色。他的家人、寻找他的警察、知道真相但选择缄默的目击者、犯罪分子,等等,人物多了起来,不再是一个男人被困在管道里那么简单了。此刻,我们原本想的低成本电影便无力承载了。

剧组里起了争执,争执是积极的。当时一位制片人坚持:每当镜头离开管道中的人质,故事的力量就会减弱一分。我反对:更强烈的力量难道不是来自逍遥法外的绑匪还在经营比萨店吗?我想知道亲历此事的警察又是如何反应的。这是2007年,圣保罗每天平均发生八起绑架案,绑架别人成了一个行当。警察说得对,这不仅仅是一个受害者的故事。

我脑海中的想法就像一张蜘蛛网。每个人物都被慢慢拉进来,拉到网中央。2014年,我亲自采访了受害者,绑架虽是七年前的事了,但他情绪依然非常激动,那一晚我们都喝多了。我还发现当地警力增强了很多,圣保罗的绑架犯罪率降到了平均一天一起,(警察的进步)也值得讲述。当地警方给人的刻板印象是腐败无能,当然这现象是存在的,也可以更深入一些展现警察的腐败。但我不想谴责他们无能,因为我在调查的过程中逐渐对他们肃然起敬。他们拿很少薪水,却冒生命危险去救人。

《41天》故事梗概

这是一个真实的故事。纳尔逊·玛亚在圣保罗郊外山坡的混凝土排水管中被困41天,排水管顶端只有10厘米的开口能透进一点阳光,他的脚踝被铁链锁住,没有人能听到他的呼救,也没有人能帮助他。虽然他走到了死亡边缘,差点不能活着出来,但最终这是一个成功求生的故事。

机械工程师纳尔逊在奥萨斯科的公司门口被绑架时已经60岁,作为三个女儿的父亲,他还照顾着患有多发性硬化症的妻子。因此,绑架发生的那一刻,纳尔逊这个家庭主夫、企业主、"普通人"就被扔进了个人生活的地狱。

次要角色均是纳尔逊的家人,尤其是与绑匪交涉的女儿丹妮埃拉。在警察中,有两个重要的警员角色:一个在纳尔逊家里工作,指导他们进行谈判;另一个在外追捕绑匪。绑匪集团是一个成员构成混杂的团伙,他们既聪明又恶毒,既狡猾又愚蠢。

纳尔逊的目标很简单——活下去。恐惧、孤独、绝望、绑匪的病态冲动、管道里出没的寄生虫都是他的敌人,此外还有饥饿感的折磨,以及肌肉虚弱、视力和生存意志的减弱所带来的痛苦。纳尔逊没有意识到这是最基本意义上的活下去,他的重要器官在被解救时已经开始衰竭。当他最终达到他的目标——重获自由时,他比想象中更濒临死亡。

被绑架是一个改变人生的事件。当你被极度的恐惧淹没,忍受漫长的孤独,就会进入心灵和灵魂的深度之旅。因此,纳尔逊面临两个冲突。首先来自绑架者。当他能够挣脱绝望,他便对绑匪进行了反击。他试图通过欺骗绑匪从而获取信息,甚至把他们引诱到管道中将其围困。

但正是这种内心的冲突丰富了《41天》。纳尔逊·玛亚在管道中深度挖掘了自己的灵魂,并找到了生存的意志。寻找的过程中,他奋力与放弃、死亡(或自杀)的欲望作斗争,并克服被它们打败的欲望。41天后,他重新回到人间,重获新生。这件事情之后,他没憎恨过任何人,这标志着他的内心旅程与身体旅程同样深刻。

当然,这个故事中还有其他冲突。比如,纳尔逊的女儿以她父亲的生命做赌注与绑架者博弈。警察苦苦斗争,试图营救玛亚。他们知道这是怎样的磨难,但也知道必须处理好纳尔逊家人的期望和情绪。

在《41天》中,从纳尔逊·玛亚被带走的那一刻起,就存在着冲突,直到他最终被释放,即使如此,他也要挣扎着走出那个环境,实实在在地爬着走向自由。

在前 10 页抓住观众的好奇心

《41 天》这个剧本开头介绍了很多非常独立的人物。你确知在某一刻，他们会走到一起。所以在写前 10 分钟时，编剧脑海里要有一个闹钟。倘若 10 分钟还没有发生什么事情的话，观众会开始产生质疑：这是谁的故事？我要跟着谁？你的这个闹钟届时一定要响。现实中，前 10 分钟没有充分信息的剧本一旦让好莱坞制片公司看到，就被扔垃圾桶了。

故事就从比萨店开始讲，因为犯罪分子开比萨店给顾客切饼的画面一直在我脑海挥之不去，所以我选择用这场戏作为开场。顺便说一下，现实中比剧本中实际参与绑架的人数要多，是 6 个人。有的绑架犯在参与过程中还带着自己的孩子。所以我加了孩子在高速公路上买冰激凌的那场戏。

在这个剧本的前 10 页，可以看到比萨店、受害者纳尔逊恐惧的脸和黑暗中的火柴，然后是房间。受害者与这个比萨店有何关系？大家走进电影院前会看到海报、梗概，心里会有预判。海报上有火光、脸，观众会被告知这是一个男人被困在管道里的故事。我选择接下来讲房间的事，是想制造一个惊喜，打破只有一个管道的预期。

布鲁诺等警察也并非不勇敢，他们冒着生命危险去调查，这是事实，所以在大概 3 分钟的时候，我们可以看到警察在救这些女孩子，可以看到枪战，等等。我希望在剧本层面通过暴力、动作元素带给观众们惊喜：这个故事不只是讲男人被困在管道里。

我喜欢这种戏剧冲突。出场人物很多：主人公、警察、家人、劫匪，所有暴力发生的可能性都在那儿了。这么做就是为了吸引观众的注意力：已经有两人中枪，观众担心还会继续发生什么。这种冲突非常有用，因为很快主人公就会被放进封闭的空间中去，接下来观众可不能去睡觉，这紧张的气氛让人觉得事态随时恶化，主人公随时可能丧命。当他进到管道里，片子演到第 11 分钟，你看，这就是开头。

管道有 6 米左右，在写剧本时，我倒没想过换个其他场景。因为做剧本的时候，我了解到管道周围的贫民窟、垃圾场、人群等设定对故事是适合的。导演也觉得在摄影棚里复制搭景不会太难。后来我们确实是把真的管道切了一半拿来用的。

开篇 4 分钟之内，观众看到了比萨店，看到了受害者和他的家人，也看到了这些警察在努力地救援。第 4 分钟切到绑架故事的前史。我个人认为这是一个很好的转场：通过同一张脸，转到另一场景。在这样的转场中，你实际提供给导演一道"容易出彩的菜"——从黑暗中微弱火柴光下一张满头大汗、脏兮兮的脸，直接切换到这个人干净、整洁的样子。

为什么前几页要展现主人公的领导型人设和洁癖？因为在整部片中他都要非常脏地活着，他会被蟑螂和蚊子覆盖，这个令人印象深刻的对比会打动观众，使之心痛。

每个细节都用得上

这是一个被困在管道里 41 天的男人生存的故事。电影宣发会让大家知道一个男人被困了，但观众看完又会口口相传，说电影比想象多很多内容。剧本中没把人物设置成百分之百的恶魔，因为真实世界的人不是这样的。

剧本中，主角在被困期间用一件大衣保温。我用这个细节来表现人物。采访受害者时，他跟我提到了大衣，我发现大衣是一个非常好的、视觉上展现主人公性格的一个元素。大衣是往日女儿的礼物，有着非同寻常的意义。当女儿送他这礼物时，他穿上向妻子展示，骄傲地说："这是从伦敦买来的。"从这一细节看出来，他不是一个有钱人。并非只有有钱人才被绑架，尽管绑匪绑一个普通人仅能得到一两万美元而已。

导演与受害者沟通时，我同他们在一起，开车、喝酒、吃饭。我时时要关注细节，思考哪些细节我要用，哪些不用。但其实每个细节都有用。如果在座的有导演将要和编剧合作的话，我也希望你们把所有的细节都讲给编剧，没准儿他们真能用得上。

有一场戏，绑匪和主人公在车里面，车开到十字路口，与警察相遇。此时一个好导演就很会做文章了，从事件、人物到警察，来回切换视角。从警察的角度来看，一个戴着奇怪墨镜的怪人坐车里，说不定还是个怪怪的美国佬，一切看起来寻常，但实际上却是个绑架案。

"要敢于杀死你最亲爱的人"

我非常相信我的人物会解救我。人物是动作的发起者，个性决定了他要做什么。但我了解这些人吗？我并没那么自信。写人物小传会让你试着了解，我给《41 天》写了四五个人的小传。写小传是有效的。

对于人物，主要的问题就是人物动机是什么（欲求是什么）。

你的故事里有没有一个反派？尚不知反派是谁？顺其自然会来的。反派不一定是一个人，有可能是大自然，也有可能源于主人公的内心，他希望战胜、超越的对象是什么？写细节时，可以设置一个表面的反派人物，同时让主人公真正的敌人来自他的内心。

若主人公想要什么就来什么，我们不会想去看这样一个故事。如果主人公没受到任何挑战，观众就会纷纷离开你这"篝火"了。

在写完人物小传之后，我会把它放到一边，偶尔看一看，就像探亲访友一样。像不像过家家的游戏？写作就是如此。

要是写不下去，就尝试各种手段，比如隔两周再看一次这个人物小传。离开电脑，离开自己工作的地方，去咖啡店或其他公共场所，离开工作地，真的会有很多灵感出现。现在的项目，我已开始把剧中人物当成真人来对待了。他们会告诉你，现在这么写是不对的。

设置了有层次的人物关系，就会产生丰富的人物逻辑。我们常有的观影经验是，不相信戏中人会有某种行为，桥段拙劣到让人如同梦醒般出戏。创作者应该让观众完整地把梦做完，而不是给一脚踢醒。

我的经历是：写了很多场戏，感到非常自豪，然而想想人物，他们仿佛向我反馈："不对！""不好！"。此时，戏份我再喜欢依然得删。最好对自己强硬一些，否则别人会对你强硬的。威廉·福克纳说过："要敢于杀死你最亲爱的人。"很多时候，你最喜欢的一场戏需要被舍弃。这不代表你的戏写得不好，而是它不适合这部片子。

人物模板

塑造人物时，我也会借助一个模板材料作为辅助。这是我的个人经验，因为我怕有时候会卡住，而用这个略僵化的模板能减少对直觉的依赖，减少工作量，至少可以缓解失眠。

Character arc 直译为"人物弧"。演员常常寻找"人物弧"，因为他们要知道这个人物的跨度是什么。这对好故事也非常重要，人物弧意味着人物从一个点开始，走了一个弧度到了另一个点。他是有变化的，不"平"的。讲好一个人物，出发点就是"人物弧"。有可能作者一开始也不知道自己人物的"弧"，没关系，先写再说。

人物模板分为四个部分，举例来说明：

一、人设。比如一个立志科学事业的主人公。

二、故事的目的。比如主人公要研究出某疾病的疗法，就得通过考大学得到一份工作，进入一个特定的工作机构来进行对该疾病的研究。画面上便可以是：他在学校学习，因考试而紧张。

三、人物的缺点。这是更深的一层了。这个例子中，"想要成功"是他最大的弱点。此时人物未必意识到内在动机是对成功的渴望。

四、人物的动机。比如，是不是他的父母并不相信他，他想要证明给他父母看。

看，这四点都要存在于一个人物身上，对吧！每一点都可以促使这个人物做一些行动。

第一点：他想要当科学家，所以他要去学校抛头露面、考试。

第二点：他需要完成这些考试，考试的路上会出什么事情，比如出了车祸。本质是怎样把这个人物的个性变成他的行动。我关注人物，知道他正非常努力地熬夜学习，就有可能在去考场的路上出现车祸。

第三点：他非常想要成功，那么可能他周围有些非常成功的朋友，他希望像他们一样。

第四点：他的动机来源于他的父母可能从来没有相信过他，所以他的内心可能充满憎恶，很粗暴。

看，这都是顺手举出来的例子，纯属虚构。但这四个问题能作为一个工具打开这个人物，看到他的可能性。

第一点是个人的目标，他自己知道且能清醒意识到的目标。可能他对全世界说的就是"我想要做一名科学家，我要治疗病痛"。

所以接下来的第二点，我们要设置他要怎样才能达到这个目标，他要去学习、考试，第二点更像是他应该怎么做去实现这个目标的过程。

第三点"缺点"亦可称为"病态"，并不是他有真的病，而是一种只有创作者知道的内部隐疾，比较隐私，人物自己都可能不知道。如果有人问他，你想不想像其他人那样成功，他可能会说"不，我才不想像其他人那样成功"。

第四点可以更深入一点，他想要成功的深层原因，是他觉得他父母不相信他，不在乎他。这个动机未必就是伤痛、童年阴影，也可能是饥饿，或是天生就想要照顾别人，但一定是在内心深处潜藏很久、从一开始就有的东西。

并非所有人物都要做这个模板分析，只需要做主要人物的。真要给所有人物都做模板分析，故事就变得庞大，影片没有时间容下这样庞大的故事。小说可以这样，比如上千页的《战争与和平》就有着充分展开的空间。

我把这个模板应用于主要人物，而对次要人物做简化。在好莱坞有种说法，一个人物就是一种类型。所以如果你的主要人物是同一个类型的话，就没什么意思。但是作为次要人物，他的存在是有功能的，他不需要有那么大的人物弧。《41天》剧本中，古斯塔沃、朱尼尔等配角是简单的类型，简单是因为没有空间搞复杂。而马泰乌斯就是一个相对复杂一点的人物。

有很多编剧接到活儿，缘于其擅长设置人物。制片人拿到一个剧本会说，这个故事还可以，很平，我需要一个能写人物的。常常某个男编剧在写女性角色的时候可能有一些困难，而女性编剧在写男性角色的时候也是。这时候就需要借助这些编剧工具。这在美国非常常见。

从活在纸上，到有血有肉

我有五个姐妹，写女性角色可以借助我跟她们生活的经验，剩下要靠其他办法。用了这个问题模板之后，你可能仍然觉得不行：人物依旧只是活在纸上，没法真正让人共鸣。

我们可以将写作的房间想象成教堂的告解室，跟这个人物进行一对一的对话。我会坐在电脑前面，用 J 代表自己（John），然后问她一个问题，再换位到她的角色回答，把对话继续下去。

人们会质疑我怎么可能一个人扮演两个角色呢？没错，我就是这样做的，这样才能把台词放到这些人物的嘴里。也许会被人质疑像是游戏，我只是想试试新的想法。听起来有点疯狂，但有时候我会这样以单行间距写六七页，只因我坚持要找到这个人物。我不会放弃这个方法。

回到人物问题模板，我来帮助大家把故事套到这个模板上。想象力的不同会带来很多发展方向：表面上看非常死板的人物模板，会让人物的血肉逐渐丰富起来。

第一个就是人的背景。虽然是显而易见的问题，很直观，但还有其他内容要追问。第二个问题：他的宗教信仰为何，是虔诚的信徒吗？答案就不止于是或不是了。问题接着来：如果人物来自传教士家庭，他要到世界各地去传教，那就是另外一个故事了。人物多大年纪？又是显而易见的问题对吧。会不会因为他 60 岁了就不会用电脑呢？如果他 80 多岁，他会拒绝用手机吗？已婚还是单身？是离婚还是丧偶？问题可以一直延续下去。

　　答案不是最重要的，答案引发的后续思考更重要。他的教育背景是什么？回答了这个问题，就知道人物怎么说话。对他来说，人前显得有涵养重要吗？他有没有兄弟姐妹？这个对他来说是好的还是不好的？父母还健在吗？他每星期天都会给他母亲挂电话吗？你看，这都会引发他的行为。他喜欢他的工作吗？如果不喜欢，是有多不喜欢，连早上起床都不想起？拿之前地铁的例子来解释的话，这是不是那个女生没有听男生讲话的原因呢？他的外形是什么样的？这很重要。他对他的外形满意吗？他会希望自己更强壮或者更瘦或是其他吗？对自己的印象是非常重要的一点。他足够自信吗？他很容易和陌生人搭话吗？他的世界观是什么样子的？能从他眼睛里看出他是高兴的还是难过的吗？他是很正面的人还是很负面的？对未来充满希望吗？这个人私底下什么样子？是很温暖的人吗？在职场上是什么样的？是一个非常有效率、值得信赖的人吗？他是一个自私的人呢，还是宽宏大量有胸怀的人？他有没有男女朋友？如果你没有办法回答是或不是的话，那为什么没法回答呢？他是"直男"还是同性恋，还是他自己也不知道？他性格方面有没有内在和外在展现出来的反差？这些都非常重要。大家别被这些例子限制住，要从更多角度去思考人物，让人物自己来回答这些问题。

　　导演跟演员在一起时，他们会来问这些问题。希望各位把这些事情提前都想好。

　　你的人物可能非常聪明，但非常胆小。很多人都是这样的。人物在故事中该有变化吗？应该要有。在大多数好的故事里，角色是有些变化的。在《41天》剧本中，纳尔逊就是有变化的。他的变化并没发生在他被绑的期间，而出现在他获释很久以后。如果纳尔逊刚刚被释放后就有变化，这太容易了。也许可以把他设置成刚刚放出来在医院里就变得宽宏大量了。但那就太好莱坞了。

　　我设计的另外一个人物马泰乌斯变了。我仍不能接受比萨店的事情，人怎么可能在做了可怕的绑架案之后，还能去比萨店服务别人？这种改变不是我鼓励的，但是在剧本中非常有趣。马泰乌斯在故事里把古斯塔沃杀掉了，可以算得上一个恶魔来帮人摆脱了另一个恶魔。虽然不是让他完全清白、无辜，但我觉得观众能理解这个人物，并且能试图原谅他。我还设计影片开篇时让人看到他的惊恐。而结尾处，活在一个和平的地方，会强化他内心的这种愧疚感。

在他的人物设计中，是加进去了一点点正义与善念的。他要经历很多情感的变化。纳尔逊的故事相对马泰乌斯更值得歌颂。但是这种英雄主义，已经可见于海报和影片名字之中，所以在此基础上，可以为马泰乌斯设定更深层次的事件。像剧本中警察说的有如看歌剧一般的、蜘蛛网一样的多层次事件。

也许人物会觉得这个世界太残酷，抑或有被人爱着的感觉。这些都能打动人。若开场一个人非常痛苦，结尾处观众会希望达到他被爱着的状态。

再换种方式，若在酒吧里见到该人物，别人会怎么想他？会有权对他做出评价吗？这就好像之前做的游戏，跟人物聊天，从对话中找到些新鲜东西。他是什么类型的人？很理性，还是比较冲动？敏感吗？身体的本能会很强烈吗？如果他是运动员，反射弧就很短。情绪化吗？他在闲下来的时候会做什么？随便选一些情景，会发现一些可能性。每个人都能至少占到两个特质以上，根据情景不同，会有不同倾向。

什么会让他生气？为什么这件事会让他生气？他今天早上忘了做什么事情？他今早本来是要和他母亲挂电话吗？他有什么是一遍一遍学习的？他手机里存的是什么音乐？有没有可能描述一下在故事发生前六个月发生过的事情？

有时你要强迫自己想出这些问题的答案。你要想六个月之前他在做同一份工作吗？他住在同一个地方吗？他有没有未完成的梦想？昨天晚上因为什么没睡着？这是一个非常大的课题，可以拓展很多。这些事情都会从某一个层面展示他是一个怎么样的家伙。所以我建议大家用模板问题套自己写的人物，尽可能地多问问题。

真实事件改编中的人物设定

我们以剧本《41天》为例，里面人物太多，有超过四个绑匪，很多警察、嫌疑人。警察会在家人中选一个作为对话绑匪的代表，真实状况亦然。布鲁诺被设置成很健壮、靠拳头说话的人，但在与家人聊天的场景中，又展现出他是非常有头脑的。相比之下，纳尔逊的人物弧就简单一些，他就是求生存。他处的环境让他非常绝望，都想自杀了，求生欲在某一瞬间被激发起来，又要抗争。

这些元素对任何一个故事都是足够的。但是我觉得我们看到太多类似题材的片子。所以要去管道以及故事的外围看看还发生了什么事情，不只是警察的调查。疯狂的是，至少30多人包括警察都知道绑架这件事，但并没有人去行动。

比萨店的场面是我想包括在里面的。最后绑匪我保留至四个人。之所以选四个人，因为故事已有纳尔逊、他的家人、警察这三方，我觉得四个是足够的。六七个不是不行，但会重叠，没必要。

我希望赋予他们每个人各自的特点，观众看到他们的时候能立即识别。古斯塔沃是纯恶魔；朱尼尔是一个迷路的羔羊，他可能做了很多非常蠢的决定；劳尔是一个瘾君子；马泰乌斯是重点，他在这四个人中是特殊的人物，我给了他一个家庭，这让他有些良知，他必须要对他的家人负责任。这样，在电影中他就是可以改变的。在现实生活中，被绑架的人通常会真的改变很多，他们会非常惊恐，留下很多后遗症。进一步地说，他们会变得宽容。现实就是这样，对我来说很有趣。剧本中，纳尔逊就是这样的人。更有趣的是马泰乌斯，他在善恶间徘徊了许久。

调查员苏扎是一个真实的人物，调查过后人就中风了，一直在调养。他真的在家帮助了受害者的家属，包括跟绑匪协商。受害者被救之后，他就被送进了医院，住院六个月后才恢复健康。这个人物，我想展现的是：他的大部分生活都贡献给了工作。他是在筋疲力尽之后突然中风的。之所以把中风加进去，我是想说这个事件给很多人，不只是受害者，带来了很大的困境。这里可能貌似突然，但其实有必然性。如果你铺垫太多伏笔，观众就比剧本提前猜到了，某种程度上还是需要一点突发性。

我没有见到丹妮埃拉（受害者女儿）的原型人物，因为她不想见面谈这件事情。她若是一个重要人物，我可能会努力同她见面，但并非如此。警察选她去谈判，是因为她算家族里最冷静的人。而对我来讲，此人在故事中的级别，止于了解就足够。

马泰乌斯的妻子詹娜是虚构的。她对于丈夫的抉择起到推动作用。她觉察丈夫杀死古斯塔沃时，变得非常实际，鼓励丈夫拿到钱就跑路。虚拟人物就别再犯罪了。在我的脑海里，她每天祈祷、忏悔。

真实世界中，卡车司机仍在原处工作。他基本上代表了一种非常残酷的现实——坏人未必为他们所做的事情付出过代价。我相信纳尔逊会见到他，但从没想过要起诉他，因为没有证据。

现实中纳尔逊如何抉择？是继续战斗还是要接受命运？他最后选择了接受。很疯狂是吗？对我来讲，这个故事里涉及的各个层面的疯狂是我很感兴趣的，比如说他依然会见曾经绑架过他的卡车司机。

传统叙事中主角会更主动些，本片中主角其实很被动。他虽然做了很多，但没有改变故事的发展方向。这是我刚开始写剧本时最大的顾虑。当然我知道这个人最后一定会活下来，因为没人想做一个人被扔到管道里最后死掉的故事。他主动做了很多事，我写了一个列表：他做了一个扬声器跟孩子讲话、与蟑螂互动、在管道中写下那些人名试图搞清楚到底是谁等等。但是这些主动的行动并没有什么后续影响。不光纳尔逊的努力没改变结局，而且他的改变也是在逃出管道很久后才有的。我们想到过好莱坞式的结尾会是怎样，也想到过拿红风筝做一个视觉隐喻，当他跑到救护车那里时看到风筝，意味着他的生活会再一次好转，但是当时我们认为这样设置会过于悲伤、情绪化，故事格局太小。当导演跟我讲到环境背景，我才意识到其中蕴含着的更多更大的可能。对导演来讲，这个微观故事是对巴西社会的一个放大，他想把这部片子做成一面镜子，令巴西人做得更好，因为他们并非没有选择。

✎ 写大纲：四个文件夹和一些卡片

编剧创作一定要写好大纲。大纲的作用是在创作者失掉方向时为其提供参考。剧本只是冰山一角，是露出海面的部分，而大纲就好比是冰山的水下部分。

大纲提取了每场戏的核心要点：包括对话、地点、服装。此时不必太纠结每场戏的顺序，可以先按照各 30 页、60 页、30 页的比例大致将整部戏分成三部分。

最开始创作的时候，我的电脑里只有一个文件。我所有的想法，甚至一句对话，想到的画面和收集来的电影截图都会放在里面，虽然混乱，但仍是必要的。有了它以后，我就有了很多东西，比如人物的姓名，甚至可以是我之后准备请哪些人来读剧本。

随着素材的累积，我会再建一个文件，里面是我的问题：这个故事的主旨是什么，这是关于谁的故事，某句台词是否合适，等等。随着思考的深入，问题会得到解答，但又会出现新的问题，没关系，这个创作过程是流畅的。

除了上面提到的两个文件，我还会再建一个文件，专门放人物小传（人物简介）。我会将写好的小传打印出来随身携带，反复温习。它会帮你逃离每天工作的氛围，有时去到新环境，写作会获得意想不到的灵感。通过不断温习人物，我们可以越发了解这个人物，知道这个人物到底是谁，预测人物可能有的行为，以及这些行为如何推动故事发展。

第四个文件，也就是最后一个文件，是"乱写乱画"文件夹。里面放有我突然出现的想法、某人的提议或是我无意识写下的故事梗概。不出意外的话，同一个剧本去融资，在不同场合需要不同的梗概。这时候就可以把之前写过的东西整理一下。我差不多给导演写过五六个不同的《41天》故事梗概。

我还会制作一些卡片，每张卡片代表一场戏或是相连的几场戏，卡片的内容和顺序与大纲的内容和顺序是对应的，卡片可以看作简化版的大纲。我们可以通过不断调整卡片来试验每场戏的顺序。

我会将所有卡片都放在一块大板子上，在板子上就可以看到整部电影。下图这面卡片墙上的白色卡片，就是《41天》剧本的卡片。这是一个三幕式的故事，空白的地方是分割三段的位置。卡片上打了红色钩的，说明我已经完成了这场戏，取得了胜利。我会用不同的颜色代表不同的人物，方便跟踪。这样的话，我只要看一眼板子，就知道人物在电影中的哪部分出现了，比如这个地方，绿色的小方块代表在《41天》里涉及

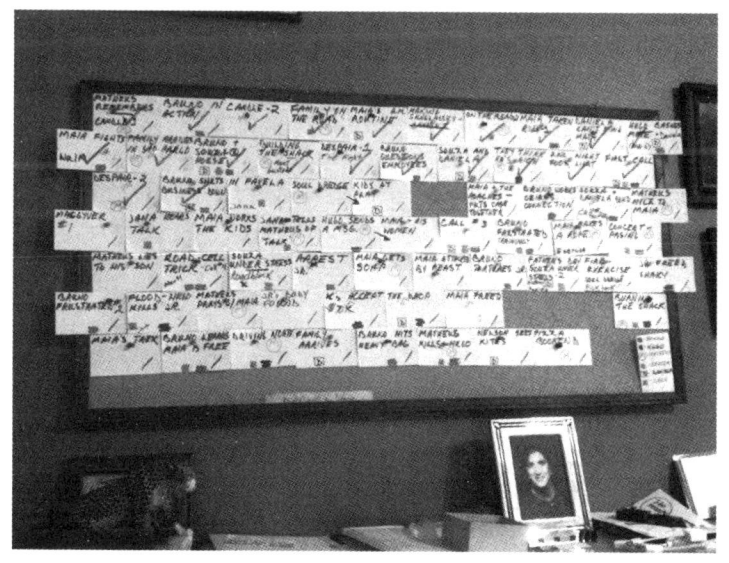

詹娜的戏，我突然想，是不是已经把詹娜给写丢了？此时就可以直观地在板子上找到她的行踪。有时写得太出神，将某个人物写丢了，导致人物出现的两场戏间隔时间太久，那么我会将后面的卡片往前挪，找到一个合适的位置，然后安排一个转场。当然这仍有可能是错的，要反复回过头来看。

拥有以上四个文件和一些卡片，就可以开始工作了。每个人写作快慢不一样，但可以流程化地安排起来，比如某天专门发掘人物，某天去与朋友探讨故事，还有某天专门研究故事大纲和卡片。

所有编剧都有拖延症。我喜欢用看上去浪费时间的方式，一遍一遍温习自己写好的东西。我需要有足够能力告诉导演我在干什么。所以，当我写完所有的戏，一切已经在我的脑子里了。

我会在电脑里建一条与卡片一致的"超链接"故事线，每张卡片都可以指向一个有详细内容的文件。底部是一个备份的"回收站"，里面放着的是我很喜欢但不再合适的戏，必须无情地把它从主干中拿掉，留一个备份。

我猜大家多少会有其他的责任，有家人、有孩子。我必须训练我的孩子不要来打扰我。他们会问妈妈"为什么爸爸一直在生气"，我其实没有生气，只是在屋里假装愁眉苦脸。我女儿总说："我不觉得爸爸是一个作家，我从没看他写过东西。"所以当我看到他们往里偷窥的时候，就假装在写东西。说真的，你需要向你生活中的人讲清楚，要尊重你的写作时间。

就算不用三幕式写，也可以拿它碰撞下思路

不是所有人都爱三幕式，很多伟大的电影都不是三幕式的。吴天明导演的《变脸》（1995），编剧是魏明伦，故事非常棒：川剧名伶梁师傅

建议老艺人变脸王为变脸绝活寻找一个继承者，但在电影第 25 分钟的时候，观众发现变脸王领养的男孩实际是一个女孩，故事就在那个点变了。在差不多第二幕结束的时候，变脸王被逮捕，遭遇最低谷，故事又变了，变脸王努力挣扎出来。整个故事非常有趣。

我最喜欢的导演是法国导演帕特里斯·勒孔特（Patrice Leconte），他拍片从不用三幕式，但都非常好看。他的一部《理发师的情人》（1990），在开篇的时候，一个声音先说："我知道我一生都想和一个理发师结婚。"很快我们就可以看到男主人公去理发的情节。不到两周之后，他又去理发。非常美的一场戏，没人说话，他当即向女理发师求婚。女理发师说："我不是很喜欢你的方式，但是如果你很认真的话，那好吧，我跟你结婚。"非常直接。就仿佛游戏开场，他邀请观众一起加入。但在好莱坞，这种故事讲述方式是不会被接受的，好莱坞的人会折磨你说："什么？为什么他突然想要和她结婚？她为什么要答应？"有时候你要解释为什么好笑是好笑的，但有时候好笑就是好笑，没原因的。他真幸运，在法国拍电影，不用经历美国那一套。

三幕式也是导演和编剧之间非常好的沟通方式。如果导演对一个项目感兴趣，他可以让编剧以三幕式的方式将故事讲述一遍。比如一帮人抢银行的故事。抢劫银行会发生在故事的第一幕或是第二幕的前部。职业编剧应该能迅速形成一个完整的构思。所以导演会问，第三幕会如何反转？三幕式是帮编剧来组织故事的好方法。

有时候你会困惑一部戏的第一幕、第二幕和第三幕如何划分，没关系，只需看一下整场戏的大纲，问自己哪里是最重要的情节点。

《变脸》中的情节点就是：变脸王发现买来的男孩原来是个女孩，这场戏是最重要的，因为它把整个故事反转了。即使没有三幕式的规则在，我们也希望有这样的反转，否则整部戏就没意思了。即使不用三幕式来指引写作，也可以拿它来碰撞下思路。

大纲上的戏可以是连续的，也可以不是，要为随时加入一条次要线留足空间。告诉自己，这一切皆有可能，远不到定稿的时候呢。这也是导演和编剧见面可以探讨的好问题——故事转折点在哪儿？即使没完成大纲也可以讨论。导演不太愿意浪费时间在一个不完整的故事构思上，但也要留足空间完善它。

导演常问编剧，自己凭什么关心这个人物？编剧不能只是回答故事挺好的，而是应该描述人物的经历。编剧要看板子上人物的行踪，脱离掉整个故事单独地追踪人物。在《41天》里，我追踪的人物是詹娜（马泰乌斯的妻子），这个人物有一个发展弧线：她一开始极尽所能照顾家里，多疑、不快乐，以至于开始逃离，最后她决定把钱拿回来，这是个并不十分美好的人物弧。写她的人物弧，我只用了一天时间。

在《41天》的剧本中，我写了四条故事线。当时有人质疑故事线是否太多，是否仅第一条"主角纳尔逊在管道中求生"就足矣。我还有布鲁诺等调查警察、马泰乌斯与詹娜、丹妮埃拉这三条线。我用上大板子做了多线蓝图，追踪了每一个人物，确保没写丢，故事自然就设计成形了。

纳尔逊从管道逃出来以后似乎就没什么好讲了，主角活了下来，故事似乎可以结束了。问题来了：第二幕要如何结尾？此时可以做两件事，第一是挑战观众的期待值；第二是讲一件更宏大的事，逃出生天后发生的事。现实中纳尔逊遇到了九个绑匪，我尚不能抛弃绑匪这条线。

有没有人能回答，故事第一幕的分界点在哪里？在十分钟左右的时候，纳尔逊便进入管道，他待到第二幕结尾才逃走。第33页发生了一些事，使纳尔逊第一次打定主意要逃，在那之前，他原本绝望到要自杀。这便是分幕的节点，这里并没写激烈的转折，但在视觉上做得很有冲击力。我展现了一些蟑螂。严格讲，这个点出现得有些晚。但对于导演来说，蟑螂的画面是很有吸引力的。摄影师甚至要在现场雇人专门来管理昆虫。想象一下摄影师拍到了这样的好镜头：蟑螂排成队、转弯，然后画面给到纳尔逊的脸，你就知道他决心活下去，没有台词，这是我喜欢的表达。

三幕的界限容易划分，但中间点的位置很难确定。本片中间点是警察追踪绑匪手机定位进而采取行动的情节，这个点决定故事的结局，但我觉得它不够突出。看上去就是警察的一般工作，导致朱尼尔被捕、被盘问。朱尼尔的离开令古斯塔沃误以为是背叛，最终导致绑匪降低了劫款金额。

　　第二幕的结尾，纳尔逊从管道出来。真实事件中，有警察说当时一个绑匪淹死了，我不愿意用这个细节，于是加上了马泰乌斯的打斗戏。当地的警察中也有争论。这次行动是不是一场胜利呢？有人认为是，因为被害者得以幸存。但也有人否认，认为没抓到绑匪，这一仗其实输了。在电影的尾声，纳尔逊回归了他的生活，马泰乌斯需要继续忏悔地活着。我们把这种结构称为"书挡"（bookend）——最后一场戏呼应第一场戏。这也满足了导演的要求，故事说出了他想说的话——做任何事都需要付出代价。

✎ 修改是获取反馈的"正确姿势"

　　一般情况下，编剧需要鼓励，因为干这行被拒绝是家常便饭。不过从父母和配偶处求安慰通常都是在浪费时间。比方说写剧本时不知有段戏是否有用，拿去给他们看，他们往往不想打击你，所以夸奖说挺好。这样并不是帮助而是伤害。

　　首先，去找一些意见值得尊重、有知识有见地的人，两个不够，至少得四到五人，让他们看，并且请他们一定不顾虑面子，说实话。我有这样一群朋友，谓之"混蛋圈"，他们未必是行业中人，但都热爱电影，拿我当陌生人般地只说大实话，听完颇受内伤但又受益。其中一位火力全开的朋友是工程师、诗人，他是我见过最爱电影的人。绝大多数状况下，他都不同意我的观点，但他的角度对我非常重要，有如一道光照亮我的作品，令我能够看清事实。

所以，你要去找这样的人，把你写的东西给他们看，不要辩护，不要反对。确保理解他们所说的话，听进去、记下来。如果你没搞明白对方的真正意见，就要追问下去。

有一次，一位朋友反馈："你的飞机从来没有起飞。"可是我的剧本中根本没有飞机啊！当时我很尴尬，没好意思问他。回家后认真想了想才理解，原来他的意思是说，我从第一幕往第二幕发展时，没有真正发生重要的事件或转折，第二幕不知从何而起。

在场如果有导演，你们要跟编剧沟通的话，其实和向演员讲戏差不多：你要给演员足够空间去寻找答案，而不是教他们如何读台词。演员不是机械重复，而是根据自己的理解去寻找到表演方案，有时还会给导演带来惊喜。导演向编剧反馈意见时，过于追求细节也会限制编剧的想象力。更多空间才益于剧作，编剧可以尝试多种做法。

编剧常收到这样的反馈：比如某个部分没看懂、某部分令人无聊。这些看似非建设性的意见其实是很有用的，会让你回到剧本中去思考究竟是哪里产生了断点，从而找到患处。常有反馈者不善表达，与之互动三四个回合后，如果始终不能找到症结，便不必过于深究了。若他泛泛而谈的不满能帮你高效地找到问题所在，说明他的直觉是对的，建立团队值得拉这样的人入伙。

去年，我收到了一位我很敬重的制片人的反馈说，他不喜欢那个剧本的第三幕，认为那里需要发生一些奇怪的事情。这是一个橄榄球运动员的故事，能有什么奇怪的事情发生呢？！但我知道他是一个很有经验的制片人，不会无缘无故地这样说。我就努力地去找问题，终于明白了他的意思：很多戏中，主角的性格太平了，需要有一些波动，让故事的基调有所变化。这位制片人看到了"人物行为太容易预测"这个问题。

要小心赞美之词，夸你写得好其实没什么用的。而能帮到你的反馈则是一份馈赠。假如没人指出来，要走多少弯路啊。有太多隐藏问题的剧本，早晚要撞南墙的。

当众人都反馈了同样的问题时，就很有可能真的有问题，可能是题材不好，或者没推进好。甭管你有多爱这段戏，都最好改动一下。如果几个人给你的反馈各不相同且互不退让，这意味着剧本存在着一个重大的问题。这等于红灯、报警器、闹钟同时响起，此刻建议打电话找消防员吧。每个人理解不同，说明编出的故事散掉了，那么请大家一切从头来过吧，回去重新研究故事核心和人物小传。

我还有一个经验，第三幕如果有问题的话，问题一定出在第一幕。这个断言不好解释，但确实如此。

跟导演的博弈与合作

通常，编剧的画面感都会很强。跟导演合作伊始，大多好的导演不反对编剧探索画面叙事方法，若编剧更懂视觉的话大可以提出来，只是莫失了尊重与合作的分寸。若与导演本来相熟的话，交流肯定顺畅；相反，大多数情况下，生分的导演会像看门狗那样警觉。快开拍时，他们确实会成为独裁者。他们要对演员、制片人、摄影指导等负责。作为编剧，理应最大限度地帮他。

早期我会多写几稿与导演切磋，并给他打预防针。对峙是不可避免的，但到了一定时机，我就会停下来主攻服务了，比如按导演反馈的思路进行修改。虽然很多编剧不爱听这个，但确实得这么干。当导演到了片场的时候，任何人都向他提问，而通过编剧的帮助，他可以给出任何问题的答案。从开拍这一刻起，这就不是编剧自己的故事了。我们要努力通过导演口，把编剧想说的话传达给演员和制片人。编剧的工作就是讲故事，导演的工作就是拍片子。

在《41天》里，我会教导演该怎么面对不同的投资方。这只算帮忙，并非我分内的事。我还在剧情中让布鲁诺打拳,而导演坚持原型不会打。但我的理由是要以视觉方式来塑造主角;原型当时翻越了三条火车道,并没有火车驶过,但我坚持在影片中放上飞奔的火车元素,以此提升节奏;导演觉得马泰乌斯被写得太善良,绑匪都应该是很坏的人,而我反驳说没有人是百分之百坏的,不如试试让坏人善良点,看看会发生什么事情。

✒ 就算不情愿,也得会向甲方推销故事

另外,有件事很不招编剧待见,那就是做提案演说(pitch),也就是向买家讲述故事兜售创意。我深为理解,好不容易花大心血养了只老虎,却给把玩得像只猫咪。但这是行业里的一部分,无可逃遁。我常做这样的兜售,制片人们可能一次管你要十个故事,他们又没有时间细听。所以我建议,剧本文件里要有该项目的一句话梗概,两三句也行。跟别人介绍项目时,提两到三部类似电影做参考。你可以说,"我的剧本是《教父》加上《速度与激情7》,是一个有很多赛车动作戏的黑帮家庭故事"。

导演也得知道怎么兜售创意,建议导演向编剧索要三言两语的剧情概括。这个能力是必要的,毕竟真愿意去看全剧本的人太少了。平时孤独工作的编剧并不能尽善尽美地干好这票表演性的活儿,全力以赴吧!可以做些卡片辅助展示。

推销故事的能力需持续练习。但真要是遇到融资机会,怕自己搞砸了的话,那就带一个故事梗概过去吧!篇幅可以是一两页纸。我写过大概150个故事梗概。没有一定之规,甚至可以写一两句台词进去,谁让台词是最有表现力的呢?

我们想要达到的兜售效果是,他们读完梗概会想读剧本。要保证这

一两页梗概是剧本最精华的部分,甚至可以考虑给它配上声音。剧本可以注册专利,最好把梗概也一块儿注册上。各地法律都不一样,但身处文化产业,一定要保护好知识产权。

读梗概的人,一天会读很多梗概,所以你要让你的梗概成为最易读的那个。不要一段一段密密麻麻的,梗概读完要像电影闪过,得学会留白。

改编时,编剧可不能知道得太多

我还想谈谈改编,改编小说意味着从一本书里找一部电影出来。不过方法万变不离其宗:导演若拿本书找编剧来改编,他应该首先告诉编剧,书中哪部分打动了他,这可比告诉编剧这本书讲的是什么还有用。哪些戏动人?哪些必然会放进大纲?编剧在读书时应把它们都标出来。要分得清剧本和原著是两种事物,不管多喜欢原著都不能照搬,这事极端重要。电影《撒哈拉》原著有560页,想拍成个节奏快的动作片,剧本大概只能有105页。像剧本《41天》是纪实性很强的片子,导演对背景了如指掌。这是不利于我写东西的,我需要离开那些材料。

有时候电影比原著好看,比如《教父》。编剧得竭力用探索的新鲜眼光去读书,就像医生探寻病源那样,这样才会捕捉到新鲜逻辑的冲击力。

选对软件,调好状态

大家都常用 Office Word 写剧本,人物等条目没法挪动。我自己用的软件可以自动把场景描述、人物等分块,固定好位置,这样一个人的台词要是长达一页纸就很直观,我们就得考虑下该不该这么长。在剧本中,

> **我写作的八条规则**
>
> （1）每天都要写，虽然这事靠天赋，但可参照篮球运动员每天练习。
> （2）再混乱也要动笔。就像画画，总得支一块画板，动起手来。
> （3）设计好再开始。想想冰山理论，若有人来问进度，不必理会，反馈一切顺利即可。大纲就是地图，有了它，迷途可返。
> （4）热爱所有的人物。特别是坏人，没有百分百坏的，都有人性化的一面。一般来说，坏人坏的原因是他们承受过很多的痛苦。
> （5）追踪人物和故事线。完成一稿后，我会把人物依次分离开来，每每只看他的事，以此追踪。次要线也是这样。
> （6）留一些空间、空白，有可能成为惊喜。我不希望技巧被固化为手段，它是一个工具。有时会有奇迹闪现，这种惊喜是写剧本过程中遇到的最有意思的事。
> （7）别人教的小技巧——删掉每场戏的最后一句台词。一般那句词儿真没什么用，当然有用的话那就别删。
> （8）享受删除这件事。这很重要，因为早晚有人会删的嘛。删戏删得好应该和写出经典台词，得到同样的满足感。

描述的部分也要尽量简洁。

常用的第一款专业编剧软件叫 Final Draft，但是不支持中文。另一款 Celtx 支持中文，会有小的"漏洞"，但不影响整体输出。软件可以设定场景、人物、台词、格式等。这两款软件都在全世界通行，有统一的格式。输出时可选 PDF，打印就不会乱码。它们都是免费软件。

当编剧，累就累在每天都有作业等着你。并且，要时刻记录，不让任何有价值的东西溜走，随手记在手机等设备里。

你要调节好生物钟，确定写作时间是在早晨上班前，还是晚上睡觉前。我一直在晚上睡前写。直到有了孩子，早晨五点的尖叫真是无人能敌！我做出了改变：早起之后成了最好的写作时间。我写到上午十一二点,累了就去吃饭、运动,抑或做无聊的事,画画,或做点体力活儿什么的换换脑子,家里屋后有块停车场地面需要铺石子儿,我就去弄,铺了四年还没弄完。玩石头、不写东西时,你可能没意识到脑子还在转,却时不时会想到一句话、一个场景。

写剧本要能随时拿得起放得下。遇到难题可以躺下睡觉,让它成为你关灯前的问题,摆出祈求奇迹出现的姿态:床头放笔、纸、手机随时记录。但一定要离开工作环境。

讨论答疑

学员:您写《41天》大纲、分场和剧本分别花了多长时间完成?

约翰:整个剧本我花了六个月的时间,其中用了四个月的时间做大纲。对我来说,分场和大纲是一回事。当然,对于制片厂来说又是另一回事。

学员:如何把抽象的概念转化成剧本?

约翰:简短的回答是依靠人物的行为和画面。比如马泰乌斯的善恶对错、何去何从,纳尔逊想要存活下来,这都是抽象概念。电影是一个视觉媒介,所以最好用视觉的方式传达。

学员:沉闷的大段对话如何提升节奏?

约翰:我会建议加个画面描述。举个例子,比如讲纳尔逊非常尴尬,我会写他的脚在沙子里搓一搓。可能导演已经有所准备,本来就要拍脚的。而我就是用这些画面描述破一破整段对话,简单几笔即可。大家可以注意到《41天》的剧本里,我很少加入详细的画面描述,这些内容主要由导演等其他人来完成。比如蟑螂行军通过管道的画面,摄影师仍有很大发挥空间。

学员：表达人物的心理活动有哪些方式？

约翰：最直接的方法是旁白，但我不怎么用。还可以通过人物的动作来展现，他若尴尬，会摸自己的身上、拉扯衣服等；想尖叫，可能会捂了嘴四处看。编剧就是把这些描述出来。

学员：首先说一下我非常喜欢《41天》的台词。请问您是怎么打磨台词的？

约翰：我的台词一遍是写不下来的，通常我会读大概25遍后拿给别人看。我尽可能简化台词并大声地读出来。我在家里搞一个派对，找四五个演员来，让他们读我听。如果我觉得他们读的感觉与我的感受完全不一样，这样就可以从他们身上再学习一些东西。

学员：我对照老师的剧本和我自己正在写的剧本，发现老师剧本里主人公的欲望特别强烈。马泰乌斯既需要钱，又挣扎于人性的复苏；纳尔逊的欲望基于求生。我的剧本是关于三个穷人的喜剧片，他们误打误撞去韩国做保镖，结果遇到一个真正厉害的杀手。但是我总觉得人物缺少像《41天》里主人公的这种欲望，不知道是哪里出现了问题？

约翰：首先要更好地了解人物。提前做好人物小传，写戏的时候时不时进行对比，自查戏里的人物和小传里的人物是否一致。筛选那些最后一定会留下来的戏。有些场次若不能确定，就别用。

学员：我一度怀疑是不是保镖这种人设离大众太远？

约翰：从后往前看。主角为什么会选择做保镖这样的职业？与童年有关，抑或是其他什么理由？是为了钱吗？了解他们与金钱的关系吗？把你刚才的人物按照问题模板去追问。当知道了人物的动机之后，就知道他们的下一步动作了。你很快就可以找到解决方案了，我确定。

学员：编剧花了很多时间准备蓝图和文件，导演接手后会做删减增添，这会令人不悦，请问该如何协调？

约翰：分歧会一直存在。得看在什么时候沟通，是在写剧本之前还是开拍之前。要是写之前，我倾向编剧多试试自己的创意。如果马上开拍了，就得更服从导演。这对于编剧来讲，常是难以接受的。但毕竟开拍了，导演有很多工作需要协调，必须配合他，令其简便一点。在早期剧本阶段，编剧是专家，应该尽可能做到最好。明智的导演不会设定答案，会多让编剧尝试。

有时候，导演和制片人设定好一个概念，然后去指定编剧。此时就与完全原创的剧本大不一样了。即便如此，若导演很明智，依然会释放自由度。好比组建一个乐队，只要认可成员的能力，沟通好节奏、声调，不必教他们怎么弹乐器。离拍摄期越近，越要支持导演。如果我的导演走进片场，他已经强大到足以"防弹"——对故事、对一切都了如指掌，那对我来说是很有成就感的。

学员：三幕式创作是好莱坞类型电影的创作方式，但不是唯一的，有没有其他的创作方式？文艺电影适用于三幕式创作方式吗？

约翰：好莱坞跟三幕式已经结婚了，混好莱坞出来的人被训练得只能看这个了。也许你很努力地写了一个剧本，但制片厂里一个小主管可能什么都不了解，只懂三幕式。所以，三幕式有效，我会把它当作工具，当作一种格式。

我不太确定有其他特别明确的结构方式，有些人会写以人物为主的，会被骂没有故事。有一部提名奥斯卡的《卡罗尔》（2015），是一部拍得很美、演得很好的电影，但就是没什么事发生。这片子里面可以看出一个大概的三幕式结构，但不突兀，非常沉稳。我不太确定它的预算，导演叫托德·海恩斯（Todd Haynes），主演是凯特·布兰切特（Cate Blanchett）。他们非常棒，可能也是能拿到投资的原因，通常这种剧本在好莱坞不会通过。有些演员还是有权力造就电影的，但没那么常见。

学员：中国相声也用三段式，叫作"三翻四抖"，把故事分成三个部分，最后有一个包袱。比较好记。

约翰：观众都有期待，三幕式是来满足期待、提供惊奇的方法。但要避免让人觉得唐突。

学员：您对剧本中写第二幕有什么建议吗？发展部分比较难写。

约翰：之前谈到过蓝图问题，在大纲里面设计好它，实在不行就回到人物上。不做任何规划设计，稍微有点灵感就敢动笔写剧本，这样是不行的。列好大纲，写剧本就很顺利了。

学员：前面讲写作不可主题先行，我就面临这样的问题。我写的一个现实题材剧本已经要开拍了，但是我还没有找到故事的主题。原型故事很好看、打动人，促我动笔。我不断找主题，与人探讨，但无法自圆其说。没主题的话能行吗？我是自编自导。

约翰：主题已经在了，肯定在你心里某个地方，不要担心。祝贺你的电影马上开拍。你有了团队，你的任务是去碰撞，主题会藏在演员表演的某个瞬间、某一个后期剪辑点。我觉得你需要与朋友买瓶威士忌彻夜长谈，去抓住那些瞬间。他们会点醒你的，没准儿是你都意想不到的，别因为这个停下脚步。

学员：很多好电影根据长篇小说改编，老师的《护士贝蒂》是根据老师自己的短篇小说改编的。我觉得短篇小说写起来比长篇小说难度要大，所以改编也难。您怎么看个中区别？是仅借用故事呢？还是更大程度地倚重原著小说？老师是怎么处理的？

约翰：我反而觉得短篇小说更容易改编，因为如果小说太长的话，里面的很多东西不得不抛弃。短篇小说已有足够的人物、主题，给了更多空间可以展开想象力。不管长篇短篇，都有一个瞬间令人想要完全抛开原著去写独立的电影。我大概改编过8到10本书，有的是纪实的，有的是虚构的。通常都不得不抛弃很多内容，因为内容大都过剩。好莱坞甚至会买杂志里的一个豆腐块，让编剧根据这个去改成电影剧本，好像把它浇上水就能泡发一样。仿佛豆腐块有人看，改出来电影也必然受欢迎一样，慢慢地，人们似乎就对原创剧本不感兴趣了。我的经纪人会跟我说，我们非常喜欢你的活儿，你有没有想改编的书呢？我会说不，我就想直接写剧本，但这就困扰到他们了。

学员：老师您最近六个月的生活能介绍一下吗？

约翰：给HBO写了俩剧本，然后来到这儿。我已经有三年没写自己想写的原创内容了。他们一直给我一些新书，我读来若有兴趣就出一个故事大纲给制片厂。过去六个月就是写、写、写，一直写。

学员：您跟经纪人是怎么合作的？什么样的人适合做经纪人？

约翰：我尊重大多数代理人和经纪人。但我日常不跟他们多社交，我不太认同他们的三观。他们谈判能力的确强，因此我会合作。他们拿我写过的剧本当案例发给大制片厂。如果制片厂在找编剧，看到我写的和他们要拍的相像，或是觉得我有能力的话，他们会给我打电话并且让我做10分钟故事提案演说。

他们会用同样方式叫七八个编剧去做同样的事，最后选一个出来。而拿到工作的编剧，他的经纪人会抽成10%的酬金。经纪公司有大有小，也有独立经营的，你要的是一个最理解你的人。与经纪人的关系也是一场战争，我生活中没遇到过如此奇怪的关系。但是他们的存在是必要的。

学员：介绍十部您心目中的最好看的电影吧。

约翰：我非常喜欢大卫·林奇（David Lynch）的电影《蓝丝绒》（1986），昆汀（Quentin Tarantino）的《低俗小说》（1994）、《无耻混蛋》（2009），科波拉的《教父》（1992）、《现代启示录》（1979）。其他就是《理发师的情人》（1990）、《四百击》（1959）、《美国丽人》（1999），导演我喜欢帕特里斯·勒孔特。李安的《理智与情感》（1995），片子很难拍，都是女性角色中非常内在情感的东西。最近刚看了《霸王别姬》（1993）、《潘神的迷宫》（2006），非常喜欢。

学员：您认为中国电影剧作比较好的有哪些？

约翰：我最喜欢的是像《霸王别姬》《大红灯笼高高挂》《活着》这样的电影。《霸王别姬》里既有宏大的背景，又有人与人之间非常紧密微妙的关系。

学员：您构思电影的时候会考虑它的类型吗？

约翰：如果被制片厂雇来写剧本，写之前我就知道它是什么类型。如果我自己创作，我有时候知道，有时候就不知道了。有时我从一场戏开始写，然后慢慢才发现它的类型。《护士贝蒂》就被批评看不出是什么类型。一些制片人、老板们认为多于两个类型的片子是很难卖出去的，《护士贝蒂》是追击片、惊悚片还是喜剧片呢？但我觉得坦然，生活就是这样：上一秒钟哈哈大笑，下一秒钟就去撒谎。

学员：您怎么看创作者（编剧、导演）在创作中的自我突破？很少有人在很长一段创作生涯中能保持突破，通常第一部作品就是最高水平了。

约翰：我尽可能和值得尊敬的人、把电影当作艺术的人一起合作。把他们当成所谓的好人。做电影真是一场战争，是跟完全不关心艺术的人的一场战争。我不知道除了继续坚持和努力，还有什么其他可以做的。但每当遇到和我有一样想法的人，包括各位在内，我心里都非常温暖。

为了商业利益，算计考虑并没有错，但我做不到，有时候我会想余生我还能干什么。因为大多数情况下，作品被束之高阁了。我在商业方面没有天赋，真令人沮丧。我的经纪人团队会帮我，但我还是希望自己能争点气。

通过这两天的授课，我感到大家都能成事，有故事值得讲。希望我的话不会让你们消沉。做电影如同打仗。每年一月我都离开洛杉矶，走进沙漠、爬到山上，找地方坐上一天清理一下头脑。准备下一场战争。

学员：电影《撒哈拉》（2005）有七位编剧，请问这是怎么合作的？

约翰：我们没有一起合作。我读了该项目已写好的五个剧本，我接到任务的时候，项目已经在前期筹备了，所以我晚上写大纲，早上写剧本，中午去开会。平日我会把写好的剧本在手上留一周再送出去，但这次一写好就要立刻给导演，这很难的。

我的工作是把五个剧本其中两个可用的戏份留下来重新写。至于如何署名，WGA（美国编剧工会）会做决定，每个参与的编剧都会写一份陈述附剧本一起交上去。WGA会选一群人来读这些陈述和剧本，让他们决定署名。

学员：可以介绍一下WGA的情况吗，比如编剧费用？

约翰：编剧费用在工会有公开的标准，大家如果愿意的话，可以查一下。美国编剧工会从编剧费用中抽出一部分用于提供编剧保险、建立行业规则，也用于给剧本提供注册。当剧本注册之后，工会会有记录，以此避免被偷。WGA有一个规则，为不同媒介如电影、电视、网络提供内容的编剧都有最低的薪水标准。

学员：在中国写的剧本如何在美国受保护？如果和美国公司打交道的话，如何保护故事版权不被剽窃？

约翰：首先是在 WGA 的网站上注册，每个项目 20 美元，不必是 WGA 的成员，这是第一层的保护。第二层是版权注册，美国版权注册的网站更贵些，大概 35 美元。

还有一个最简单的方式就是把剧本封起来，通过挂号信的形式寄给自己，保留有日期的邮戳邮票不开封。第一页写明：保护知识产权和日期。我不怎么担心也没有经历过什么偷创意的事情。我确实经常去各个制片厂去讲创意，但不代表不存在偷窃的行为。写东西还是一定要注册，要保护好它。

学员：一些写得比较好的小说里有复杂的心理描写，比如幻想、推理，如何用视听语言表现？好莱坞是不是流水线编剧？众人分工写人物、台词、情节，不知您什么看法？现在国内也有这么干的了。

约翰：好问题。与编剧不一样，小说有极大空间对人物展开描写，而电影则不希望人物一直说台词，要靠编剧探索视觉方式来传达。举个简单例子，若用小说描写布鲁诺，会有大量类似"我想要抓住他们，我想要把他们逮进监狱去，我想杀了他们"的内心活动。电影里，我可能会设计让他一直击打沙袋。

第二个问题，我不能接受流水线式的合作。与众人共处一室会不舒服，我适应更孤独点的工作方式。虽然搞电影非一人之功，但即便要合作，我也会先自己干，再把成果拿给大家看。流水线没准儿效果好，我是不反对的，要看个人习惯。

学员：当您在创作中与制片方出现分歧后会怎么处理？

约翰：有分歧，我也会试着改变，他们花了钱找到我，我就需要做好服务。

学员：当您被雇来写自己不感兴趣的东西怎么办？

约翰：我会寻找一个兴奋点，雇主相信我的能力，我也要尽力而为，一般都奏效的。除非极端讨厌，比如特朗普有本传记想让我写剧本，说我是完美的人选。我问为什么呢？我哪点让人觉得适合写这个呢？我干不了，实在兴奋不起来。

学员：当您写一个原创剧本的时候，是凭空先想象出一个场景，还是根据一个场景去设计一个故事？

约翰：通常，场景会先找到我。《护士贝蒂》是从一幅画开始的，然后成了一个短故事，最后变成一个剧本。但并不代表你不可以从一个概念开始起步，但我通常是从一个小的灵感开始。

学员：想请教一个电影叙事视角的问题。比如我的每一场戏里都有男主角，整部戏都是他的视角，唯独其中一场戏女友被害他不在场，视角就出去了，这样可行吗？

约翰：视角不能说变就变。建议你先做一些伏笔。至少转换前要铺垫一下，否则观众会跳戏。

学员：那是不是需要几场单独表现女友的戏？整体风格又不一样了。

约翰：转换视角这件事太大，会让观众的注意力转换。两场戏还是不够，得用三场以上来改变。如果你想保留一个人物单一视角的方式，可不可以设计两场他的梦境？

学员：把这场戏放在片头呢？

约翰：是一个办法。

学员：您有突然间写不出东西的时候吗？

约翰：没有。有的时候制片厂设好截止日期，我就逼自己写出东西来，然后删很多。我从不依靠灵感。我会记录灵感，但它不是每天都出现的。我把编剧当作工作。

学员：音乐是电影很重要的一部分。您在创作剧本过程中，在寻找剧本节奏时，会不会从音乐中寻找灵感，您喜欢音乐吗？

约翰：我有写过一两部作品，会把音乐也写出来，但通常是题材需要。平常创作时听音乐，是为了能更冷静一些。

学员：有没有修改剧本越改越差的情况？

约翰：会有，这时必须回到人物。问同样的问题，他们的欲求是什么？有时要离开，换换脑子，做点其他的事再说。

学员：如果写到一些动作或枪战的戏，而您本身对动作和枪战不是很熟悉的话，会与团队合作吗？

约翰：不会，我会自己做足所有的调查。我差不多已有两年不因兴趣来写东西了。几乎我读的所有书，都是为了写剧本做功课。如果要写战争、战斗的戏，我会去研读有过参战经历的人的文章。

学员：战争动作戏，老师会做沙盘推演、模拟环境吗？

约翰：不，运用想象力。我会交叉展现不同场景。不会在剧本中写机位，但我会建议。这就是工作，在纸上写出画面感。

学员：请一帮外行人士来反馈剧本意见，而非业内人，是否出于版权保护这方面的考虑？

约翰：我随时联系的人，业内外都有。都是我很好的朋友。我相信他们。

学员：请您介绍一下代表作《护士贝蒂》，分析一下得奖原因。

约翰：我认为赢的原因是它能打动观众，提供了惊喜，这是大家在看电影时所能拥有的最好的体验。它有一个非常荒唐的前提和设定，没有人可以预判故事转折点，但又顺理成章地写了出来。

最后，非常感谢大家，诸位让我对电影的未来充满希望。

平行弧结构与序列叙事

———————/ 第六讲

史蒂文·加里·班克斯

> 你要记住初创时的所有棱角,把那些奇形怪状的创意缩小,小到够放进甲方的盒子里。

史蒂文·加里·班克斯(Steven Gary Banks),好莱坞最高产的编剧之一,2009年入选美国最优秀的二十位电影编剧排行榜。全能影视制作人,在编剧、出品人、制片人等多重角色之间从容切换,在电视剧制作方面亦有相当出众的表现。作为"种子影音公司"的首席执行官,他的编剧团队与包括华纳兄弟、环球、新线、索尼、迪士尼以及米拉麦克斯等电影公司签有10部以上的电影剧本合约。他提供剧本创意的作品《小鬼上路》已带来超过五亿美元的收益。代表作品有:《小鬼上路》(2005)、《疯狂的外星人》(2019),剧集《家有后爹 第一季》(2010—2012)。

在2016年1月的"大师之光"青年编剧高级研习班上,史蒂文·加里·班克斯共用两期课程为国内的从业者们讲解如何理解、运用平行弧结构和序列叙事,以及人物深入发展的内容。

大家好，非常高兴来到这里。我酷爱这份编剧和制片人的工作，能创作故事、在创意产业中贡献力量，真是人生幸事。写剧本是一门反对条框限制的艺术，但要走得远，你还须把它当成手工艺来刻意练习，这就意味着理论、规范、规则。希望我的这些工具和方法可以融入你的写作当中，之后也会有一个"平行弧结构"主题的练习环节，希望大家踊跃参与。

平行弧结构

今天有两个主题，一个叫"平行弧结构"（parallel arc），一个叫"序列叙事"（sequencing，或称为"段落叙事"）。

首先来讲平行弧结构，我们从剧本结构切入，故事可以分为三幕：在第一幕，我们先建立起这个故事的架构；第二幕是建立起一个对抗；第三幕是把对抗解决掉，提供一个结局。

关于平行弧，我还有种更深刻的方式对其结构进行分解，仔细说来，我会讲解其中关于人物、情节方面的规则。平行弧可以按主题来进行分解：主线上有个弧形结构，故事情节上又有一个弧形结构。

现在问问自己：你最喜欢的一部电影有哪些情节？

无论是编剧、制片人还是导演，当有人问这部电影讲什么时，第一反应是它讲了怎样的一个故事，主题是什么。比如《肖申克的救赎》（1994）的主题就是救赎，而非主角这个人，也非剧中的友情；《阿甘正传》（1994）讲的是一个人如何顺应他的道路走下去，主题是命运。

要弄清故事与其主题的关系，也就是要区分两者。要写一部电影，动笔前要搞清主题。比如《廊桥遗梦》（1995）展现男女主之间共有的经历、体验，此外还有复仇、救赎、成长、信仰。一部电影首先必须要有一个主题，才能跟观众有一个联结的方式。写作中，若一开始是通过人物来传递观点，初稿可以这样，但成稿上交的时候，就得明确主题了。

再来说故事驱动（story engine），要让一个曲线好用，每一个故事弧都要有一个独特的结构。我们会分解两个剧本，学习剧本如何同时服务于故事驱动和曲线，如何使剧本有层次、有质感。

标准剧本一般有 90~120 页，美国的喜剧片比剧情片短点，只有 90~100 页。标准的 120 页剧本，第一幕的结尾在第 30 页左右，要写个 100 页的剧本的话，第一幕的结尾就在第 22 页了。页码是一个参考标准，不是绝对的，要根据剧本长度来调节第二幕、第三幕的节点。

我要向制片人、导演重点推荐平行弧和序列叙事。为何编剧行当之外也得重视？好剧本令所有人兴奋，包括明星和制片公司，如果制片人、导演看不懂这个故事的话，工作就容易搞砸，电影便拍不出剧本的层次和质感。之所以斯皮尔伯格、马丁·斯科塞斯、詹姆斯·卡梅隆这些导演可以做到每部电影都成功，是因为他们都看重此道，拍摄、剪辑都能保全想法的传达。

一个导演处女作拍得好，第二部、第三部电影就不行，水平不稳定，原因常常是他第一部是靠原创剧本支撑，第二、三部就疏于对剧本的跟进，结构就不像第一部电影紧凑，显得散乱。所以制片人、导演要跟编剧联系得更紧密些，剧本才会出彩。

大家看到一部好电影时，就去找一找我提到的节点，比如在哪里是半场、第 45 页会发生什么？好电影里是一定能找出这些节点的。

一部好的电影大约前 3 页——最多 5 页以内，就要提一个核心的问题来建立主题，我们稍后会举例具体分析。第 10 页左右"催化剂"出现，范围一般在第 8~12 页，这一定要有，否则整个故事就很难立住。它得驱动整个故事推进。比如说一个人被炒了鱿鱼，或者一个人遇到了梦寐以求的女孩，或者一个人收到了一个莫名的包裹，这些都算催化剂。它决定了第一幕的走向。

在第 30 页左右（喜剧的话是第 25 页），也就是在第一幕结尾处，第二个催化剂要出现，所有催化剂的作用都是让剧情朝新的方向发展。第二幕的催化剂给整个故事建立起一个故事驱动。举个例子，主角第 10 页时收到了一个包裹，这就是"催化剂"。待到第二次"催化剂"出现时，他需要在一天之内把这个包裹从北京运去上海。此时故事驱动就在于运包裹了。因此驱动要给他设定个时限。

故事主题与故事驱动

主题和驱动都是很简单的概念，比如主题是复仇，那可以在前 5 页就把这样一个主题建立起来，接下来让故事驱动在第一幕结尾的时候去推进它。故事驱动，首要作用是推动故事发展。其次就是避免剧本支离破碎。

案例分析：《冒牌天神》

金·凯瑞的喜剧《冒牌天神》(*Bruce Almighty*，2003) 讲的是一个人突然变成了上帝，可以做任何事，比如：改变天气、给老婆隆胸、发动战争等。它的驱动很弱，第二幕必须有一个目标加以限定，而不是随随便便想炸地球就炸地球，得让主角针对这个目标做事情。于是设定他想当电视台主播。主角制造一场龙卷风，自己再作为记者跑现场去报道，以此方便自己从业。

创作者很想以当主播作为故事驱动，但实际操作起来就跟观众脱节了：大家对当主播缺乏共情，这不过就是一份工作嘛。接下来这部电影就一段一段地做傻事，特别片段化，全都是主角以上帝身份去行使当主播的便利，没有贯穿的驱动力，于是听起来很奇怪。我和其他很多同行觉得，如果仅止于此，片子最后就会沦为一团糟的散文。笑点都有，观众确实也会笑，但看完就完了，不会让人记住什么。第一幕结束的时候他正式成为美国总统，第二幕他已经有了全世界最大的权力，可他都在干什么，他可能搞派对，可能会签署什么条约，所有这一切，背后的目的仅仅是让一个 13 岁的小姑娘对他倾心。接下来就是他所做的所有事情都是为了得到这个女孩的芳心，此时"得到女孩芳心"就成了这个故事的驱动力。而这个故事的主题又是关于责任和成长的，所以在故事的最后，恐惧与爱恨，能使观众产生强烈的互动和共鸣感。

案例分析：《总统先生》

再举个例子，哥伦比亚出品过一部威尔·史密斯主演的电影，我参与了这个剧本，叫《总统先生》。这个创意是从别人那儿买过来的。这是威尔·史密斯的点子，不是我的。一个 14 岁费城淘气男孩赢了场作文大赛（这事发生在第 10 页，如果不发生，故事就立不住），大赛奖品是可以做一天美国总统。第一幕结尾的剧情就是男孩宣誓来当一天总统。同时真总统还真就呛了粒糖豆不省人事，没法工作了。

至此这个故事就需要个驱动了——给剧情框架加以限制，别让接下来的剧情发展成孩子天天开派对、修改法律这样的琐事。他们用了两年的时间，找了六位编剧去写这个剧本，写了六稿，都没有写好，因为在第二幕，这个小男孩就任总统之后就在白宫大搞派对，或者让大麻合法化，一件傻事连着一件傻事地做。

当时片方问我："能不能把这个缺乏逻辑、缺乏故事驱动的剧本修改一下？"我觉得修好也不是难事，就给这个剧本定了个主题：人的成长意味着肩负责任。让男孩一出场就极不负责——赢下大赛的文章并不是他自己写的，而是他付钱让姐姐代笔写的。他在学校一遍一遍地犯傻要做出些所谓惊天动地的事，只是为了引起心仪女孩的注意，但人家并没有什么反应。这些伏笔在第一幕的时候已经埋下，观众容易理解这些情感体验，所以会共情。

他当了总统后，仍是不管干什么都要取悦这个女孩。女孩喜欢小动物，男孩就颁布法令保护小动物。当然，喜剧电影嘛，一定会出岔子。女孩释放了善意——但还不至于喜欢男孩。接下来男孩又在白宫办晚宴，请女孩最爱的乐队演出，如此种种。

看，故事驱动的作用是在限制，限制的同时向前驱动。猜猜看电影结局会发生什么？他确实是得到了女孩的心，同时他也了解到当总统做事需要承担个人的责任，人物便成长了。无论你是在写一个新剧本或者是改写一个老的，故事驱动和主题这两样武器都是可以化腐朽为神奇的。希望可以成为大家工作的引导。

第一幕向第二幕过渡的部分，也就是第 22~30 页之间，需要展示出故事驱动。下一个节点大概在第 45 页，没错，可以是第 40 页，也可以是第 48 页。此时要出现一个"启示"，在这几页里面，它同时服务于故事驱动和主题。主角建立起了一条保护濒危动物的法令，紧接着法令马上出了问题，原因是主角的不负责任，此事件伤害了男孩，从而服务于故事驱动。

序列叙事

一个序列就是一个相对独立的段落。每个序列会有一个开头、发展和结局。经典剧本里的每个序列有大约15页，弹性为12~16页之间。序列非常有用，一个电影若从A点到B点来讲故事，A可做开头，B当作结尾，但这样放到整部电影里就太长了。通过序列的方式，可以把它分解到一段相对短的时间之内。

相应地，我写序列时，会知道A点从第30页开始，B点从45页开始，中间这15页就是一个序列，这样就有很明确的开头和结尾，要讲故事的范围也缩小了。如果是写第二幕，我们就可以通过这种15页的序列，一段一段地把它写出来。那么在每一个15页段落的结尾，都做一个标记，让这个标记同时服务于主题和驱动，每一段都会产生一定的结果，成为某种程度的了结。

剧本到了中间点是无法回头的。此时主角会处于一个没有选择的境地中，接下来他必须全身心地投入要做的事中。第75到80页左右时，可以写一个序列，使他彻彻底底地陷入一场窘境。然后从接下来的75到90页（根据剧本长度也可能是70到82页），主角的境况呈螺旋式下跌，越来越糟糕。90页后主角就得找个方法来解决问题了，这最终给故事提供了结尾。结尾给故事驱动和主题来个最后的了结。比如男孩子最终成为总统，并赢得了女孩的芳心。

想想看，若故事驱动和主题这两者有一个最终都没得到了结和解决，观众能满意吗？肯定不会。

或者举例来说，如果从第60到90页的这30页里都没有涉及主题，那么第90页突然蹦出个主题，这个男孩又做了什么不负责任的事情，或是因为怕负责任而产生了某种恶果，观众就会觉得跳戏，过去半个小时与此毫不相关啊！

看电影时，常会有情节令人感到突兀，看上去毫无铺垫、突然乱入。究其原因，要么是导演出了问题，要么是剧本出了问题，也可能是后期剪辑时忽略了故事驱动或主题。驱动和主题是缺一不可的，若均能得到重视，那么故事一定坚守有力。

类型电影的驱动

案例分析:《冒牌老爸》

《冒牌老爸》(*Big Daddy*,1999)也是一部在全世界范围获得成功的电影,跟《冒牌天神》一样,都是很容易懂的故事。它们分属不同类型,一部喜剧片,一部动作片。下面我会结合案例讲解各种类型电影中如何应用平行弧结构和序列。

这个故事讲了什么?责任。主角桑尼收养了个孩子朱利,他自己也获得了成长。

核心问题是什么?第 1 页就够清晰直白,父亲批评主角:都 32 岁了,还像个孩子!这个剧本它做得很好,很自然。然后就是第 10 页的催化剂:主角向他女朋友求婚失败。催化剂若缺位,电影就到此为止了。

它铺垫了什么?接下来会发生什么事情?

在此驱动之下,第二幕他所做的一切都是为了女朋友。若不是为了取悦她,他也不会领养孩子,对吧?但奇怪的是,故事过半,女孩就消失了。稍后我会讲讲她在这个结构中所起到的作用。

第 10 到 12 页求婚被拒。第 15 页有段台词反复说"我不能失去她……",这是为了加强这个驱动,强调这段感情关系至关紧要。小孩在第 16 页登场。

我在美国大学讲课的时候,问学生这部电影讲的是什么,他们常给的回答是,这是一个大人领养一个小孩,与之交朋友并最终成为一个父亲的故事。

看待问题还应更深入一些,故事主题是"责任"。从这部电影的宣传片是看不出它的主题和故事驱动的,这很高妙。其实编剧含蓄地进行了表达,开篇他爸说他像个 6 岁孩子,直白浅显,他爸了解他的为人,不突兀却毫不隐含地直接表达。大家在自己写作的时候也可以考虑一下隐喻或是含蓄的方式,要问自己:是不是足够简洁、足够含蓄,剧本里每一个节拍是否自然？

剧本第 26 页有个写得很含蓄的驱动，在成片中更直接些：主角桑尼的朋友汤米跟菲尔的聊天中有这么句台词，"朱利是唯一的能让桑尼担负起责任来的方法"，这句话点明了故事驱动。

这里使用了一个在好莱坞的常用技巧叫"道听途说"，意思就是这段对话它所展现出来的情形，观众没有办法直观了解。朋友汤米这个时候是在跟菲尔说话，而不是在跟主角桑尼说话。桑尼决定领养孩子的事是通过汤米和菲尔的聊天传达，而不是由桑尼本人表达出来的。作为一个观众，肯定希望此处有更富戏剧性的冲突，想看到朋友和男主激烈争辩领养孩子的决定。桑尼究竟为什么想要领养个孩子呢？如此剧情有更多张力。此处我不觉得是个结构层面的失误，而是写戏层面的失误而已。

由此引出下一个概念：张力。整部电影里张力都体现得很好，开场桑尼和未婚妻关系不好，跟父亲也经常争吵，这就是人物间的张力。第二幕，他又发现自己性格不适合当爹，你看，张力不一定体现在人与人之间，哪怕在个体内也可以体现这种冲突。

那么，汤米和菲尔聊天这段有没有张力呢？没有。所以这是一个很大的失误，尤其他还发生在幕间停顿这样一个重要时刻。在写作一个序列的时候，很重要的一点是，你要保持对自己的疑问，时刻问自己写的东西到底有没有张力、有没有冲突，哪怕是写一个人的戏时，写出内在的紧张感也可以。

张力应存在于剧本的描述部分。描述也是一个剧本的专有概念，可以理解为向观众传达的电影信息。许多编剧容易犯错，会用主人公（的对话）告诉我们故事要怎样发展，而不是去直接展示接下来要发生什么。如果你是导演、制片人，在看别人剧本时，要重点看剧本的描述部分，以此来判断剧本是通过人物的行为、动作、情节来推进故事，还是通过对话直接讲出来。

"道听途说"这一段后，紧张感就被推迟到第 29 页，此时菲尔让桑尼放弃养小孩的想法。这个情节当然也挺好笑，但是放在此处就显得很弱。然后是始于第41页的"起誓"段，桑尼第一次带这个小孩去见他的女朋友凡妮莎，自夸道："你看我多厉害，做了如此伟大的事，领养了一个小孩！"但效果不尽如人意，第44页女友跟桑尼说她正在跟一个老头交往，因为感觉对方很靠谱。此处又点了一回主题——责任，因此到45页这里是一个标记。这里再一次阐述了男主不负责任，这是故事的驱动，他并没有成功地取悦女友，我觉得这是这个剧本最精彩之处。

还有一个序列也很好地展现了故事的驱动和主题：请你想象一下，女友凡妮莎跟一个年纪大很多的男人在一起，她找来一个父亲形象的男友。这与领养孩子、立志成为好父亲的桑尼是对应的，从另一个层面呼应了主题和驱动。所以在第一幕序列从第26、27页一直持续到第44页，起因是桑尼决定要领养小孩，中间是他跟小孩逐渐熟悉成为朋友，结尾是他想带小孩去见他的女友，取悦她，结果失败了。这就使得整个剧情朝新的方向前进了。这是一个很好的序列范例，有很明确的起因、经过、结果，抽取出来甚至能做成一个短片。

在整个剧本的110页中，编剧未必非得构造出序列，但序列是一个很好的工具。第二幕写起来是最容易写丢、迷失方向而跑题的，序列可以挽救你。

第45页，凡妮莎对桑尼说"你是个好人"，这句话的意义何在？它的作用就是再一次给出了提示，针对接下来的序列发生的事情，点出了驱动所在。

接下来到剧本的中间点，发生了什么？在第61页，桑尼见到了蕾拉，他的潜在新女友。此处妙在突然一转方向，驱动依然是取悦女友，但对象换了一个。小孩不再是他利用的工具，他开始通过自己的责任心赢得新女友的心。他只需要跟孩子共同生活、交朋友。这是这个剧本的精彩之处，故事驱动依然在，只是换了一种方式，主人公不再直接暴力地去赢取女友的芳心，他的责任心真的提升到了更高的层面。

第 71 页是这段序列的结尾，在这里他开始担忧孩子，开始成为负责任的好家长。他开始在乎小孩在学校的情况、有哪些好朋友。这就引出了下一段，即桑尼遇到了小孩可能再一次从他这里被掠走的危机。为了解决这个问题，他又必须成为一个法律界人士，拿回他擅长的技能。此时这个剧本就可以一步步走向完满的结尾，所以我想鼓励大家重新读一下这个剧本，边读边找这些页码标记，看看序列出现在哪些段落。我希望帮助大家学会应用平行弧结构和序列，写出更好的剧本。

案例分析：《谍影重重》

《谍影重重》（*The Bourne Identity*，2002）讲的是什么？有人说是身份，是关于"我是谁"。那么作为观众是否容易与之产生共鸣呢？正常人日常也会问自己这个问题，比如，我在社会中的位置是什么？这是一部动作电影，在这种类型片里，能提出"我是谁""我何以为人"这样有深度的问题，是它的精彩之处。开头打斗非常多，所以核心问题的提出是在第 6 页，是通过一个事件场景提出的，很自然。给主角取出子弹的人用一句台词提炼了电影主题，他问主角，"你是谁？"，主角说不知道。

很多人写剧本有这种倾向，描述一个人物时，用大段文字去讲他的外貌和穿着。本片第 7 页里描述康克林其人时，仅用了四个单词"Ivy League Ollie North"[①]。美国人一看到这四个单词，马上就知道他的形象。

我至今写了 20 多部剧本，但我还是经常想如何更简练地描述。假设要写一场追逐戏，汽车来势汹汹冲过来，后面还有辆警车尾随，这车撞了另一辆车，两辆车在街上翻滚、着火，然后警察从四面八方包抄上来，这可需要大量文字描述。但如果简化为车辆、追逐、两个警察、两辆警车、一辆红车、撞车、火球、死亡。是不是可以立刻想象到这个场景？刚才那大段文字就可以避免了。综上所述，剧本的描述越精简越好。视

---

① Ivy league，常春藤联盟，指美国顶尖名校。Ollie North 是美国政治人物、电视名人，其干净、保守的精英军人形象深入人心。这四个单词勾勒出的是一个受过良好教育、干净利落的军人形象。

觉方面的效果，一个词就可以起到一句话的作用。

第 10 页出现了催化剂，是他臀部塞的一卷胶片。如果那个东西找到了，那这部电影还存在吗？于是故事驱动出现了，就是寻找贾森·伯恩。这部电影的精妙就在于，不只中情局在追逐贾森·伯恩，失忆的伯恩也在寻找自我。主题和驱动又一次合二为一。第一幕和第二幕的分界点在哪里？在 29 页，幕间发生在大使馆那一段，在那之前伯恩在追寻自我，而此处他真的开始逃跑。大使馆火并事件之后，他遭到追杀，这是接下来的故事驱动。我讲过，第 45 页是第一次启示，他被追逐正是发生在第 45 页，他见到了追他的人，并发现自己也是中情局刺客中的一员。再往前回顾一下，想想：为什么这次见面会成为启示？

这个剧本写得很好，希望读者研读剧本时注意寻找序列。第一幕中就有这样一个序列：中情局探员在用高科技手段追踪伯恩这个人，这是开头；中间一段是伯恩在大使馆与探员发生冲突，并且逃脱，认识了玛丽；结尾呢，伯恩通过中情局派过来的一个杀手，从他身上找到了线索，并发现自己是一个刺客。这是一段完整剧情，把这个序列从剧本中提取出来，也可以作为一个单独的故事。

到了剧本的中部大概 65 页左右，此处线索为贾森·伯恩发现自己的身份，故事驱动为他发现有人在追杀他，这个节点也推动了情节的继续发展。这给电影的情节设置了新的方向。在此之前，他是在寻找自己的身份，现在他要逃脱追杀。到 67 页时到达第一个高潮，他发现杀手到了公寓，有人开始枪击。这就设置了一个新的方向。在前两幕里面，伯恩是朝着他身份的方向去追寻。而在这之后，他要开始逃离这些人对他的追杀，同时进一步挖掘真实的身份。这是强有力的中间点，它扭转了电影的方向，这启发我们自己创作剧本时也要设置强有力的中间点。

在 75 页的时候，伯恩那老到的开车方式，表明他对逃脱追捕颇有经验。81 页时，他第一次发现自己是一个杀手，把电影引到了一个低潮，不光是玛丽，就连观众也觉得主角像是个坏人，是一个杀手，可能因此不太喜欢这个人物了。电影驱动方面，他发现了自己的上司 Conklin，情节活跃了起来，他还发现了总部在巴黎。很有趣的一点是，在这个序列中，他一方面在逃离杀手的追捕，另一方面也在朝着自己的真实身份前进。到了第 84 页，他就彻底地改变了身份，这给主题和故事驱动都增加了新的元素，也增加了一些讽刺意味。

这个讽刺是什么？对主题和故事驱动的作用体现在哪里？他之前一直在接近自己的真实身份，同时逃离追杀他的人。但从这一刻开始，他和玛丽开始改变他们的外貌，这个电影的主题是身份，而这个情节为这部电影增加了很有趣的层次和质感。在一个关于身份的电影里，主人公不再追逐自己真实的身份，而是逃离自己的身份，这非常有趣。

第 93 到 95 页是第二幕到第三幕的过渡，这里伯恩发现自己是一个杀手、一个间谍，这个身份是他不愿意接受的。这里出现了一个最后的讽刺，整个第三幕都体现出这个讽刺，那就是，要想生存下来，伯恩要违心地成为一个杀手。这就能给你的故事增加质感和复杂性，能够让一部电影变得伟大，让一名创作者功成名就。所以，创作剧本时要把主题、故事分离开，如此就有了更多自由和发挥空间，在这两条平行弧线里面增添一些不同的层次和质感来丰富故事。

理解主题和故事的分离

主题和故事是自然分离开的，也是必须分离开的。电影的主题是内在的。故事驱动是外在的。

创作的时候要关注剧本的节点，比如说第 3 页提出主题，第 10 页到第 30 页你要去找那些故事驱动的页码节点。找一下，是什么东西在推动故事的发展。

随着情节铺展开来，主题和故事自然地就分离开来。比如说在《冒牌老爸》里面，主题是责任，故事驱动是取悦女孩，这两条线可以说一直是分离的。在《谍影重重》里"身份"是主题，这是主角逃跑时一直在问自己的问题。但是主题很巧妙地被编织在丰富的情节里，贯穿全片。

创作时可以问自己这样的问题来测试：若把主题抽离出来，单看故事驱动的话，这些节点还存不存在？或者反过来，把故事线这些驱动因素抽离出来，只从一个主题的角度来讲这个故事，这些节点是不是还存在？

主题和故事虽然是编织在一起的，但一定要测试一下，这二者单独抽离出来是否各自依然成立。比如在《谍影重重》里，把"身份"抽离出来，这故事依然成立，就是一个特工一直在逃离不同的人对他的追杀。节点依然存在。如果把故事抽离出来，没有人追杀这个人的话，这个主题依然成立。它关乎一个人寻找自己的身份，到最后发现他不愿意成为这样的人。妙在本片这两个部分都能独自成立，都给电影增加了更多层次和质感。若条件允许，可以在剪辑时试着把一些重要场景抽离以后再看，会是个很好的测试方法。

不妨试着假定不同主题，对比创作思路。若从一个关于救赎的概念开始，可以试着设定一个奄奄一息的人在大海上被人发现，活了下来之后发现自己是一个杀手或间谍。你看，当这个概念加上"我是谁"的主题，才变得有趣起来。现场正在写或已完成剧本的编剧请问问自己：你要创作什么样的主题？要讲一个什么样的故事，中年危机、复仇，还是救赎？

一个制片人、电影公司带着一个创意找到你的时候，通常都是以一个概念的形式提出来的。这种情况下，编剧的工作就是要加工这个概念，问问自己：要配合传达什么样的主题？我要讲一个什么样的故事？怎样才能很好地把这个概念运用到故事和主题当中？下一步就是要去测试。曾有美国同行在写了30页之后发现，这仅仅是个很好的概念而已。因此，当你得到一个概念、带着它去创作时，首先要思考：这个电影的终点是哪里，目标是什么，需达到什么样的目的？所有人都死了吗？还是得救了，这对情侣最后结婚了吗……

概念、中间点和结尾，这三项最重要。紧接着就是找电影的中间点，这是最困难的部分。比如一个爱情故事的结局是两位主角相爱结婚了，那么中间点是不是有个分手情节呢？要想着如何加入有趣的关键情节，有了结构以后再填充其他琐碎细节。

要有条不紊地提出核心问题，第 10 页的催化剂、第 30 页、中段、第 45 页等节点，明确好再开始写。把主题和故事驱动因素都搞清楚，再列出提纲。只有如此头脑清晰，方能完成创作，否则刚写完第一稿就云里雾里找不着北了。当编剧很清楚结构时，故事写着写着就自动展开了，工作会变得有趣起来。

这种平行弧结构和序列叙事可以应用到不同的电影类型中，比如喜剧片、剧情片、动作片等等。

在好莱坞，拒绝修改的编剧都破产了

接下来补充一些好莱坞同行遵循的写作规则。

若是一部基于人物的电影，比如喜剧、剧情片，当故事发展到中间段开始转折时，通常得与人物相关。如果是惊悚片、冒险片、动作片，中间转折更多依赖于故事驱动、情节的转变。

要让情节环环相扣，避免片段化。如果电影到第二幕犯了片段化错误的话，那么剧本就开始分崩离析了，比如在《冒牌老爸》第二幕，需令主角去取悦女孩，如此故事才不至于因失去逻辑而碎片化。在《谍影重重》里面，主角一直在逃避追杀，如此到了电影中间点，情节扭转才更加有力。否则，主角漫无目的地去做琐碎事，结构就散了。看电影时不妨一试，如若片子显得无聊，就暂停一下，分析下目前有没有故事驱动因素？大多情况下你感到无聊的症结就在此。

从零开始写剧本就够难了，若要修改重写则更甚。在既有的东西上开展工作貌似轻松，但其实写好了的稿子已经与编剧有了感情，要改就太难下手了！与其他制片人一样，我做制片人也很难驱使编剧重写剧本。不过当我做编剧时，还是要接受修改、重写剧本的。

剧本为什么需要改写？首先，让作品变得更好，这也是一个自我寻找的过程；其次，编剧往往是独立写出剧本的，但电影剧组是上百人合作的团队。这样的工作环境里有很多人、很多的意见，自己的成果再视若珍宝，也是要听别人意见的。

逼编剧改一幕、一场戏，甚至主题，都好像逼其杀死亲生孩子似的。很难，但即使不好的意见，都应是催人思考、精进的。好莱坞有很多写过优秀作品的编剧，他们很多作品没有发展空间。原因往往是他们拒绝合作、修改，过度捍卫自己的剧本。要清醒一点，这只是个用来拍戏的剧本，修改是为了利于成片，而不是用来广泛传阅的。

大家去过好莱坞吗？真不是什么好地方。好莱坞大道的很多公寓里，都住着一些优秀但已破产的编剧，破产的原因嘛，就是拒绝对剧本做任何修改。而住在比弗利山庄豪宅的成功人士则是愿意修改的人。编剧都不爱改剧本，但说"不"是需要有资本的，比如写过5部成功电影。

新人刚起步时对职业轨迹的规划很重要。编剧职业一定是合作的，别人怎么看待你至关紧要，修改剧本并不代表放弃一切。如果这部电影对你来说就是一切，想法坚不可摧，那就一定死守住不退让。但真要是改个剧本就像人生被毁了似的，我还是会忍不住建议转行。编剧工作很实际，并不浪漫。创作的目标是发展职业，让编剧成为你的生计。必须要相信自己以后还会有更精彩的创意。合作太重要了，要有长远的眼光看到自己未来五年、十年的发展。为此，现在可以接受暂时的失望。

🖊 培养合作意识的提案练习

要勇于尝试、勇于犯错、别怕丢脸。接下来我给出概念，布置一个课后练习，大家可以跟小伙伴合作讨论，每组六七人为宜。做这样的练习有如下三个原因：

首先，我一直讲原理其实并无益于诸位进步。尝试练习，不管成败，下一步创作才能真正用上原理。

其次，要体验合作。训练者彼此都不认识可能缺乏信任，若能打破障碍，会非常有趣。

最后，做编剧职业大多时候要推销宣传自己，过程未必舒服。小组合作彼此推广各自的想法，是接受挑战和意见的好方法。职业编剧必须克服恐惧，所以练习中尽量找不熟的人，导演、制片人尤其不要扎堆。

你们可选择的概念有这些：

（1）一个男孩在一个员工派对上遇到一个女孩。

（2）一个特别的包裹被寄到主角的家门口。

（3）一个男人和一个女人他们想要开车进行长途旅行，他们想要分担旅行中的花费。

（4）一个男人或者女人在一个陌生的地方醒来，完全没有记忆。

希望各位运用刚才学到的东西彼此合作，决定创作类型，并依据你的选择确定电影的关键节点。

如何创造更深入立体的人物?

———————/ 第七讲

史蒂文·加里·班克斯

2016年12月,史蒂文·加里·班克斯老师再次受邀来到"大师之光"青年编剧高级研习班,在上一讲的"平行弧结构"基础上,进一步介绍了塑造人物的工具,也分享了一些实用的行业生存法则。

非常高兴再次来到这里，这一讲跟去年的讲座有一脉相承之处，但我会深入一些。我也会分享一些跟好莱坞公司合作中收获的重要信息。开讲之前我需要强调：再资深的编剧理论、原则，你若不能独立运用，都是白费的。我给大家介绍的，都需要你们去着手做，去实践。无论是成功还是失败，从自己的实践中学东西，才是最重要的。

了解理论原则后，我们会做很多练习，让大家锻炼团队合作。电影是合作的行业，大家都要靠跟美术指导、剪辑指导、灯光指导等合作来完成作品。

其次，我还要强调：要在公开的环境下向大家去讲述作品。一个人夜里在自己屋里、打字机前舒服地写出本子，这是个非常孤独的过程。你能做的还要包括公开地讲述你的想法、创意，同时还要能够捍卫它，无论是面对一群观众，还是面对制片公司、导演、演员，都要能清楚地表达观点、介绍作品。

再强调一点：你要脸皮厚一点，接受批评。直面批评，要么把批评转化成更好的创意，要么就勇于捍卫自己的创意。

我们好莱坞的这些编剧，主要就是会用平行弧结构，这将是我们课程的主要内容。此外，课程还将涉及深层的人物塑造工具。在讲平行弧结构之前，先跟大家聊一聊好莱坞所谓的"编剧生存指南"吧！

好莱坞编剧求生术

在这个充满偏见的行业中活下去

你们看我,我都是个老人了,从第一个好莱坞制片公司跟我合作至今,已经三十年了,我跟超过100位编剧和许多公司都合作过,要说起编剧的生存指南,最首要的就是:要让你自己在一个主观的世界当中生存下来。所谓主观世界,是指这个行业中每一个人都有自己的心情和取向。你的作品能够卖出去,你能够挣钱糊口,取决于你今天推销的对象心情怎么样,所以编剧这碗饭还是不容易吃啊!我们美国编剧的应对是:他人虐我千百遍,我待他人如初恋。

法国编剧弗雷德里克讲课时表示,欧洲电影人不很喜欢好莱坞,老实说,我们好莱坞的人也不喜欢好莱坞,它糟透了!行业已经发展得太大,制片厂层面创意性已经缺失了。

你会被迫寻求一种新的创造性。最重要的就是要让你的剧本真正拍出来,管他哪个制片公司、导演或制片人!这也是你增厚脸皮的过程。

那些人跟你其实方向是一致的,大家都想拍出好电影。每一个人想法不同,而电影主要是导演主导的。所以你的服务是有优先级的,依次是导演、制片人和制片公司。这个过程并没有什么乐趣,但随着经验增长,会变得容易一些。

我们要学会在框架下进行创作。创作初期你的想法会有很多棱角,随着导演介入,制片人以及公司的介入,棱角会越磨越平:他们会给你的创作空间加上各种各样的边界,比如预算、私人建议,以及上映时期、海外发行商,等等。

你要记住初创时的所有棱角,把那些奇形怪状的创意缩小,小到够放进甲方的盒子里。但千万别减少你这个故事的层次。你得戴着镣铐跳舞,你总是能想到办法的。你会恨他们,但作品会越来越好。

在限制下疯狂开脑洞

记得我第一次创作时,故事创意是这样的:主角是个已故的棒球运动员的灵魂,他帮助了一个丧父的孩子最终爱上棒球运动。那年一个好莱坞公司抛来橄榄枝说这片子 OK,可以拍。但他们又说要找来一个电视演员做主角,比剧中人年轻得多,也胖得多。所以主角得重新写:本来是个运动、阳光、帅气的男主角,非让我改成个胖子。

接着他们又说"预算太少了!不能在纽约拍"。可我这片子就是关于纽约的啊!美国棒球一般是在春夏季时比赛。可这演员在那时也没有档期。

他们还说,片子是合家欢电影,要加一只狗进来。因为根据他们的理论:家庭类的片子,电影海报里面加一只狗,票房就会提升 40%。

所以说,你看我的初始创意有着自己的棱角,但是投拍以后却有这么多限制。我烦得要命,因为他们告诉我,三周后开拍!

后来,片子做了两点改变:第一,要找到另一位年轻棒球运动员演主角,也比较胖。剧情时间背景不再设定为赛季,改到了淡季,那时会有很多人去学习棒球。其次,片子是喜剧设定,所以只有小孩子能够看到鬼魂,后来我们让宠物狗也能看到:狗开始看到鬼魂怕得很,但结尾时关系好转了。这是个好点子,这样一来故事更有深意了,以至于还有别的演员喜欢本子想参演。

这个修改过程后,剧本比我初创时好了很多。因为有了改变,也使得更多人愿意参与,公司也愿意投更多钱,最后就能去纽约拍了。而把狗放上海报,预估票房便会提高,公司投钱便多了,片子也可以加入暑期档上映,困难都解决了。

后来因为公司人事变动,这部片子还是搁置了。但因为改了这个剧本,我得到了另外两个新活儿。修改过程让我自己成长了许多:接受建议、学会团队合作,还得到了新的工作机会。(到现在,每年还会有一两个制片机构来电,问询那个本子的下落,但是上个公司又不愿让出本子,所以依然拍不成。如果有办法,我愿意把本子要回来!)

跟讨厌的人合作

刚开始听到无厘头的建议肯定会特难受，比如要放一只狗进来之类的。但还是要想出应对之策，去理解那些多元化的建议，无论是好是坏，甚至蠢到不行，只要能够推进合作过程，你就会成功。你不可能总是避开这些人的。希望大家能够记住，有时一些坏建议，能推动你想出更好的创意。

总而言之，要去应对这个主观性的行业，一定让你的片子能拍成。这是一门生意。跟生意人打交道，确实没那么有意思。但还是得以开放的心态进行合作，服务于你最终的目标。

去年，芦苇老师也跟我讨论过：虽然都是主创人员，但我们还是要跟这个行业打交道。我们得维持生计，要交房贷，孩子要上学，要学习这个行业，不能脱离现实、飘飘然的。只有学习、沟通才能有更多机会。并非人人都是昆汀·塔伦蒂诺。而即便有能力打破规则的昆汀，其实也做足了研究，充分了解这行业，才可以操纵它拍自己喜欢的东西出来。所以你要了解制片人，也要让制片人了解你，要知道制片公司要什么，观众要的是什么，怎么才能提高票房。

可能也有人会想，合作不畅的话，就去他的吧，我自己弄！那样极具天赋的人，咱们两百人能够出一个就不错了。剩下的还是要想办法在这个框架之内工作。当然，你若能下定决心不管不顾、一意孤行，我会成为你的"粉丝"。

✎ 人物的维度与层次

我接下来给大家介绍一些可以使编剧创作过程变得更容易的工具。如何创造更深入、更可信的人物呢？

什么是多层次人物？

写得好的故事，人物会有自发的反应，有自己的生命，但究竟什么才是多层次人物呢？所谓多层次，意味着三维或者四维。一维，就是特别平面的一个人，非黑即白。多加一层，就进化成二维人物，可以叫人物原型。大家可以分辨出这人物身上的一些东西。人物原型可以使人害怕，起到一定的戏剧效果，却不会被人们长久地记住。三维人物可以算得上一个故事主人公了，他会做出大家意料之外的反应。四维人物会给大家留下深刻的印象，被铭记与热爱，使观众还想再看一遍电影。这样的人物必然是层次丰富的。我们都认为：三维、四维的人物是立体的、丰富的。观众对它会有更多的期待。创作多层次人物，就要观察他们跟周围世界的互动，以及他们会在不同情景下做出的反应。

善用原型，但别刻板

一般来说，人物创作都是基于某种原型的，比如历史上的某个人物，我们希望观众会自然识别出二维的人物原型，与他有共鸣。主角可以是个帝王，也可以是一个警察、一个失败者，或者一个书呆子，或者不愿意让男孩碰的女生、一位母亲、一个父亲，或是一个好朋友、闺密，等等。

你看，像这样的原型，列个清单可以很长很长。当然，别把主角写成陈词滥调，别人写过八百遍的东西就不要再写了。

那么如何构建层次呢？我们可以设定多个原型，进行混搭。比如说把某主角跟某大师搭配起来，或者把风尘女子与英雄搭配起来。混搭之后，人物层次会丰富些。

随着你的这个人物的创作深入，他的个性逐渐会增强。但此时重要的是让观众始终能识别原型，比如"主角有很强的不安全感"或"这个大师并不像人们想象的那么聪明"，你可以用混搭来避免陈词滥调，但别忘了初始设定，观众对那个设定是有期待的。

有缺点的人物更招人喜欢

当你让一个十分扁平化的一维人物变得有意思、活了过来，这时就要开始给这个人物找缺陷了。把他塑造得太完美的话，片子很难成功，有缺陷的层次使得他显得更具人性，可使观众与之产生精神联结或共鸣。当然了，给主角加缺陷层次的时候，创作者往往会担心：没有人喜欢我创作的这个人物怎么办？

《甜心先生》（1996）里边汤姆·克鲁斯演了一个混蛋体育中介，起初只在乎钱，但后来觉悟了，就被解雇了。他傲慢自负，于是临走时在公司会议室动员在座的一百多个人，说："谁跟我走？建立自己的公司去！"大家一脸蒙地看着他，汤姆·克鲁斯大张旗鼓地演讲一番，但底下听众没人愿意跟他走，情节尴尬到观众都跟着开始有点坐立不安。导演和摄影师把这一段拍得极为冗长，确保所有观众感受到这种尴尬，直到最后，有一个女生收拾好站起来说"我跟你走"。

编剧这一笔就做得特别好，他其实是把汤姆·克鲁斯这个人物在观众面前给剥光了，把他特别无助、脆弱的时刻淋漓尽致地呈现出来。无论电影后面这个人物坏到什么程度，大家都会喜欢他，会从心底里面与之共鸣。所以，如果你的人物特别自负，是个混蛋的话，那吸引观众的做法就是把他在观众面前剥光，让人看到他最脆弱的一面，被他吸引还能跟他走。这样的过程最好出现在第一幕，最好是剧本前 20 页。

主角是杀人狂也可以吗？是的。有两位写《复仇者联盟》《美国队长》等超英电影的编剧[1]写过一部《你杀了我》（2007）。该片的主要人物就是一个招人喜欢的连环杀手，很人性化，即便是有杀人这样的缺陷，但是他还是能够保持自我。我这么说没人觉得我疯了吧？

---

[1] 这两位编剧是克里斯托弗·马库斯（Christopher Markus）和斯蒂芬·麦克菲利（Stephen McFeely），因《美国队长》《复仇者联盟》等为漫威宇宙创作的作品而闻名。

无论哪一类型的片子，也许一个二维人物足以使这部恐怖片拍好，但是如果多一个层次，就会上升成一部经典。

把每个人物都创作出这种效果几乎不可能，所以就要有所选择，比如说塑造两三个重点的多维人物，其他次要人物就可以通过原型化的手段来塑造了。

规定情景的人物设定练习

我给大家设定四个情景，你可选择一个去创造一些人物，针对他们设计人物弧，写出人物层次以及彼此互动的情景。每一个情景至少创造三个人物，最多四个。

情景1：四个童年时期的好朋友在一次葬礼当中重逢。
情景2：在一个支离破碎的家庭度过一个节日。
情景3：一群同事去出差。
情景4：一伙陌生人他们被陷在了通信不便的地方。

情景都很简单，想想怎样让他们生动起来？这个就是大家的工作了。

首先提醒大家，叙述人物原型时，不需要向人讲出完整故事。故事不是最重要的，重点是人物之间的互动。要简单，切中要害，讲出其关系就可以了，比如租男友回家过年，就是雇佣关系，你一说大家就会明白，设定好关系后，对白基调就能奠定。

你去向甲方推销故事时，你的话术要尽早让对方了解你的人物，对他们产生兴趣和情感联系。人物缺陷不需要在第一幕就呈现出来。第一幕埋线索即可。

比如，童年好友聚会的情景，第一个层次是展现好友各自长大，在各自人生中做出了不同的选择，由此境遇也都不同了。再进一步挖掘他们做这些选择背后的动机，比如说某人对待事情时会嫉妒，或者他很喜欢评判别人，这就立起来了他的性格特征。

> **学员阐述**
>
> 　　我们选择情景2——海外游学的儿子回来了，家庭团聚过春节。我们将以独白的方式呈现人物关系。
>
> 　　凯文：大家好，我叫凯文，过去三年没有回国，现在只有三天假期。三年前与现在的我完全是两个人，我的思想完全改变了，眼界完全打开了，但是生活当中的这些人，一直蒙蔽了我对这个世界的看法。我的父亲非常聪明，是一个警察，但他混得很惨。我的母亲跟他离了婚，嫁了个老外。虽然有很好的物质条件让我们出国，但是我在母亲眼中只是个给她挣面子的工具人而已。我知道我要做一个正能量的人，像太阳一样改变世界！我要让他们明白他们人生当中哪些地方做错了，我这次回国要向他们宣布一个我一直隐藏在心底的秘密，我是同性恋！大家都应该这样，做自己。我倒要看一看我宣布后母亲会有什么样的反应。我一旦把真相说了，其他的真相也就来了，这样能看出来他们到底是不是真正地把我当成儿子。
>
> 　　凯文的母亲：大家好，我是他的母亲，是一个女强人，在生活中我从来不输任何人，我要成为最成功的女性。我曾在年轻的时候爱上一个不该爱的人，十年前我跟他离婚了，那个失败的人！后来我有幸遇见我现在的丈夫，他带给我儿子更好的未来，我人生的梦想就是希望得到大笔财富，过上人上人的生活，让我的儿子成为最值得尊重的人。
>
> 　　凯文的父亲：今天大年三十，我已经好多年没过过春节了，但是我儿子这次邀请我去前妻的家过，我还给他带了礼物。我是一名民警，今天的心情非常复杂，因为要见到自己三年没有见的儿子，但同时还必须要见我的前妻以及她的现任老公。
>
> 　　凯文的继父（英文）：我是一个中年的白人男性。我最喜欢的就

是钱，这是我的妻子，我跟她结婚了，她带了一个拖油瓶，可是她在我中国的事业上可以给我很多的帮助。现在我被迫加入了他们这个春节聚会，我实在不知道这里在发生什么事。她的儿子好像要宣布什么消息，我才不管他的消息是什么呢，我只是想远离这团糟糕的事情，省省心！

  凯文的母亲：当我知道儿子是个同性恋时，作为一个中国女性实在没法接受，我希望他有一天能娶一个漂亮太太生孩子，现在他说他是同性恋，可怎么办？这时我意识到，今天能真正跟我说上话的，并不是平时好像跟我亲近、能够沟通的丈夫，而是我前夫，只有他才真正理解，和我共情。我丈夫的表现倒显得没关系，他认同同性恋这事。怎么能够没关系？这是天大的事！

  凯文：果不其然，我妈妈就是这样子，看到没有，我只是她的门面而已。老外当然理解这些，他们国家什么样子我都知道。但我之所以把我父亲叫来，就是因为他从来都支持我。他工作忙，常去外地查案，但在我复习时为了给我增加营养，都会带补品送到我学校来，我相信我的父亲会支持我！

  凯文的父亲：我很庆幸英文很差，可以避免跟前妻的现任交流。我不知道儿子怎么了，就成了同性恋。作为一个父亲我称职吗，是不是很失败？我把爱都给了这个家，但还是不可避免地鸡飞蛋打。今天我就想跟儿子好好地交流一下。我希望能够理解他，支持他做想做的一切。

  凯文的母亲：这么多年你想要什么我给你什么，你必须给我改过来！

  史蒂文：人物有实际的目标和潜在的目标，从儿子视角讲述的部分可以看出，他外在是想宣布"出柜"，但更深层的真实诉求是得到关注，他想知道父母是否真正爱他，而不只是给钱或是廉价的关心。

  这个例子就做到了讲清楚了人物与过去和现在的联系，包括这个老外娶这个女人只是为了利用她打开中国市场，也包括前夫对于这个儿子以及家庭的想法。

其他组学员：既然这个妈妈能够跟一个外国人结婚并且生活了十年，为什么还不能接受儿子是同性恋？是不是可能不成立？能不能把这个矛盾转化到爸爸的身上，妈妈只是去说服爸爸，或者是找一个新的出路给妈妈，因为她来反对儿子的情况似乎不成立。

史蒂文：我要反对。这个女人其实就是双重标准，嫁给老外，又不准儿子是同性恋，这么设定人物反而挺丰富。不过正如我前面所说，这行当是主观世界，这个同学跟我的意见不一样，如果他是片方的老板，可能这个人物设定就得改了，如果我是的话就不用改。因为这母亲的双重标准很棒，令人想了解她更多。我认为这个人物塑造还是很丰满的。

学员：上学的时候，老师说好莱坞标准人物原型有100多个，您创作人物时是从这100多个人物里面进行原型叠加的吗？

史蒂文：不是。回到亚里士多德以及早期哲学家时代，会知道有英雄、敌人、正派、反派，原型很早就存在了，而且非常普世。但至今也就那么十几二十个的样子，如果说达到100多个，那应该是复合过的了。克里斯托弗·沃格勒的《作家之旅》有人读过吗？这本书把原型写得很好。

学员：人物的维度是否包括社会属性，比如说他的职业？

史蒂文：只有当他的社会属性能够反映他的性格、塑造这个人物时才算，比如他性格本身就很孤僻，所以选择做了一个图书馆管理员。《老友记》里乔伊是个演员，他的性格跟这个相关。莫妮卡是厨师，她的性格中有特别严重的强迫症，可后来编剧觉得职业已经对性格没什么贡献，索性就不再强调了。

无论你打算跟制片人、制片厂的老板，还是跟其他导演、片场的人讲述这个故事人物，永远要追问自己为什么，问得越多，这个人物形象越饱满。

我平时工作电脑开着，上面会有一系列即时贴，写满各种"为什么"，潜台词就是故事要深挖再深挖，一直挖一直挖……

✏️ 规定情景的故事创作练习

这次练习分多个小组，根据人物设定练习的四个情景，每组选择其一，来创作一个故事。每组时间不超过五分钟，超时失效。这五分钟之内需要回答这十二个问题：

（1）你选择了什么情景？
（2）这是什么电影类型？
（3）主要人物是哪些，人物原型是什么？
（4）故事的核心问题是什么？
（5）第10页的第一个催化剂是什么？
（6）第一幕与第二幕中间（第30页）的幕转折是什么？
（7）这个故事的转折是什么，故事驱动是什么？
（8）第45页的故事驱动是什么，故事主题是什么？
（9）第60页的中间转折点，故事驱动是什么，故事主题是什么？
（10）第75页这个段落结束时，故事驱动是什么，故事主题是什么？
（11）第二幕转折的时候，故事驱动是什么，故事主题是什么？
（12）第三幕结束的时候，故事驱动是什么，故事主题是什么？

我要求时间限定很严格，就像给制片厂的投资人做提案一样，你们要赶紧讲最主要的信息，把关键问题回答清楚就可以了。不要太纠结于故事的细节。你若太迫切想讲完整个故事，就容易忽略最重要的问题——这十二个问题。

A组阐述

这是一个极端环境中的真实事件。类型为悬疑、惊悚。影片的主题是生存与希望。四个人物。第一个是酒庄老庄主，经营不下去了，非常不情愿地要卖掉庄园，他设计了一个阴谋。第二个主角，是真买家、成功人士，看不起别人，也怀着秘密。第三个角色是个投机的女房屋中介，想通过奋斗成为社会精英，嫉妒老庄主、真买家，她想要巨额财富。第四个，中介雇的托儿，社会底层的假买家，没什么理想，想赚快钱。

故事的头三分钟，两个买家向老庄主提出各自的收购计划，老庄主非常失望。虽然如此，他还是不得不把庄园卖掉，今天必须从两个人中间选一个。大家一起上飞机看土地，在飞机上浏览了整个区域，其间两个买家不停争执抢购。飞机失事了，掉进山谷，四人都活下来了，都不同程度地受伤了。老庄主伤最重，需辅助行动，但他对这片区域非常熟悉，能带大家走出困境。

30分钟第一幕结束，天黑，下了大雨，逃生更困难了，老庄主带他们到一个山洞，说今天肯定走不了，必须在这儿过夜。45分钟时，两个买家和中介还在争执，假买家被蛇咬，真买家救了他，看他的伤势，没有生命危险。这一夜不平静，真买家和中介一夜风流。

第二天早起，他们发觉假买家死了，所有人都非常震惊，他们之间产生了怀疑。老庄主很伤心，他开始怀疑真买家和中介害了假买家；真买家虽不怀疑中介，但是觉得老庄主可能有很大嫌疑。即便这样，他们依然得团结一致走出去。下雨导致泥石流，路越来越难走。

75分钟时，中介想杀真买家，老庄主出手相救。搏斗中，老庄主杀了中介。他们所面临的环境更恶劣了，老庄主意识到恐怕会走不出去。两个人敞开心扉，老庄主坦言飞机失事本来就是自杀计划。庄园、家族的辉煌到这一代完全失去了，他不希望看见庄园被毁掉。真买家打算拆掉庄园盖房地产项目。一路过来，老庄主发现真买家是个好人，有原则和标准。真买家说，买庄园做房地产项目是假，庄园悠久的历史令人瞩目，是因为里面有一件价值连城的文物。他们的

> 交流让他明白，文物本身单拿出来也没什么意义，只有留在庄园里延续下去才是最理想的。他们和解了，但外在的环境已不允许耽误时间了，最后关头老庄主愿牺牲自己，让真买家活下来，但要保证出去后弘扬家族历史文化，以求更大的发展。真买家活着出去了之后，没有拆掉庄园，而是开放庄园，让世界所有人共享这个世界文化遗产。

史蒂文：故事的事件建构得很好，但你用了 11 分 30 秒。我发现到中间 60 页左右，主题、驱动都不明显了。如果说你们依据问题来阐述，讲明第 30 页、45 页、60 页的主题是什么、驱动是什么的话，投资方会听得更明白些。

当然这个主题部分还是要表扬一下，做得不错。不只是这个人生存下来，还有最后让这个文物幸存下来而向世界开放，这个呼应很好。驱动是能推进的动作，大家能不能说一下到第 30 页的驱动是什么？其实就我的意见来说，飞机失事不应该发生在第 10 分钟，而应在第 30 分钟，第 30 页幕转折，幸存的驱动打开了，飞机失事起的故事线就可以朝着求生的方向推进了。

A 组学员：十分钟的飞机失事是一个生存危机，这个时候开始介绍老庄主的自杀计划，一个完美的阴谋，即使这架飞机失事他们没有死，他非常熟悉这块土地，带进去的这个迷宫山洞处处险象环生。

史蒂文：这个设计很好，可以成为第二幕里面的起伏。但这驱动越简单越好，可以推动第二幕行进的对立。如果在幕转折、第二幕开端时让飞机失事，大家会期望第二幕他们怎么样回到安全地方，起伏就成为非常精彩的段落。第 10 页催化剂老庄主邀大家上飞机，这已推动了故事发展方向。飞机失事这么大的转折放在第 10 页有点大材小用，把它放在幕转折点会更好，否则结构就有问题。

我来给大家一些建设性的批评：首先跟投资人谈项目时，都需要非常迅速把他们关心的关键问题全回答清楚，这不容易，大家基本上都做到了，这非常好。但可能无法避免的错误就是讲过多细节。太多细节令听众"脑补"画面，忽略了故事真正的骨架、结构。你们这组演讲时，其实到了四分半了都还在介绍故事和人物背景，如果这是在跟投资人谈，有可能他已经开始接电话或心不在焉了，所以说最开始就要切中主题。

这里要提醒接下来的几组，讲的时候一定要避免讲细节，只要回答那些问题就可以了。大家第一次做这样的练习时，想把一切都说明的倾向是完全可以理解的，没有问题，但要克服。

B 组阐述

我们的故事选择第四个情景——几个陌生人到一个陌生的地方。类型是科幻和动作。几个陌生人在未来世界中，为了拯救地球携手起来打败邪恶势力。主题是拯救人类。

2116年的地球资源非常枯竭，邪恶博士控制了地球，通过"天网"系统管理地球上所有的人，用"熵"分配着他们的资源和生死。

熵是物理热力学的概念，简单讲，就是分子排列混乱度的指标，如果一个人的情绪过度波动，就会使熵值增加，也就令需求增加。邪恶博士认为这样会无谓地消耗所剩不多的资源，这样的人必须处死。所有人都有熵传感器，久而久之他们都像机器人一样过着行尸走肉的生活。

男主角不断跟女朋友解释着什么，但她却转身离去。她受邪恶博士胁迫，不得不去秘密基地——R星球工作，怕连累男主角，所以跟他分手。可男主角不明个中原因，误解了她，所以非常伤心，熵值大幅度提高，因而被抓进了管教所。男主角结识了爱打架的不良少年和爱笑的女护士，这两个人已经在这儿关了很长时间，因为性格原因一直没有获释。邪恶博士发出指令，所里不合格的人都会被处死。身边人陆续被拖出去处死，男主角就和管教所的这两个新朋友商量合作，然后各显神通，成功逃离。

三个人逃出之后，搭救了一个老好人飞行员。人已经受伤了，男主为他去买药，回来后告诉大家，他们的出逃行为被邪恶博士发现了。四个人决定要去R星球，逮捕邪恶博士。四个人找到了一艘废弃飞船，试图修好。

男主角的女朋友根据熵值提高观测到了自己的男朋友，也猜到了他们要做的事，就偷偷地改变了检测指标，成功躲过了邪恶博士的突击追查。

四个人的第一次飞船试飞成功了，大家非常高兴，决定实施行动。女护士回家取了趟东西，忽然发现大家根本没被通缉，以为男主角骗了大家，回来后就一番质问。男主角不得不说出了实话，他其实只是想去R星球找女朋友。其余三人非常气愤，觉得自己被欺骗了，离开了他，回归各自的生活。

但他们回归生活后，都感到非常孤独、乏味，不由自主地怀念在一起的美好时光。此时，R星球的女朋友因修改指标行为被邪恶博士发现并被抓，第二天要被处死了。四人行踪暴露，也真的被通缉了。因此团队重聚，决定还是重拾过去的目标，去R星球救出男主角的女朋友，并一举摧毁"天网"。

可是他们遇到了新的问题，飞船再次启动时坏掉了。时间紧迫，老好人飞行员因为自己过去的善举弄到了星际船票，虽然有票，但他们仍因熵值高而无法登船。不良少年利用自己的中国功夫，获得了可以降低熵值的珍贵药物——种子。他们几个将"种子"放在身体各个部位，成功上了星际飞船，来到了R星球。这是第二幕。

到了这个R星球之后，他们发现地球资源其实并不匮乏，邪恶博士搜刮地球资源，并将其转移到R星球的建设。四个人开始行动，力量很弱根本没有办法对付邪恶博士。他们利用各自天分、利用孙子兵法等各种传统中国思想击败了邪恶博士，最后在女朋友的帮助下摧毁了系统。从此人类重拾喜怒哀乐，过上了幸福快乐的生活。完了。

史蒂文：这个故事挺酷的。你第二幕其实还是比较精彩的，但是在叙述故事、情景时，页码标记缺失了，我们听的时候只知道这是第一幕、第二幕、第三幕，并不知道段落标记在哪里，也不知道这些标记跟这个主题怎么关联。你去拉投资时，要把这些标记点讲出来，每一次的主题、驱动是什么，再强调一下怎么服务于主题和驱动，而不是把整个故事全叙述出来，却忽略了这些页码标记。

C 组阐述

我们要讲一个反战影片。背景是"二战"期间英德大西洋海战，主要人物有：男主角英国士兵A，战前他是个生物老师，有漂亮的妻子和女儿，家庭幸福；男二德国士兵B，以前是一个农场主，朴实、热爱生活，同A一样也有个女儿，他也热爱家庭，然而战争破坏了一切；第三个人物是个纳粹军官，冷血刽子手。英国战船被德国战船击沉，德国战船被英国的潜艇击沉，英国士兵A和德国士兵B两人游了一整天到了荒岛上，两个人相遇并拼死搏斗。英国士兵将德国士兵打伤，自己也筋疲力尽，且严重脱水，没力气杀掉敌人了。他赶忙离开去找食物和水，德国士兵由于受伤和脱水无法移动。

转折点在第15页至第30页，英国士兵找到了一点点水和食物后，回去看德国士兵什么情况。德国士兵差不多快死了，开始喋喋不休，讲战前生活，他也非常爱他女儿，痛恨希特勒发起的战争。英国士兵也回想起自己家庭，对德国士兵渐渐有些同情。德国士兵渐渐因为脱水受伤昏迷了，英国士兵在一番心理斗争后决定救助他。

第30页到第35页，德国士兵在英国士兵的救助下，身体情况渐渐好转，二人间产生了超越战争的淡淡友情。

第45页到第60页，两个人在荒岛互相帮助，求生艰难，友情渐渐加深，他们也开始谈论离开后和战后的生活。

第60页到第75页，两个人在荒岛上遇到德国军官，这个纳粹也是沉船后游到荒岛的。他们之前没相遇。纳粹军官想杀英国士兵，被德国士兵阻止。三个人开始合作,荒岛上最大的问题还是找食物和淡水,英国士兵是生物老师,擅长于此。德国士兵则想办法生火,发求救信号。军官开始造木筏,结果造好了木筏,一个人跑了。他回来驾着救生艇,最终杀死了英国士兵。德国士兵对战争的痛恨到达顶点,抢了纳粹手中的枪,杀了军官及其两个手下,决定留在荒岛上不再回去。结束。

史蒂文:还是挺好的一个故事,建议你们要想做这个故事的话,把纳粹军官直接去掉,就写这个德国士兵跟英国士兵纯粹的二人纠葛。只是个人意见,你们已经做得挺好了。这个绝境中陌生人遭遇的情景设定和故事氛围是比较新颖的。

D 组阐述

下面首先想给大家放一首歌,《星际迷航》的主题曲。之所以选择这首歌曲开场,因为我们要讲的故事与之类型上相似。我们的类型是科幻、动作、爱情。希望大家不要把它当成作品,我们只是想用它来实践史蒂文老师教的技巧。

我们选择第四个情景——一群人被扔在鸟不拉屎的地方。主要人物有四个:阿海是宇宙飞船宇航员、植物学家;KO 是一名人工智能美女,她和阿海有一段感情,最后为了自由和解放要毁灭这艘飞船上的人;CC 是太空海盗基地的一名小偷美女,是地球宇航员的后代,和阿海是好朋友,最后成功帮助阿海逃离了太空海盗;还有一个太空海盗 3K 帮,老大叫老 K。

2250 年地球的环境极端恶劣,人类移民火星,飞船在运送地球科学家以及植物种子的途中遭遇星际陨石袭击。处于休眠中的阿海被 KO 唤醒,飞船目前处于漂流状态。恢复了飞船系统后,他发现和地球的通信彻底中断了没法恢复。在孤独中，阿海和KO发展了感情。他教给KO很多人类知识，教她驾驶飞船。

阿海和KO联手打败了3K帮，感情进一步深化，阿海告诉了KO关于这个种子的秘密。然而第二天一早，阿海发现自己被KO绑了起来，KO告诉他，她已经厌倦了做人类的奴隶，3K帮领袖答应给她自由了。

KO驾船来到海盗老K的基地，阿海被投入海盗基地监狱里，认识了小偷CC。CC是因脚伤而失误被抓进来的，阿海帮助CC治好脚伤，CC帮他从秘密通道逃出了监狱，计划夺回飞船。两天后是海盗们的节日，趁海盗们大醉的时候，阿海他们夺回了飞船。阿海领悟到原来驾驶员是被KO杀死的，KO之所以唤醒他，是因为她自己不会驾驶。KO启动了自爆装置，爆炸前，她对阿海说了两个字：自由。

阿海从爆炸中苏醒，发现自己的伤口非常快地愈合了。找到维修库，他看到了很多人形胶囊，每个胶囊上都有一个宇航员的身份标签，有地质学家、化学家、物理学家，长得都和阿海一样。

在地球上，工作人员向太空指挥中心汇报，问总指挥："如果飞船找不到了怎么办？"总指挥说："没关系那就再派一艘，我们每天都可以制作出一千个克隆人，他们就是比人更好！"

地球上克隆人正在流水线上被制作出来，总工程师在车间输入数据，监控着一切，所有克隆人都长得一模一样。

这是整个故事，第一幕是从第1页到第30页，包括遭遇陨石袭击后阿海被唤醒、阿海和KO的感情升温、教会她驾驶飞船。第一个催化剂是阿海恢复了飞船的系统，和地球的通信却彻底中断了，为什么？因为与地球中断，阿海陷入孤独，才有可能跟KO发展感情教她开飞船，这是个关键细节。这部分的主题是拯救，也是爱情的产生。

第二幕从第30页到第60页，30页前后有个高潮事件，阿海和CC联手打退海盗3K党。

KO驾飞船去海盗那边，第二幕第二个转折事件是阿海在狱中认识CC，主题是爱情与背叛。第60页到第90页这一幕是从夺船直到结局，这一幕中全剧第二个高潮事件是阿海和CC与海盗展开夺船大战，第75页有一个伤心时刻，这个时刻就是在战争中为了保护阿海，CC牺牲。

> 第三幕主题是战斗和回归。感情驱动主要是爱情的破碎、对自由的追求。这个故事其实是有两个结局：第一个结局，KO被制服后自爆了，这是坏人失败好人胜利；第二个结局是阿海发现自己是个克隆人，也是大反转。最后这一段主题是人类异化，驱动是自我身份认同。可能是我们对未来世界比较悲观的描述，人类被当成工具、商品，在流水线上成批制作。这是我们的故事，很乐意听听大家的意见。
>
> 可能这个故事相对复杂一些：宇航员阿海被唤醒后发现自己一个人拯救飞船，还要拯救人类的未来。主题包括自由、爱情。我觉得一个故事中包含很多的主题也是当下的一个趋势，一部电影不可能传递单一的信息，信息量可以非常丰富。我们也可以看到任何一部好莱坞电影的信息都极丰富。感情线很简单，是阿海要拯救飞船回火星，过程中他与KO和CC的感情。

史蒂文：你讲的过程中，我自己有点听丢了。当你最后一句话概括电影时，我才听明白。你强调了好几次驱动是战斗。但战斗本身并不构成驱动，驱动应该是你为什么战斗，是引着你往前走的东西。你拉投资跟别人讲的时候，得说明他为什么而战。

D组学员：战斗不是驱动，这三幕没有一幕的驱动是战斗，主题是战斗，驱动是爱情的深化和背叛。第三幕的驱动是爱情的破碎，然后是自由。一般来说，爱的深化应该是主题，而不是驱动，驱动可以塑造成我要拯救人类，我为了要拯救人类就必须去战斗，去夺取这艘飞船，必须打败海盗。

史蒂文：男主角要想的是，不做这件事的话，人类将遇到何种危机。每一步都有拯救人类这一驱动，才能够推动故事往前发展。电影确实可以有不同的主题，像《火星救援》，团队精诚合作是一个主题，生存也是一个主题，希望也是一个主题。好莱坞电影确实可以有很多的主题，但是贯穿始终的大主题只有一个，其他都是次要的主题。贯穿主题是你的结构，是一个假设的框架和主线，各种页码标记、中途点上的贯穿主题必须一直都在。

D组学员：这个角度看主题其实就是只有一个。这个人发现了自己陷入一场危机，必须把飞船开向正常轨道，生存主题。史蒂文老师在哪一个主题跟丢了？您觉得听哪一部分的时候没有听清楚？

史蒂文：你在五分钟内并没做页码标记，介绍人物就把故事整个叙述了一遍。我只要一个人物原型而已，信息量太大了，结果就记不住那么些东西了。当你开始页码标记，我连人物都分不清了。拉投资的时候必须要简单明了，讲故事结构的时候只把人物原型放进去开讲即可。大家都有点太多了。

拉投资时就讲自己的创意，本来很难了，你们脑子里面肯定是非常清楚结构了，言简意赅地讲出来本身就是测试，要花功夫的，很困难但需要大家天天都去做，我自己从业30年了，也是成天练这个。锻炼脑子是一回事，跟别人表述出来是另一回事，不是把你的东西说得越全越好，而是怎么讲得越清楚越好。

大家的故事都很新颖，这个练习的重点是，在规定时间内，你是否把这两条弧讲清楚，是否把这12个问题回答清楚。不管你的故事多好、多完美，最终还是要看你表达出了多少，听众接收了多少。

🖉 讨论答疑

学员：序列叙事中每个段落应该是完整的，还是可以细分得更小？是不是分得更细会更好地推动主题升华？

史蒂文：在这些大的段落里面可以加入小段落或者再细分，但前提是你得有够强的功底掌控。因为编剧的职业习惯，我现在自己看电影都在期待 45 分钟转折点在哪儿、某分钟的转折点在哪儿，都不能心无杂念地看片子了。我还是得说，观众是明确期待第 30 页、第 45 页或者中间转折点、不归点的。

如果说在这种段落中间再插入小段落，让转折过于复杂、激烈，最后可能会模糊主线，让观众觉得混乱。所以说关键看你的操作功底怎样，你对细微的地方处理得怎么样。我不能告诉大家你能做什么不能做什么，关键是你要用自己的方法讲自己的故事，我不该限定，只是想给大家一些指导和工具辅助。

有多少人在自己的写作过程当中写到第二幕的时候遇上瓶颈会觉得：完了，我接下去怎么写？几乎所有人都会遇到这种困难。中间这一部分不好写怎么办？不妨就按照这个框架划分段落，先从第 30 分到第 45 分，从第 45 分到第 60 分，只要中间贯穿着这个故事驱动和主题，按照这样的一个时间点去划分，一个小故事接一个小故事地写，你会发现用写小段子拼成一个大故事，比你整个直接写一个很大的故事要容易得多。一步步来，知道中间点在那儿，再想这一段的坎要怎么过去，先过了再说，这样容易一些，不要一步想太远。

构建一个个段落时，关键要做的就是主题和驱动，这两条主线，一定要谨记在心里。好电影几乎都可以用这个框架来套。

学员：《拯救大兵瑞恩》故事也是讲一个团队，而不仅限于主角自己，每一个人都有他的个性、背景。但主角是最深化、最完整的人物，我们的心情是随着他在走，其他的人物都特别单薄，大家看了也记不住。

史蒂文：其他人物塑造单薄、主角亮眼牵动人心，这也是讲故事的一种刻意的手段，这无碍为团队主题服务。

《拯救大兵瑞恩》和《火星救援》的驱动都是一组人救一个人。编剧自己要决定在开展的过程当中，哪一个是最有趣的人物，是最想深层塑造的。编剧的智慧在于分辨哪个人物会跟观众产生更深层次的联系。在

《火星救援》当中，我们认为被救者的生存和一举一动更牵动人心，所以在塑造时，就要把重要时刻分给他，令他跟观众建立深刻的联系。

也有一类电影不只有一个主角，可能好几个主角有同等的分量，中文叫群像，但贯穿始终的仍是故事主题和故事驱动，人物可以在不同的时刻去跟观众产生联系。《拯救大兵瑞恩》其实就有点群像化的。

学员：《火星救援》故事是一个好故事，我总觉得这个主人公从性格上稍微有点简单了，用之前的人物原型观点来问，这人性格缺陷是什么？

史蒂文：对我来说，马克这个人物缺陷是有点傲慢、有点独立，是整个团队当中最不爱合作的一个。他并不完美，创作者还用了一些辣眼睛的进食镜头加深了观众对他的感受。

我们前面讲了故事的主题弧和驱动弧，其实关于人物塑造还有人物弧的概念。人物弧可强可弱，《火星救援》的主角弧就不强，主角从开始到最后没有多大的变化。但如果换成情节剧，一个小男孩在最后变成一个很负责任的人，这就是很大的变化，就是强人物弧。一般来说，剧情片中的人物弧会比较强，但在其他类型电影比如恐怖片中，人物弧就比较弱。

学员：可是《闪灵》主角就有一个强大的人物弧。

史蒂文：确实很强，但很多人不把它归为恐怖片。有点像西部惊悚片。这是一部经典的上乘制作。

学员：主题应该怎么样提炼？芦苇老师推荐过《编剧的艺术》，是通过主语谓语宾语，一句话把主题提炼出来。

史蒂文：友情这个词就可以成为一个主题，《玩具总动员》的主题就是友情。主题要凝结在一句话之内，能精练到一个词的话也很好。用好几句去解释就不行了。

学员：有的时候每人判断出的主题都不同，会有偏差。有没有判断主题的基本方法？

史蒂文：主观判断各不相同，但作为编剧，主题是拿来写故事的工具。至于观众怎么样解读，那就是观众的事了。

像《火星救援》，有人认为主题是"生存"，有人觉得是"团队合作"，有人觉得坚韧不拔的精神才是主题。这都是主观的。制片方认为主题是"生存"，于是希望全片停在交代主角的结局，而其他组员的事情就不再交代了。但编剧和导演对这部电影主题的理解是"全体总动员、一个都不能少"。所以坚持把现有的团队结局拍了出来。

学员：我之前有一个长篇剧本，主角的人物目标和故事驱动会有一些冲突。故事是主角有一个始终贯彻的目标，但第一幕之前有一件事情让他开始冒险。我不太确定，这是两个驱动吗？

史蒂文：人物有自己的目标，这个很好，可以驱动这一幕的转折，同时也推动了故事前进。它既是个人目标，也是推着这个故事前进的驱动力，但有的时候两者并不是一回事。

美剧一般不用三幕结构，每集时长半小时与一小时更会有不同。如果是《权力的游戏》这类连续剧，大家会发现有A情节、B情节、C情节等好几条故事线同时展开。而《犯罪现场调查》这样的单元剧，每一集都要结束一个案子。有的系列剧、肥皂剧是按一整季的方式来结构，创作者试图把框架应用于整个一季12集，以12集去构建一个故事主题。至于具体的故事驱动，则可能每一集皆不一样。如果把整个的故事驱动运用在其中的话，可能会太复杂。

做美剧编剧是一件非常有意思的事情，主导权也很大，我们知道电影是一个导演主导的行业，而电视剧则是编剧主导的行业。

学员：我现在做一些短片，比如35分钟的剧本，也是按照三幕剧的结构，这样对吗？

史蒂文：短片只要有一个故事的开端、发展和结局就可以，你的做法其实可以更先锋些，短片本来也不是给主流大众看的东西。在写35分钟故事时，如果遇到困难的话，可以试着缩减看看，当然不排除改变后会搞得一团糟。

学员：情景喜剧是否可以运用平行弧的结构，在每一集中都使用这个工具？

史蒂文：《生活大爆炸》大家都知道吧。情景喜剧，就是在观众的面前表演，四架机器同时拍。情景喜剧的拍摄就像剧院演出一样，规则就是每一页剧本上得有三个笑话，所以得赶时间点，埋包袱甩包袱。而《欲望都市》这种情景剧就不是讲笑话，而是把幽默埋在人物性格中。30多分钟的情景喜剧也有ABCD情节线，这个D情节就是最短的情节，在一集之内完成从开端到结束。

《摩登家庭》前三季编得很好，后面有烂尾的感觉。这是因为前三季三条故事线针对三个家庭，一开始就给剧集定了主题，前三季中，他们在故事主题构建当中没有应用弧形结构。而为什么会有烂尾的感觉？因为一百集之后这些主题都用滥了，新的出不来，就得回收利用前面用过的，所以显得力不从心。

平行弧结构其实只是一个泛泛的指导工具，并不是所有电影都要一成不变地遵照这种方式，我们也可以用自己的方法玩出变化。比如漫威的《钢铁侠》就没有完全遵守平行弧，因为其中的人物已经深入人心了，大家都了解人物和故事的大概发展。所以他们以故事驱动为主，主题有时会弱化，重点是塑造人物和故事，片子当中可以看出中间转折点、幕转折点、第一次真相揭示等，不过可能不会像我们所讨论的那些电影那么强烈，但还是存在的。

IP开发有其特有的规则。美国有一组人专门来管理《星球大战》的"世界观",其相关剧集、动画、游戏等诸多系列,都要遵循这个"世界观"的规则,确保新的故事不会跟其他已有的"星战"冲突。像《美国队长》《特工卡特》在开发新的电影、衍生剧的时候,都会遵循已有结构,要看整个主题、大IP的发展历史,让它们相互兼容而不是相互冲突。

以人物关系为驱动的剧作法

/ 第八讲

迈克尔·威斯

> 故事中重要的不仅仅是主人公的旅程,还有他最核心的关系。

迈克尔·威斯(Michael Weiss),编剧、米拉麦克斯制片公司前副总裁,曾参与编剧的主要作品有:《我一直知道你去年夏天干了什么》(*I'll Always Know What You Did Last Summer*,2006)、《蝴蝶效应2》(*The Butterfly Effect 2*,2006)、《地心历险记》(*Journey to the Center of the Earth*,2008)、《蝎子王4:争权夺利》(*The Scorpion King 4: Quest for Power*,2015)、《锅盖头3:绝地反击》(*Jarhead 3: The Siege*,2016)。其原创剧本成功售出给华纳兄弟、索尼、新线以及环球等多家制片公司,同时也被上述公司聘用进行剧本创作。于加州大学洛杉矶分校(UCLA)教授编剧课程并获得杰出导师奖,也是编剧教材 *Cut to the Chase* 的作者之一。

迈克尔·威斯的编剧重心,常围绕好莱坞的系列电影展开。如何在前作成功的前提下延续辉煌?如何一而再,再而三地深度挖掘知名IP的故事?如何在大众已烂熟于心的人物关系中发掘人物的性格、展现新意?在2017年12月的"大师之光"青年编剧高级研习班上,迈克尔·威斯从以人物关系为核心的剧本写作、人物的深化、常规故事结构等方面来讲述他的创作之道。

大家好，我之所以选择来到这里，是因为我热爱电影，热爱剧本的写作，我希望将我所知道的分享给大家，从而促成合作。我们在好莱坞有自身的语言，我要跟大家分享的，就是这种所谓的好莱坞语言。如果大家能掌握我所说的概念、术语，就可以促成双方的合作。我们不要为了迎合所谓的全球观众而去改变自己的故事，你应该去相信自己的故事，但如果是想跟好莱坞电影公司或者像我这样的从业人员沟通的话，你就必须要学会这样的语言。我也建议大家多去读一读剧本，不过我读的剧本都是英文的，推荐起来稍微有点困难。我相信大家能够读一些当代电影的不同版本的剧本，应该会对剧本写作有更深刻的体会。

从人物关系的角度构思剧本

我这一堂课的主题是"以人物关系为驱动的剧作法"。这是一个比较特别的剧本创作方法，是我在加州大学洛杉矶分校教的一门课程，希望能够给大家分享一些工具，帮助大家创作出充满魔力、令人感动的好剧本，与观众建立情感上的联结。我今天也希望能够跟大家互动，来分享剧作的经验和感想。所以，大家任何时候都可以问我问题。

我是一名职业编剧，代表作有《地心历险记》，还参与过成龙主演的

《环游地球八十天》（2004）。过去的十年间，我一直都是在加州大学洛杉矶分校教书，也是所用教科书的作者之一。

在传统的剧作课堂或教科书中，我们描述的故事情节通常是这样的：有一个主人公，他要踏上自己人生的旅程，有一个目标要去实现。整部电影中，他就是为了实现这个目标而努力。比如《疯狂动物城》（2016），主人公是一只兔子叫朱迪，梦想是当一名警察，但身边其他动物都是大型食肉动物，整部电影就是看她如何实现目标的过程。再例如《银河护卫队》（2014），从主人公的旅程看，是一个小偷为了偷一个神奇的魔力球，穿梭在各大星系中，组队在一起星际旅行，最终拯救宇宙。

基于多年的从业、教学经验，我认为故事中重要的不仅是主人公的旅程，还有他最核心的关系。在《疯狂动物城》中，兔子要和一只罪犯狐狸结伴解决问题。我们写一个剧本，不仅要思考谁是主人公，更要思考核心的关系是什么。以人物关系的角度出发，故事就不一样了：

《疯狂动物城》：新手警察兔子与犯罪分子狐狸不打不相识，最终成为搭档。

《银河护卫队》：星际小偷遇到要暗杀他的外星女杀手，二人最终做了搭档。

《美女与野兽》（2017）：野兽是被诅咒的王子，美女爱上了他。

《美人鱼》（2016）：类似《银河护卫队》，美人鱼被派去杀一个破坏海洋环境的有钱人，结果他们相爱了。

我接下来都会使用上述几部电影作为参考案例。不是每部电影都是以两个人物的冲突为核心的，但大多数电影的中心就是两个人物间的关系。我们可以去思考一下，在这些电影中，主要人物一开始有什么样的冲突，是怎么认识的。

《银河护卫队》：两个人初遇时，男主角小偷彼得拿了魔力球，女主角卡魔拉来刺杀男主角。15分钟时，两个人刚相遇时有很多冲突，都想杀掉对方，谁也想不到结局这两人成了搭档甚至相爱。

《疯狂动物城》：主人公兔子是个很小的警察，狐狸比她大，是一个小偷。一开始相遇时，两人是彼此厌恶的。

《美女与野兽》：野兽把美女囚禁起来，他们一开始不喜欢彼此。

无论电影、电视，还是小说，好的作品往往由冲突开始，我相信这是戏剧的万用规则。至少要有两个有矛盾的人物，并且一开始就要让两个人物之间有冲突。

构思大纲前的七大要素

做一个项目，我们并不是一下子就把完整的剧本写出来，一般要先做大纲来整理自己的思路。我开始着手写作时，会先想好最重要的七大要素。

第一个要素就是"世界"（world）。世界不仅仅是一个地理的空间，而且是你整个影片的环境。在观众看电影的这90分钟到2个小时的时间里，你要将他们的身体和情感带去一个什么样的地方？

《疯狂动物城》的世界是一个虚拟的世界，没有人，只有动物，它们像人一样生活。《银河护卫队》里所有的星系是相互连通的，不同的生物可以相互交流，有点像《星球大战》的世界，有太空飞船，有各种各样的武器，还有空间战。《美女与野兽》像一个童话的世界，有诅咒，有魔法。

不是每一部电影都会带你去到外太空，去到一个有魔力的世界，或者去到一个有美人鱼生存的世界。是人物之间的关系让你的电影变得特殊，世界也可能是由人物关系确立的，比如公路电影《心花路放》（2014）中，一个男人离婚了，朋友为了让他开心些，带他踏上一段旅程。这部电影的世界就是离婚后两个男人间的友情世界。这是贯穿整部电影的最核心的关系。世界不仅仅限于一个地方。

第二个元素是"主人公"（hero）。他是一个想成为警察的兔子，还是一个太空小偷？

第三个元素是你主人公的"问题"（problem）。好的戏剧来源于问题和冲突。想成为警察的兔子为什么有问题？因为兔子个子很小。《银河护卫队》里的主人公拿到了魔力球，为什么是一个问题？因为其他人也想拿到这个魔力球，大伙都在争相抢夺。《美女与野兽》的问题，是女孩想环游世界，想有精彩的人生，但是她却被怪兽囚禁了。《美人鱼》中美人鱼要去刺杀富人，问题是她根本不是一个杀手。

第四个元素是"核心关系"（core relationship）。前面已经介绍过了。

第五个元素是"类型"（genre）。是喜剧、动作、惊悚，还是科幻、恐怖？

第六个元素是"基调"（tone）。它比类型要多些细节。比如说《美人鱼》，基调是很轻松、幽默的，让人开怀一笑。《阿凡达》的类型也是一部奇幻的电影，但是有一些可怕的暴力和危险的动作性。《雷神3》这部电影基调跟大多数的漫威电影和超级英雄电影不太一样，是不是觉得滑稽到有点蠢？这是因为当时漫威的高管决定聘用一位新西兰导演，他以前主要拍的都是喜剧，这部电影搞笑的基调，是在项目开始做大纲时就决定了的。不管我们到底喜不喜欢，这部电影从开始到结尾都保持了这样的基调。

第七个元素是"参考片"（example）。是要选出一部经典的、相似的电影作为指导。写剧本不是你一个人待在家里闷头干的过程，而要邀请别人来给参考意见。好的参照物可以让大家更好地理解要做的类型。

举个例子来说明，《锅盖头3》的要素为，故事世界是中东的美国大使馆，主人公是一个刚来到使馆的新兵，问题是新人得不到信任。核心关系是主人公与大使馆工作的女间谍。我不记得这部电影的成片是否最终呈现为我写的这样，导演接手之后可能会发生改变。类型是军事动作，我本意是让本片基调有一点点讽刺，带着军人的幽默。最终成片基调变成常规的、讲一帮硬汉士兵的剧情动作片了。

决定七要素是非常关键的，之后你就知道该怎么写了。我会依照上面的这些提示，去着手写自己的大纲。

✒ 以三幕 120 页范本为例

我们这堂剧本创作课的理念是，以一个 120 页、对应 2 小时时长的完整剧本为参照，讨论两个问题：第一，如何让整个故事变得很特别；第二，作为一个剧本的创作者，如何将自己所有的想法整合在一起。我会逐一向大家解释每一个环节、每一个元素，这可能听起来有一点程序化。必须要指出，并非每个剧本都是如此，这只是一个指导。

三幕故事结构的历史悠久，一般来说 120 页剧本第一幕是 1 到 30 页，第二幕是 30 到 90 页，是第一幕的两倍。第三幕是 90 到 120 页。但并非所有的电影都是 120 分钟的，如果 90 分钟的话，需相应地缩短每一幕。

如果是预算达到 2 亿美元的大制作，剧本可能有 140 页长。之所以这么长，是因为每一页里面有很多制作方面的细节，这是为了便于所有参与制作的人都可以读到这些信息。

1 页对应 1 分钟，这是好莱坞标准剧本的惯例。我只熟悉英文的剧本，不太清楚换成汉字的话，应该怎么去测量。通常英文剧本要是少于 90 页的话，说明你的材料不足。所以 80 到 90 页是最低的一个限度。但如果是超过 120 页的话，可能说明你的内容过多了。当然，名气大的编剧通常写的剧本更长一些。对于普通编剧来说，一般不希望自己的剧本里有太多的内容。所以我的建议还是一样，找一个跟你想写的剧本相似的参照物，来看看他们是怎么做的。

第一幕

第一章，也就是第 1 到 30 页是非常关键的，因为很多核心的概念已经包含在其中。如果不能让读者在读完前 10 页最多前 25 页的时候就感兴趣的话，他们就不会有兴趣读完这部作品了。前 30 页的设定，为后面剧本的完成打下了非常重要的基础。

第一幕有三个重要节点：首先是开场（opening scene）；接下来的一个较重大的时刻，是第 10 页（page 10 setup）；在第 30 页（第 30 分钟）的时候，我们就迎来了第一幕转折点（first act break）——第一个转折点。下面我们来一一分解。

开场：吸引观众进入电影世界

《疯狂动物城》的开场设计了非常多的内容。电影从兔子还是一个小女孩时在学校的戏剧表演开场，向大家阐述了这部电影的基本设定——食草动物和食肉动物是怎么共存并和谐相处的。为什么这一点很重要呢？因为这个电影的核心是主人公兔子和狐狸的磨合，故事进程中他们面临的是一系列犯罪案件。案件的推动使食肉动物和食草动物之间的矛盾又激化了。在开场的最后阶段，兔子说，"我想成为一个警察"，观众借此很快地把握到了这个故事的走向。

《银河护卫队》的开场画面中，我们看到主人公彼得的妈妈即将死于癌症，然后彼得被飞船劫持了。这看起来像两个场景，但其实是连贯的，主人公经历了什么可以留给观众去想象。

《美人鱼》的开场展示人类怎么去破坏海洋。第一分钟时你就能看到声呐装置，这部机器在整部影片中扮演着极其重要的作用。开头的一两个场景就要这样抓住大家的注意力，把他们带入电影的世界。

10 分钟：钩子

在好莱坞，我们将第十页称为钩子（hook），这个术语指的是一个抓住人心的东西。它不是一个公式，10 分钟也不是严格的时间点，而应看成是对人类的行为或情感经验的总结。一般来说我们看一部电影看到第 10 分钟的时候，就应该知道这部电影提出的问题是什么，会有什么样的冲突，我为什么在看这样的电影。我们看一下这些片例中，大约第 10 分钟发生了什么：

《疯狂动物城》中，兔子第一天上班，但没有人认真对待她。

《银河护卫队》中，彼得偷了魔力球，所有的坏人都来追杀他。

《美女与野兽》中，女主角接到第二男主角的表白，但她不喜欢这里，想离开家。

第 10 分钟时所发现的问题，通常对应七要素中主人公的问题。此时，我们往往已经可以看到中心的关系是什么了，顺着问题，想知道接下来会发生什么精彩的互动。

30 分钟：第一幕转折点

第一幕的转折点大概发生在第 30 分钟左右。第 10 页到第 30 页之间肯定是有事情发生的，我们将这一段称为辩论、怀疑、产生疑问的时间段，是为转折点做铺垫。

《银河护卫队》正好在第 30 分钟时，大反派想杀掉女主角，这时转头看着男主角彼得，彼得试图说服他不要杀。原本相互残杀的男女主角，现在一人却要救另一人，他们的关系有了转机。这里有一个微妙的关系反转，此处我们会觉得男主救女主是因为关心她，但之后他向女主解释，其实是因为他觉得女主可以帮助他逃离监狱，抢回魔力球。你看，这个第一幕的转折点，人物并没有太大的改变，他还是很自私的，只想利用别人。而二人真正的关系转折点在于成为搭档，并召集其他成员形成护卫队。

《美人鱼》里，珊珊给了刘先生她的电话号码，到第30分钟之前，我们会想，他会不会打这个电话？电话号码会对之后的情节有什么样的影响？到了大约第30分钟，刘先生给珊珊打了电话，珊珊赴约时穿得很漂亮，但她的目的是要杀掉他。

《疯狂动物城》中，30分钟前，兔子朱迪成为新警察，接到的任务却是开交通罚单。我们的问题是，她会开心吗？当交警会让她满意吗？第30分钟，朱迪接到一个案子，要去找到一只走失的海獭。

比较一下第10页和第30页的区别：

《银河护卫队》第10页时，男主角有了魔力球，其他坏人在抓他，但他还没有召集好其他护卫队的成员。这个电影讲述的是团队的故事，在第30页才开始有了团队的概念。

《美人鱼》第10页时，女主角给了男主角电话号码，但是我们不知道女主角是美人鱼。第30页时，我们知道美人鱼其实想去杀掉男主角。

《疯狂动物城》第10页时，朱迪第一次上班。第30页时，她接到一个贯穿整部电影的案子。

要意识到，通常第30页发生的事情，才是电影的核心概念，是真正重要的生死攸关的时刻。当然，并不是所有电影都是生死攸关的，但重要时刻的概念仍然成立。《心花路放》讲的是两个朋友在路上旅行，并没有什么被追杀的危险。这是一种情感上的、象征性的"生死攸关"。如果说这段旅途没有什么好的效果，刚刚离婚的那个角色很有可能会觉得自己的生活毫无意义，就再也不可能回到原来的生活轨道上了。

如果你在写一部小体量电影，比如母子之间的故事或者是情侣之间的故事，我们的主人公就要有一个主要问题，在大约第30页，他就会踏上一段旅程。如果这段旅途走得不顺利，我们的主人公达不到目标，就会在情感上受到重挫。有时你看一部电影会想，失恋的男主角再另找一个女人得了，或者女儿就不要再跟母亲说话，两人各自相安即可。但这样一来，就没有了关键时刻。编剧不能往这个方向走。

📝 第二幕

第二幕问题：最后才得以解决的问题

正式进入第二幕前，这里介绍一个工具叫作"第二幕问题"（second act question）。第二幕问题这个工具有助于创造悬念，不仅给你的主人公创造悬念，也给观众留下悬念。

回到《疯狂动物城》，在第一个转折点，朱迪要去找到案件中失踪的海獭在哪里。第二幕问题，就是要将刚才描述的这个目标转成一个问题。在第二幕——第30到90页，主人公要做的就是回答这个问题。仔细思考的话，我们针对第二幕可以想出很多问题，比如：朱迪会不会找到那只失踪的海獭？朱迪警官会不会跟那只狐狸成为好朋友？朱迪能不能证明自己是一个好警察？在这些问题中，究竟哪个才是真正的第二幕问题呢？我的判断依据是：当我们能够回答这个问题的时候，就是电影结束的时候。下面我们一一来分析：

朱迪跟尼克能不能成为好朋友呢？在故事发展过程中，他们两个就是好朋友了。所以这不是问题。

朱迪能不能找到失踪的海獭呢？在八九十分钟的时候，朱迪的确找到了他。所以这个问题也不是在电影结束时才解决的。

那到底是什么问题推动了整个故事一直到结束？如果是我来写，问题就是：朱迪能否解决疯狂动物城中最大的一个谜案？毕竟海獭失踪只是整个谜团的一部分。而这个谜案是跟食草动物和食肉动物的矛盾相关的。我会把这个问题作为工具，来辅助我写完第二幕。

我们现在一起看一下《美人鱼》。在第30页，也就是第一个转折点处，我们可以看到珊珊要跟刘先生进行第一次约会，那第二幕的问题是什么呢？

学员：应该是能不能够解决美人鱼的生存问题。

很棒！我觉得我的工作结束了，可以回家了。我本来是想给大家设置一个陷阱的，我猜可能会有人说她能否杀掉刘先生。可关键的问题并不在此！还记得在第10页，刘先生和女富豪达成一个协议问题，珊珊能否阻止这个协议呢？这并不是关键。关键是珊珊是否可以拯救自己的族群。她的确做到了，不是通过杀刘先生，而是通过别的方式。

《银河护卫队》第30页，彼得把卡魔拉救下来，开始组建团队。那他最大的问题是什么？

学员：他应该是想拿到那个魔力球，然后卖个好价钱。

针对我们这个练习，这个回答案并不正确。为什么呢？他的确想拿到这个球，并卖个好价钱。但作为编剧，思维要跨越刚才这个问题。看过电影的人都知道，结局是他并没有把球卖给任何人，最终他们成为这个球的守护者。整个护卫队的目标就是确保这个球的安全，确保它在正确的人的手中。彼得的问题是他能否做到这一点。

在这个点上，核心关系中的两个人物应该已经相遇了。我们现在要掌握的工具，第一个是主人公的问题是什么，他希望在电影结束前达成什么目标。第二个就是为什么会有冲突，为什么当前的关系让主人公难以达成目标。《银河护卫队》里面，所有的这些成员相互都不信任彼此，他们为了钱而相互想杀害对方；《美人鱼》里面，女主角想杀掉男主角，两个人相处得不好；《疯狂动物城》里，兔子需要狐狸的帮忙，但是他们本身并不是好朋友。

障碍：内在冲突和外在冲突的统一

30页到60页之间，我们称为"障碍"（obstacle）。障碍来自冲突，有内在冲突和外在冲突，也就是人物间的冲突（relationship conflict）和人物与世界的冲突。

我们刚才说到《美人鱼》第二幕要解决的问题是"能否拯救自己的族群"，美人鱼尝试的第一件事是刺杀刘先生，因为她以为这样就可以救族群，但其实不行。这时候，我们就要问：她与世界的冲突是什么，内在的冲突又是什么？

有一个细节值得拿出来探讨一番，它与构筑世界有关。美人鱼试图杀刘先生时，她用的不是刀枪，而是海胆！为什么这样的元素可以让故事更有趣、更特别呢？因为这是美人鱼世界的武器。这个属于大海的武器设定，在为世界添砖加瓦。

她扔海胆，但海胆扔中了玻璃反弹回来。工人突然打开门，又撞到她的头，然后男主角用高尔夫球棒又砸了她。这些都是世界外在给予的障碍。而内在的障碍是，珊珊接到任务要来刺杀刘先生，但是她能力不行，她不是一个杀手。从刺客的角度来说，她做得很糟糕。美人鱼世界派了错误的人选来刺杀刘先生，这就是有意思的地方。从关系驱动的角度来看，男主角很坏，怒气冲冲的，这个性也属于一个内在的障碍。

再看《疯狂动物城》，朱迪正在试图解决案子，她拿到一个车牌号，但是树懒没有帮到她。制造障碍所需的元素，我们要在前 10 页就交代出来。在这个动物世界中，主人公是兔子朱迪，这只兔子想当警察，但是没有人尊重她的选择。树懒在机动车管理局工作。而狐狸尼克是核心关系中的关键一员。核心关系的冲突是狐狸不喜欢兔子，且故意刁难兔子。我们的类型是奇幻类，动物都穿着不同的人类服装，做着人类的工作。片子的基调是有趣、幽默的。说回障碍，外在的冲突就是树懒太慢了，而内在的冲突就是兔子是一个新人，经验不足，得让狐狸来帮忙，因为狐狸更熟悉动物城。编剧就要想如何将内在和外在的冲突都表现出来。

次要情节：提升故事层次，而非复杂程度

刚才说到了 30 页到 60 页通常是障碍区间，在这个阶段，主人公要完成自己的目标，遇到了一些障碍。但此时我们还要设置次要情节（subplot），这是比较困难的环节。

　　《疯狂动物城》的第 46 分钟左右（不同版本可能略有差异），兔子和狐狸正在试图寻找走失的海獭，到这一刻，他们所知的就是，动物城里有好多动物都走失了。之前，他们找到了树懒，想追寻到一个车牌号的车主，现在他们已经找到了这辆车。如上图所示，车里有很多抓痕，可能是由一只凶猛的动物造成的。后面他们才发现，原来要找的是海獭，他疯了，才制造出车里的一片狼藉。我们逐渐发现，动物城里的很多动物都突然疯了。这就是一个次要情节。也许你观看的时候并不会特别在意，但通常在 45 分钟左右，我们就可以看到次要情节的出现。

　　在《美女与野兽》第 45 分钟，当美女来到这座城堡的时候，她看到玫瑰花的花瓣掉落了。主要情节是美女被野兽囚禁在城堡里面，次要情节是这只野兽其实是受到诅咒的。如果玫瑰花瓣全都掉落，他就会死亡。所以这个次要情节一直延续到了后半段，引发了很多戏剧性的情节。我们都会担心，花瓣全都掉落前，野兽是否能够打破他的魔咒。

　　我们来看看《美女与野兽》第二幕的关键问题：美女是不是可以从野兽的魔掌中逃出？《美人鱼》的第二幕问题"珊珊可不可以杀掉男主角"与其类似，我们后来知道她没有成功，没有完成任务。《美女与野兽》也是一样，野兽让美女走了。所以逃脱与否不是真正的问题，对于美女来说，第二幕问题是她可不可以拯救野兽。她拯救野兽的方式，就是让他变成一只举止更好的野兽。我们知道次要情节是玫瑰花瓣的诅咒——如果美女不能拯救野兽的话，他将永远是野兽。所以到了第 45 分钟，我们就知道美女不仅让野兽变得举止更加文雅，同时她也获得了打破咒语的能力。

不要认为这样的设置很复杂，一个好故事需要有这样的层次。此处要注意，层次丰富不等于故事复杂，不等于无节制地增加人物和情节，而是要与主线有机结合。如果一个故事越写越复杂，那就说明它不是一个适合剧本的故事。

刚开始撰写大纲的时候，你可能并没有能力构思好次要情节。但你要记住，每 15 分钟就可以给观众一些新鲜的材料去思考，而不只是一直专注于那个最大的障碍。

中间点：人物转变的最佳时机

在故事的冲突阶段，有个性的、自我的人物之间还不能够和谐相处，比如说《疯狂动物城》里，朱迪还是一个新手的时候，她没什么能力，别人也不信任她。狐狸此时跟兔子处得并不好，兔子逼着狐狸来帮助自己，狐狸本身也不喜欢兔子。

接下来很关键的一个点就是所谓的中间点（midpoint）。在这个中间点，我们可以看到人物开始出现改变，也就是人物有了弧线。我们需要思考，到底中间点发生了什么，促进了主人公与核心关系的转变。看看以下两部电影的中间点：

《疯狂动物城》中我们要看的是，兔子和狐狸能不能携手解决疯狂动物城中最大的谜案，之前的答案是不能。好了，现在到了中间点：牛警官和兔子两个人物吵了一架，在争吵中，一些事实真相被摆了出来。也就是说，争吵带来了突破，触底才会有转变。这是影片中一个非常关键的时刻。通常中间点会有很多很激烈的情绪，在类似的争吵中、愤怒中、对抗中，一些秘密、真相就显露了出来，促成了人物的改变。

《美人鱼》中，我们知道在30~60页，美人鱼一直试图去刺杀刘先生，但一直都不成功。有一段时间，珊珊甚至跟刘先生相处得非常开心，她开始喜欢他，不想去杀他了。而刘先生觉得珊珊是一个很奇怪的女孩，却不知道她为什么举止如此怪异。刘先生跟踪珊珊，走进了她的家，发现了她的族人。然后他就被族人捆绑了起来，其他的人都想杀掉他。我想让大家观察的是，这个中间点到底有怎样激烈的情绪，促使人物发生改变。

即便是喜剧，中间点也可以是情绪爆发非常剧烈的。虽然上述两部电影很不一样，但在情绪和情感上对于中间点的设置是一样的。我们的主人公兔子和美人鱼都在挣扎中，而她们的上级，也就是动物城里的牛警官和美人鱼家族的大哥，都在给她们施压。在这样一个触底的时刻，我们的两个主人公都被她们的上级说"你很失败，你没有完成自己的任务"。

在中间点中，这两部电影都有强硬的角色，一个是狐狸，一个是刘先生，他们都看到了主人公身上的改变。之前他们是一直跟主人公对抗的，而当他们看到了主人公触底的过程，现在出现了他们两个与其合作的可能。《疯狂动物城》中的狐狸向兔子敞开了心扉，说出了自己童年的秘密，我们由此看到了他们成为搭档的可能性。《美人鱼》中刘先生有一句台词，"你杀了我也不能解决问题"，他意识到了重点不是在于杀掉他，而是存在更大的问题。人物的成长，就始于此。而人物关系的转变，也是从这里开始。

首先从人物目标的角度看，我们应该在前60分钟内让主人公做出一些改变，才有可能达成他的目标。假如故事中的主人公是一名精英警察，他在第30到60分钟就可以解决面前的所有案子，也能跟他的搭档合作无间，这就成了一个无聊的故事，观众也就不会感兴趣了。我们之所以对一部电影有共鸣，是因为所展现的人物有他的困境，我们会借此得到宽慰：每一个人都有解决不了的问题。并且，我们希望看到的是，一个人物在困境中挣扎，并有所转变、有所成长。

如果从关系驱动的角度来分析，我们对这些故事感兴趣之处，不仅是兔子是否有机会证明自己的能力，或者美人鱼能否刺杀刘先生。我们关心的，是这些人物之间是否相互影响，促成了对方的转变。《疯狂动物城》的主人公朱迪其实从始至终都是一个很自信的人，她的问题是其他的人不相信她。她自身没有发生太大的改变，关键在于她改变了狐狸尼克的想法，改变了周遭的人对她的看法。《美人鱼》中的珊珊从始至终都是一个很好的人，重点在于她改变了原本是反派的男主角。而不同的是，《银河护卫队》男女主角结盟的过程中，男主角从一个自私自利的人变成了一个关心他人的人，主人公自身及核心关系都发生了转变。我认为，比起单个人物的转变，人物关系的转变更能激发观众情绪上的共鸣。

现在，我们来回顾一下前面讲过的故事发展进程：开场介绍主人公的问题；在第一幕的转折点，他要开始解决问题；第二幕，这个问题会让人物关系上有冲突，中间还会有一些障碍，来阻止主人公解决问题，此时还要设置次要情节；当主人公面临着重重障碍的时候，他来到了中间点，开始有所改变。

上升情节：人物成长，关系转变

接下来就是所谓的精彩情节或叫上升情节（rising action），位于第60到第90页。在上升情节中，我们会看到这个人物的进步和成长。在这个阶段，我们再去回答第二幕问题的时候，就可能得到一个肯定的答案。

在《美人鱼》的前半段，男主角根本不在乎美人鱼，他也不知道美人鱼的存在。在第70分钟有这么一场戏，我们可以看到女商人想要色诱男主角，而男主角在做什么呢？他在网上搜寻美人鱼的信息，因为他开始想更多地了解美人鱼，想了解珊珊。

在《美女与野兽》里面也有类似的情节设置，美女开始通过一些事例来了解野兽。野兽有一本书，可以像时光机一样带美女去到不同的地方。我们在其中发现野兽的母亲在他很小的时候就去世了。在这个美女了解野兽的阶段，他们两人乘着时光机回到过去，看到了野兽的母亲。美女也是在年幼时便失去了母亲，野兽的丧母之痛令她感同身受。在这个阶段，我们看到两个人物的关系变得和谐起来，开始觉得美女是有可能拯救野兽的，她不再一心想要逃离。这就跟人物的弧线、个人的成长改变相关。

前面提过，90分钟剧本的三幕会相应缩短，但是否按比例缩减呢？我发现不管电影时长是多少，前60分钟往往都是一致的。这是因为我们需要去积淀一些内容，才能到达中间点，促成人物的改变。只有过了中间点，人物有所成长的时候，情节的节奏才能加快。通常节奏的变化发生在后半段，即60到120页，对于一个短一点的电影来说，可能就是60到90页。

《银河护卫队》是120分钟，《美人鱼》是90分钟。《银河护卫队》中间点以后，还有一个小时的情节，有很多的动作戏。《美人鱼》则后半段短一些，但人物转变仍发生在60分钟。总的来说，不管是90分钟还是120分钟，前半段往往是不能缩短的，但是后半段的节奏可以加快一些。不过也会有《阿拉伯的劳伦斯》《美国往事》这样的特例发生，它们的时长可以长达3小时甚至4小时，就不在我们今天探讨的范畴了。

写剧本所依据的结构只是提供一个可借鉴的坐标，但它不是数学方程式，并非所有电影、所有剧本都是遵照一个模式来进行的，我希望大家通过我所分享的这些知识，打一个好的基础。

核心人物关系，体现影片的情感内核

我们为什么要从人物关系的角度审视剧本，甚至以此为线索搭建剧本的结构呢？我想插入一个故事来说明：我在加州大学洛杉矶分校开设剧本写作课程，班上有非常多的国际学生，其中一名学生叫张静初，她

上的是一个为期十周的课程。在开始上课的时候,她曾对我说:"也许我上这个课程不太对,因为我的故事里面并不是总有一个核心关系的。"到第5周的时候,她给我的反馈是,她很开心她上了这门课,因为她终于发现自己的故事里面到底缺了什么,她的故事里面有主角、有世界、有目标,但缺少的是情感的联结,是关系。掌握了这个工具、这种思维方式,可以让我们的剧本变得更特别。

我选择《银河护卫队》作为重点讨论的片例,有一个原因是,它是一个团队合作型的电影。这部电影讲的是什么,说是"五个陌生人组队保卫银河系"也没错,故事就是这样的。但它最核心的关系是什么呢?当我第二次带着人物关系驱动的角度来看这部电影,我发现它虽是团队电影,但男女主角之间的关系才是情感最核心的部分。写《银河护卫队》的编剧可能没有上我的课,我不知道他怎么想的,这里也只是把我心中的猜想说出来而已。我注意到,不管编剧是否有意而为之,它的规律就在这部电影发展的过程中,我们作为观众都可以看到核心关系构建起来的过程。

✎ 故事阐述分组练习

这里有六个备选的故事概念:

(1)艺术家创作出的雕塑活了过来。
(2)一位电影明星十年来第一次回到农村家中过年。
(3)女服务员梦想成为流行歌星,但需要一个大突破。
(4)在一个充满魔法和怪物的幻想世界里,一个女奴想要站起来解放她的族群。
(5)一名警察在另一个国家度假时偶然发现了一伙国际盗贼。

（6）一个小偷试图抢劫一座古老的庙宇，穿越回了古代中国。

大家分成小组，基于这些故事概念，选择其一发展为一个故事，陈述出每个故事的要素，就像做一个真正的项目一样。必须阐明的内容有：世界、主人公、问题、核心关系、类型、基调、参考片、开场、第10页设置、第一幕转折点、第二幕问题、关系冲突。如果时间够用，我们可以继续讨论中间点的情节。每个小组可以推选出一到两名代表上台展示，我希望大家尽量简洁，针对每一个问题给出最高效的答案。

A组阐述

我们选择概念（5），关于警察和国际大盗的故事。我们的名字叫《翡翠片警》。我们的世界是缅甸，法律意识淡薄，社会秩序正在动荡之中。缅甸本地有世界闻名的翡翠古佛的遗迹，主人公老洛是一位中国退休片警，毕生从事街道工作，就是在居委会，跟街道大妈一样的工作，但是他一生有一个刑警梦。现在他终于退休了，带着积蓄和详尽的攻略去缅甸旅行。一直没有机会当刑警的老洛，偶然卷入国际大盗的行动。势单力薄的他想破获这个大案，面对强大的国际大盗组织。核心关系是一位缅甸当地的女黑导游有偿帮助了他。类型是警匪片。基调是喜剧动作，异域风情的。参考片例为《尖峰时刻》《天下无贼》。

开场：警局的布告栏前，老洛没在刑警队的先进名单上找到自己的名字，反而在旁边一张光荣退休名单上看到了自己的名字。

第10页设置：火车被国际大盗劫持，混乱中，老洛手上的翡翠被黑导游马招娣拿走了。他陷入了灵魂黑夜，也就是陷入了回忆，忆起自己当年在警校同宿舍上下铺的同事，他姓王叫王宾。在毕业之前，王宾被分到了国际组，到缅甸去做卧底。在最终抓捕的时候，盗窃团伙的大头目逃跑了，王宾在追捕中不幸中弹牺牲。他给老洛留下了一件翡翠手牌的遗物，从此之后，老洛一直想继承他的遗志。

> 老洛曾经多次申请调入刑警队都没有成功，最后光荣退休了。
> 　　第一幕结束：老洛进入国际大盗所在的车厢，想要解救黑导游马招娣，拿回翡翠手牌，不幸被抓，跟马招娣一同被关押。
> 　　第二幕问题：老洛和马招娣能否成功逃脱并破获盗窃案？
> 　　关系冲突：老洛是个退休的、没有探案能力的警察；马招娣是个华裔黑导游。
> 　　感谢各位！

　　迈克尔：听上去已经是一部很好的电影了，你们组是不是已经开始准备要写这样一个剧本了？这个练习的魅力可能就在于，大家开始只是做个练习，结果发现这个项目确实就潜力，就一起开始写了。我觉得一直到第一幕的转折点那里，整个故事都做得很好。一开始的时候，你说到马导游是在帮助老洛的。

　　A组学员：一开始不是，一开始她想骗他钱。

　　迈克尔：当他们在火车上被关在一起时，他们两个是不喜欢彼此的吗？

　　A组学员：是的，但是现在老洛来找她的行为，一半是为了拿回自己的财物，一半也有救她的元素。

　　迈克尔：作为一名警察，他当然觉得有必要去帮助别人。他最终也是希望能够阻止这个犯罪团伙，能够尽一点自己的力量，同时证明自己还是有能力的。那问题就在于这个黑导游，如果他们能够成功逃脱，那她之后还有什么样的动力去继续帮助老洛呢？

　　A组学员：这是我们还没有想的，应该还有一层人物关系。

　　其他组学员：这个女人继续帮他，是因为她知道了老洛身上有很宝贵的财物，她想偷走。而且老洛人生地不熟，他需要一个本地人的帮助。所以老洛告诉她，你跟我一块走，我会给你钱。这个女人就是为了钱跟他留了下来。

迈克尔：我们这样的讨论，不仅是为了让你将这个故事做得更好，同时其他组成员在听到我的问题时，也会继续去完善自己的故事。这里我觉得为了钱继续帮他的理由可能不是那么好。老洛本身是不是也不需要其他的动力来继续去解决这个案子？我们昨天说道，通常到了中间点，大家会在冲突中透露一些真相出来。比如在这个中间点，我们可以让导游跟老洛说出一个秘密，或者发现原来就是这些坏蛋把自己的哥哥给杀了，所以想继续帮助老洛。当然这只是练习中的一些个人想法，最重要的是，让这两个人物都有足够的动力来做这件事。不好意思，我们欢迎下一组。

B 组阐述

我们也选择概念（5）。世界是现实世界，当代中国。片名还没起。人物是两位警察，一位外国的警察彼得，还有一位中国片警宋小风。问题是外国警察在中国没有执法权，却一心想破案。核心关系是两个水火不容的警察最后达成合作，完成了各自的蜕变。类型是警匪、动作。基调是喜剧。参考片例是《尖峰时刻》《热血警探》。

开场：外国警察在国外自己的辖区勇敢追逐罪犯，给自己的职业道路惹下很大的麻烦。

第 10 页设置：两个人的办案方式不同，意见不一，产生了冲突。

第一幕结束：犯罪团伙已露出马脚。

第二幕问题：两个有矛盾的警察不得不联手追查跨国盗窃团伙。

关系冲突：一个国外警察和一个国内片警之间的冲突。

迈克尔：我们现在已经有两个警察电影了，来看一看到底哪一个题材是最受欢迎的。这个故事有一个跟 A 组类似的问题，为什么他们两个是被迫要在一起合作呢？对于这位中国警察，如果这个案子是在中国发生的，他当然是有义务来解决这件事情。

B组学员：美国警察在来中国度假的时候，遇到国际盗窃团伙中的一个成员，这个盗贼是个贪小利的人，顺手牵羊把美国警察的包盗走了。

迈克尔：他一不小心也成了犯罪团伙的受害者，所以他希望能够解决这个案子，是吗？

B组学员：对，他是想追回自己的包。

迈克尔：也就是说，他虽然在中国度假的时候没有执法权，但是他还是希望像警察一样秉公执法。

B组学员：对，因为他在美国就是一个热血警探。

迈克尔：你一开始没有说他是在度假。所以其实是休假的美国警察到了中国，他没有执法权，但还是希望像警察那样去破案。

B组学员：对。

迈克尔：我提一个有趣的设置，可能在这个电影的某处，中国警察如果不喜欢这个美国警察，他是可以把他抓起来的，是不是可以有这样的设置？美国警察是个好警察，但他的确在这里没有执法权，所以在电影的前半段，中国警察对他也不怎么样。到了电影的后半段，中国警察发现他好像是有能力的，可以帮助自己。

B组学员：对，是这样的。

迈克尔：这样的关系还不错。还有什么问题吗？

其他组学员：这个例子我觉得跟美国电影《黑雨》(1989)很像，主演是迈克尔·道格拉斯和高仓健，那是部成功的电影。第一幕是美国的警察押送在美国抓获的日本犯人，把他押回日本。在日本飞机场，这个犯人不见了，所以他又被卷入在日本追查这个犯人的案子。我的问题是，《黑雨》的第一幕设置，我感觉会比他的这个要好。想请老师来解读一下。谢谢！

迈克尔：我更喜欢他的故事，不好意思。我觉得《黑雨》那部电影的基调好像是很黑暗、很严肃的。这个警察是工作出现失误，因工作的责任去跟另外一个警察合作的。因为我们这个组选的是喜剧，美国警察不是在执行公务，他只是在义务地帮忙，没有执法权。我觉得这样的设置很特别，很适合喜剧，所以我很喜欢。

> **C 组阐述**
>
> 我们选的题目是概念（3）一个艺术家创作的雕塑活了过来。片名是《三眼观音》。世界是当代中国，天上有神仙，但是人类不知道。世界观：一旦神仙的雕塑被雕刻出来，这个神像就有了灵魂，这个灵魂可以进入天界，接受人间香火的供奉。主人公是一个拼命工作想要赚钱的雕塑师。问题是雕塑师对自己的作品是没有追求的，他工作非常马虎，只想赶紧交工、赶紧赚钱。核心关系是残次品三眼观音雕塑教会雕塑师要尊重自己的作品。类型是奇幻、喜剧、爱情片。基调是轻松、欢快的。参考片例：《美人鱼》《冒牌天神》。
>
> 开场：雕塑师要赶工做两个雕塑，一个是二郎神，一个是千手观音。忙中出乱，他给千手观音雕刻出了第三只眼睛，然后送到了古庙里。
>
> 第10页设置：观音神像因为多了一只眼睛，所以天界不收她，被贬下凡，在古庙里活了过来，开始寻找自己的"造物神"。
>
> 第一幕结束：雕塑师与三眼观音相见了。
>
> 第二幕问题：雕塑师能否认真地对待自己的作品？
>
> 关系冲突：三眼观音认为雕塑师是他的造物神，所以决定走哪儿跟哪儿。但是艺术家不想承认这个残次品是自己的作品，所以想把三眼观音毁掉。

迈克尔：大家喜欢这样的设定吗，雕塑师想要摧毁观音雕塑？好像有人举手了，请说一下你喜欢这样的设定吗？

其他组学员：喜欢。

迈克尔：能说一下为什么吗？

其他组学员：因为我看到它后面的可能性，他现在想毁掉她，是因为他对这个东西不满意，人物后面会有改变，他肯定会通过这件事情得到成长，或者会重新审视自己的工作态度，最后肯定会和好。

迈克尔：（问C组发言的学员）你们就是想让雕塑师杀掉她对吗？

C组学员：这是一个残次品，相当于一个作者写了很烂的小说不想承认是他写的，一个雕塑师创作了残次品就想毁掉它。

迈克尔：可他知道这是活人，她跟他说话。

C组学员：人类不知道神的存在，雕塑师不知道自己会杀掉她，他只是想毁掉雕塑。

迈克尔：30到60页之间他们两个有对话交流吗？

C组学员：是有的。

迈克尔：在《美人鱼》里面，珊珊想杀掉刘先生是有很清楚的理由的，她不是本质坏，她只是想救自己的族人。但是我很担心，我们这里面的男主角雕塑师好像没有非常好的理由杀掉雕塑。

C组学员：一开始雕塑师的残次品一直追着他，他很害怕，就把她锁到了屋里，不让她出来。

迈克尔：是想修改她、完善她吗？

C组学员：对，后来会想修改她、完善她。但是修改的时候，观音会很疼或者怎么样，不让他修改。

迈克尔：我觉得与其把她杀掉，不如说是修改、完善她更好一些。这样他就不是那么邪恶了，就是他本质想做一件好事去修改这个雕塑，但并不知道这个神像会疼。有时候我们要让观众跟主人公之间共情，也就是说，我们要喜欢这个主人公的目标，我们要认同他所追求的。不然的话，观众可能会很讨厌这个设定。

D 组阐述

我们选择的题目是概念（2），关于一个女星回家过年的故事。我们经过了激烈的讨论之后，最终将焦点放在了一个很现实主义的题材和关注少数族群的故事。故事的名字叫《归家》。

首先我们将这个故事放到了现代的东北农村。为什么选择东北农村？因为我们还蛮喜欢像《钢的琴》这样的电影中展现的一种很独特的东北社会。

故事的主人公是一位变性女星，另外一个主要人物是她的老父亲。次要人物有两个，农村妇女母亲和女主人公领养的一个小女孩。整个故事大致围绕四个人展开，主要矛盾集中在变性女星和父亲之间，他们对变性的态度截然不同。我们又加入了两个次要人物，她的母亲及其领养女儿。为什么加入母亲这个人物呢？因为女性对儿子变性的行为包容度往往比男性更大。所以我觉得母亲对"父子"关系能起到特别好的调和作用。我们设定了另外一个人物——领养的女儿，推动这个故事往另外一个方向发展。当整个家庭由两代变成三代之后，也许最终的人物关系可能因为这个女儿的出现，而有变化。

我们要面对的核心问题是两代人的认知鸿沟。核心关系是变性的儿子与传统的父亲。次要冲突：主人公自身的身份认同，以及我们在影片中想加入她的乡里、亲戚不经意间对她的变性行为和行事方式的否定。类型：剧情、家庭伦理。基调：温情、亲情，表面平静，在思想上有强烈的冲击力。参考片例：《喜宴》《丹麦女孩》，这两部电影分别讲述了东西方文化差异及传统文化与现代文化之间的矛盾，也是身份认同、性别认同上两部不错的范例影片。

开场：影片以一场真人秀节目《演员的诞生》开场。录制现场女星作为重量级点评嘉宾，其语言犀利、风格泼辣。与参赛演员发生争吵，由于争吵加剧，录制不得不中断。这样的开场有热点性，并且能够在最短的时间内，展示这个变性人身上独特的风格。

第10页设置：电影节现场，女主角是最佳新演员的有力角逐者。在颁奖典礼进行过程中，女星突然收到家中发来的一则信息，说母亲重病，希望她能回家一趟。女星突然变得神色凝重，闪回到还是男人的他与父亲之间断绝关系的争吵。原因是他做出决定要成为女人。最终，女星获得最佳新演员奖，在获奖感言过程中，她含泪发表作为一个变性人投身表演事业的艰辛，从而交代她不是普通女星而是变性女星的身份。

第一幕结束：女星回家之后与她父亲在一次饭桌上的争吵，将"父子"之间的矛盾推向一个不可调和的状态。为什么强调是饭桌呢？因为我们觉得，饭桌文化在中国的家庭关系当中，是一个不可避免的、发生主要事件的场合。我们中国人特别喜欢在饭桌上发现问题、解决问题，出现矛盾、解决矛盾。

第二幕问题：变性女星和父亲之间的关系，能否得到缓解？我们也多讲几句，中场的时候，我们加入了变性女星领养小女孩的情节，为什么要加入这样一个人物呢？因为父亲对自己的儿子变性的行为最不能理解的地方，在于他不能为他们家传宗接代。此时女星还去领养了一个和自己没有任何血缘关系的人，并且这个人还是一个小女孩，小女孩的出现本身就是一个矛盾体。第三代人的介入，让主人公和父亲之间的各种关系得到回暖。

最后总结一下，我们这个故事特别简单，经过长时间的脑洞大开后，我们回到一个特别简单的话题，就是关于两代人之间，中国家庭成员之间的对于社会认知的矛盾。以上就是七要素，希望大家指正！

迈克尔：不可思议，一夜之间做了这么多幻灯片，感觉是我们优胜奖的有力角逐者。我觉得刚才在展示的过程中你讲的一句话非常重要，你刚才提到第二幕的问题已经非常显而易见了，就是女星和父亲可不可以解决两个人的冲突。你还介绍了次要情节，我觉得不能说这个故事很简单，其实挺复杂的。但是当你说第二幕的问题显而易见的时候，我也很认同，我马上就知道他们两个的冲突在哪里。这就是一个很好的范例，没有牺牲自己故事的情节层次，在很复杂的设定下，主要人物的关系保持清晰。

我有一个问题，妈妈病重了，然后发生了什么呢？

D组学员：在这之前，女星已经跟她的家人基本断绝了联系，至少表面上是这样，只是会在暗地里给予经济上的支持。这是在她经历变性、与父亲断绝"父子"关系很多年之后了。这样的一个设定，解决的问题就是她如此功成名就，为什么不能和家人分享成就，把他们带到大城市，一起分享这样的生活。但是我必须找到合理的事件，让她再次回到她的家乡，面对她已经逃避的问题。那么她的母亲的病重，实际上是一个最好的理由，也是最恰当的。她母亲已经到了癌症的晚期。

迈克尔：我已经成功被吸引了，所以我也想知道这个母亲是不是最后死了呢？

D组学员：其实最后的结局我还没有具体想。

迈克尔：开头太好了，所以我也想知道结尾。

D组学员：她的母亲是死还是活，需要看我们怎么弥补，需要她活她就活，需要她死她就死。母亲的死亡是时间问题，她和父亲的这种关系的解决，其实也是需要时间的。

迈克尔：非常棒。

讨论答疑

学员：我们课上学的这个方法中，基本人物都是有成长、有变化的。那么恐怖片、悬疑片这种类型，是不是适合这种套路？如果适合，能否举个片例？

迈克尔：《招魂》是我唯一在课上用过的恐怖片案例，一家人搬到了闹鬼的房子里，还有两个猎鬼师来帮他们。这两个猎鬼师是真正的核心关系，这个男人不想做了，这个女人还想继续。这个女人说服了她的搭档，觉得两个人可以一起合作，把那些鬼抓住。他们本身没有太多的改变，但是学会了相互合作。

你的问题换个直白的讲法：是不是所有人物都需要去成长、改变呢？如果按照我的以关系驱动的方法来看，就算一个人物没有成长、没有改变，像《疯狂动物城》里的兔子朱迪，但从关系的角度看是有改变的，兔子和狐狸一开始是有冲突的，后基于某种原因一起去合作，这样就推动了电影的发展。

学员：我想说的是您这个课题里面有人物发展的主题，那我们如何通过人物的对话和行为来充分展现人物的个性呢？您在写剧本的过程中，会做什么相关的研究或者现场的调查之类的吗？

迈克尔：当然了，研究肯定是有帮助的，去帮我们熟悉整个主题是什么。最主要的是，如果我们真的能够把第二幕的问题找到并找准，能了解这个人物主要解决的问题和目标是什么，确定之后，他的对话，以及他的个性都可以慢慢地写好。

超英片和科幻片,如何构建一个世界?

———————／第九讲

扎克·施坦茨

> 构筑虚构世界的秘密武器,就是把真实的世界当作灵感的起点。

扎克·施坦茨(Zack Stentz),编剧、制片人,有丰富的 IP 项目开发和改编经验,担任《雷神》(*Thor*,2011)、《X 战警:第一战》(*X-Men: First Class*,2011)、《少年特工科迪》(*Agent Cody Banks*,2003)、《超凡战队》等多部电影的联合编剧,也是热播科幻剧集《闪电侠》、《危机边缘》、《星舰复国记》、《终结者外传》(第二季)的编剧及制片人,Netflix 与环球合作的 2020 年推出的重磅动画剧集《侏罗纪世界:白垩纪营地》的创剧人兼编剧。

在 2017 年 12 月的"大师之光"青年编剧高级研习班上,来自好莱坞的扎克·施坦茨先生为大家带来关于科幻电影剧作和科幻剧集制作的课程。

🖉 科幻、奇幻电影中世界观的构筑

我担任编剧，也做制片人。我曾经参与编剧的电影有《X战警：第一战》《雷神》，还有热播的科幻剧如《闪电侠》，现在正做一个基于侏罗纪世界的动画片。

今天谈一谈科幻片、奇幻片中的情境世界。我认为情境世界的构筑分为三个部分：第一个部分是关于规则和逻辑的，让这个假想世界符合逻辑，内部能够保持统一；第二个部分是这个世界的历史，让大家觉得发生在这个世界里面的事件是可信的；第三个部分，人物真实。

用真实世界作为跳板

《指环王》之所以能够取得成功，其实很大程度上是因为作者写《指环王》小说时，大概用了超过四十年的时间来把它的世界观构筑完美，其中包括超过一千年的历史，还想象、创造了很多种不同的语言。那么结果如何？这个世界真实得好像你可以亲历一番一样。

剧集《权力的游戏》改编于乔治·马丁的一系列小说。作者写小说之前在电视剧行当工作，写了很多著名的剧，如《美女与野兽》。一段时间后，他觉得很疲倦，就离开了好莱坞，搬到新墨西哥州开始写书。书的内容跟《指环王》有关，他想把《指环王》中没写到的东西写出来，比如《指环王》没提到的暗杀等。他的创作也吸收了很多电视工作的经验，比如一季结束，设个引子吊大家的胃口，刻意创造受观众青睐的缺点人物。他的大获成功，也算是对好莱坞的复仇。

再说漫威电影宇宙。好莱坞有很多电影是由漫画改编的，但是之前的作品都是以单个超级英雄为主，是割裂开的，漫威则第一个成功将所有超级英雄都融合到一个宇宙中，让他们的故事彼此关联起来。这些设计的协调一致前所未有。

我参与编剧《雷神》的过程中遇到哪些挑战呢？你得把《雷神》中的一些人物和《美国队长》或其他漫威英雄，融合进同一个科幻世界里。《雷神》成功后，有了《复仇者联盟》——史上第五的高票房作品。

在好莱坞，所有的科幻编剧最喜欢的电影基本上都是《银翼杀手》（1982）。《银翼杀手》改编自一部小说，小说的名字是《仿生人会梦见电子羊吗？》。小说本身是抽象、奇特的概念蓝本。《银翼杀手》的成功在于它将科幻电影和侦探电影结合在一起，同时大量地使用了精美的设计、特效，现在大家回头看当年的科幻电影，可能觉得大多数都太粗糙了。但三十多年后再看《银翼杀手》，仍然会觉得它非常精美。

构筑虚构世界的秘密武器，就是把真实的世界当作灵感的起点。尽可能去使用真实历史、真实科学。要构建人物，最好的选择就是从真人出发。

《权力的游戏》前七季总共花了 2.4 亿美元，应该算是最贵的电视剧了。它用了哪些真实的历史来构建情境世界呢？英国历史上有一段"玫瑰战争"，曾经有两大家族相互对抗，征伐了相当长的时间。两大家族分别叫作约克家族和兰开斯特家族。而《权力的游戏》里两大家族叫史塔克家族和兰尼斯特家族。研究一下英国历史、看一下地图的话，会发现英国北部真实存在着一堵墙。这堵墙由罗马人建造，用来抵抗野蛮人入侵。《权力的游戏》的作者把这堵墙变成了数百米的高墙，用来抵御异鬼入侵。

《指环王》也是基于真实历史改编的，可以说是作者想象的一段中世纪欧洲历史，包括来自南部和东部的外族入侵。托尔金本身就是研究斯堪的纳维亚半岛的历史和语言的，《指环王》当中的土地或者国度的名字也就来自斯堪的纳维亚的神话故事，比如"中土"，神话中也有类似说法。

除了真实的历史以外，还可以用科学作为灵感构筑世界。最成功的一个例子就是科幻恐怖片《异形》（1979），这个怪物可以把它的卵生到人体内，怪物一旦寄生在人体中就会不断长大，吞食主体。作者从哪儿想到这么恐怖的点子呢？是从大自然和生物学中找到的灵感，寄生黄蜂把它的卵产到比它更大的昆虫或者其他的生物上，它们会把主体从内而外吞噬掉。编剧在此基础上发挥，就有了这个经典的恐怖形象。

还有些恐怖片、科幻片、电子游戏，常见灵感来源是菌类，比如菌类会侵入蚁类大脑当中，控制其行为，它会告诉蚂蚁，"你要爬这树，爬得越高越好"。蚂蚁死掉了，菌类还会从蚂蚁脑中跳出来。《最后生还者》这个游戏其实就借了这种思路，设定为"人被菌类寄生了就变成了僵尸"。总的来讲，大家在大自然中总能找到很多恐怖的生物。你可以用这个让你的科幻片变得更为真实可信。

可以用真实存在的人作为灵感吗？1963年"钢铁侠"角色问世，当时的创作者在寻找现实世界的原型时，找到了美国非常知名的商人霍华德·休斯（Howard Hughes）。假如把霍华德·休斯这个真人关押起来，凭他自己的聪明才智怎么逃？2007年、2008年《钢铁侠》电影问世，编剧把主角人物升级一下，就把原型设定为特斯拉的创始人埃隆·马斯克（Elon Musk）。电影中这个花花公子形象，就源于现实原型。

规则是你最好的朋友

情境世界的构筑中，常听到的一个关键概念叫作"规则"。为什么规则如此重要？如果没有设定规则，什么事情都会发生。怎么证明一个编剧是新手？他不知道怎么制定规则，或者他觉得规则并不重要。如果不制定规则的话,就意味着你的剧本当中,英雄不会处于危险当中。一旦他面临什么问题,由于没有规则的限制,他总会有新的工具帮他脱险。没规则,观众马上就会意识到你没花功夫来构造世界。假如你读《哈利·波特》,看了三本之后突然引入了外星人,你会觉得这个作者想一出是一出,完全没有任何逻辑和规则可言。

也许你自己写剧本的时候不喜欢规则,会觉得"给自己设置那么多限制干吗",实际上并不是这样,给人物和宇宙定规矩,会给你的故事带来更多的故事点和冲突。

举个例子,这是一个科幻的世界,所有东西都不能快过光速,这样的话,要想飞出太阳系可能要花很多年时间。这也意味着通信非常慢,同时也带来一些新机会。通信、出行缓慢,时间就可以设置在18世纪,开宇宙飞船的机长没法跟地面即时沟通,这就给了人物很多机会,他能独立做非常戏剧化的、重大的决定。作为一个讲故事的人,规则限制其实是你最好的朋友。

我用冰山一角比喻世界观的构筑,露在水面外的只是一小部分,是观众可见的部分,而水面以下的看不见的大块,就是你在背后做的工作——构筑世界观。编剧有一个误区,总想把水面下的冰山展现给观众。做了这么多工作,就想让观众看看我做得多么好!这么想是不对的。

观众其实并不需要把《指环王》作者构筑的这一千多年历史自己读一遍。作者背后所做的大量工作,是为了让观众在银幕上看到的东西更真实。不需要把所有的东西都写在纸面上、呈现在银幕上。有时候一行对白或者一个简单的图像,就能够交代整个世界。比如说在《星球大战》中,卢克问起他父亲的事,他就问欧比旺:"你在克隆战争中打过仗吗?"他的回答是:"是的,我曾参加过那场战争,作为一个绝地武士,像你父亲一样。"呈现这句话之后,观众就会自己去想象整个世界,且观众自己的想象要比硬塞给他们很多信息管用得多。

用视觉设计传达世界观

下面这点既跟编剧有关，也跟导演有关：在世界观的构筑中，视觉设计也非常重要。《疯狂的麦克斯：狂暴之路》（2015）这部电影对话非常少，但是世界非常丰满。读过剧本就会明白，原来剧本里有着大量关于世界观的设定描述，相比人物对话，这种设计其实给人感觉更强烈，比如一个弹着喷火吉他的人。那个文明衰落的世界还需要这样的人物吗？这种从视觉出发的、深刻震撼的感受会告诉大家，这里的恶棍是如何奴役众生的。车的形象、人的装束非常考究，创作者制造了极其丰富的细节，细到不认真看就会忽视。这里面的人物像崇拜神灵那样崇拜汽车，甚至有人把引擎图纸直接文到背上。整个片子没有任何一场戏、任何一个人给观众讲讲他们为什么崇拜汽车。但编剧是想得非常清楚的，找到好地方把这些点子放进来，观众就能明白，不需解释。

每一个项目都不同，有可能一开始只是白纸一张，没有任何限制，你尽可以放飞想象力。有时你要有个搞特效的朋友，如果你拍电影有特效设计师跟你协作的话，一定要跟他交朋友，他会成为你最好的朋友，能让你的钱真正花在刀刃上。他能告诉你什么画面能实现，而什么不能实现。特效这方面一定要关注如何尽可能降低成本，你可能面对预算只有一半的情形，就需要了解哪些戏是能删掉的。

复杂的世界与复杂的故事不可兼得

我通过大量科幻剧本写作得到的经验是：复杂的世界与复杂的故事不可兼得。观众大脑处理信息的能力是有限的，看到一个非常酷炫、复杂的世界，如果你再给他加个复杂的故事，他们会很难跟上节奏。打破这个规则的且成功的，《权力的游戏》是第一个。

大获成功的科幻片，故事本身大多都很简单，有明确的类型。比如

《银翼杀手》，它就是部侦探片；《哈利·波特》也就是个非常简单的解谜故事。有的科幻片可能只是在主角恋爱过程中给观众展现这个世界是怎么样的。这也是为什么最成功的科幻小说很难搬上电影银幕。它涉及复杂的人物、派系，观众看了会觉得非常迷惑。

如果是非常复杂的故事，世界通常是大家比较熟悉、简单的。比如一个复杂的犯罪故事，并不需要向观众解释什么是罪犯、什么叫警察，观众已经了解了，这样他们就有更多的精力去关注复杂的情节。

✏ 编剧在漫改超英片中能决定什么？

编剧可能只能决定文字上面的东西，导演和其他人会决定其他一切。大多数情况需要众人合作来决策。

在《雷神》和《X战警：第一战》的创作过程当中，讨论焦点在于真人电影和漫画中的人物到底要有多大的相似度。当时我们比较担心的是如果照搬漫画人物形象的话，大银幕上可能会显得非常蠢。所以编剧、导演和概念艺术家要共同思考，比如洛基头上长角会不会很奇怪。我们设计了一场"洛基第一次戴头盔时觉得很尴尬"的戏，虽然成片中没出现，但编剧可以通过这样的形式，参与到人物的形象设计当中。

再以《X战警：第一战》为例，漫画中的X战警身着亮黄色的衣服，而2000年的《X战警》第一部里改穿黑皮衣了，效果非常奇怪。我们觉得十年后的新版《X战警》，观众可能希望看到跟漫画中更吻合的人物造型。解决方法是，让他穿了带点黄色但又非常帅气的飞行员服装。这样既能让现代观众有认同感，又保持和漫画的相似性。

《X战警：第一战》的制作周期特别紧，有个场景是一开始就想好的——从潜水艇里蹦上来一个人。不管后来的剧本怎么变，这个场景一直都保留下来了。在成片中能看到的成果，都是我们团队花了几年的心血才想出来的。还有一些戏是导演最后决定加进来的，他临时加的场景，肯定没有我们费尽心思构思出来的好。

美国电影的 IP 改编

其实在美国很少有科幻、奇幻、超级英雄大片是来自原创剧本的，通常都是改编小说、短故事、漫画，或者是玩具、消费品等。

受欢迎的原材料首先是小说和短故事，如小说《哈利·波特》《饥饿游戏》，《降临》则源自一篇短故事。

接下来就是漫画，虽说不是所有超级英雄电影都来自漫画，但也八九不离十。漫画大多数是八十多年前就创作出来的，大出版商如漫威和 DC，中小型的有几千家独立的漫画出版公司，这其中有成千上万个角色和故事供你选择。当然很多美国观众担心超级英雄电影在市场上过于饱和了，但我觉得仍有很多值得我们挖掘的 IP。

此外还有玩具和消费品。当大家第一次听说《变形金刚》要改成电影时，很多人是怀疑的，一个玩具如何支撑起一整部电影的情节呢？但《变形金刚》第一部却大获成功，怀疑就消失了。

要尊重原著，还是创新元素？

成功的改编需要有哪些要素？第一，要尊重原著中受众们喜欢的东西。第二，要意识到媒介形式的影响，必然需要修改元素。

《X战警：第一战》电影中，两个主角是观众们一直非常喜爱的人物。他们刚出现时是朋友，最后互为敌人。漫画出版的五十多年中，有很多故事版本叙说他俩如何相遇。所以，我们希望塑造的万磁王是大家能在漫画中辨认的形象，要穿上紫色戏服，戴上头盔，通过这样的方式来尊重观众们的偏好。但改编空间依然很大，我们也希望做些改变给观众带来惊喜。X教授的经典形象是坐在轮椅上的秃头，而我们的人物形象是头发茂密的，也能走路。

刚开始写剧本们时我们就意识到，我们笔下的人物可能是大家在以往漫画中不那么熟悉的形象，甚至创作中没有直接叫他们X教授和万磁王，我们管他们叫查尔斯和艾瑞克，用的是名字。观众进电影院时是有预期的，他们知道这两个人物会成为敌人，有一个还会坐上轮椅。但是这一切怎么发生的？我们创作者要给他们带来惊喜。

为什么要改变呢？新瓶装旧酒不就好了吗？有三个理由：

第一，有时候原著素材过于冗长零碎。《哈利·波特》后几本小说有些长达800多页，根本没法拍成两小时的电影。作为编剧，就要去决定要保留哪些重要、精彩的内容，砍掉哪些细节。这个过程中要怀着对原著的尊重。读过《指环王》原著的会知道，第一本花了很多时间去描述人物唱歌，还做了很多滑稽的事情，但这些对整个故事情节的推进没有太大作用。彼得·杰克逊就是这样删的。

第二，有时文学作品中文字精彩的元素，呈现在银幕上却不一定好看。

第三，有些古早原著中的元素，对于现代观众来说已经过时了，可能会出现一些在当时理所应当的种族主义、性别歧视言论，而现代人就很难接受。所以选择上必须要很谨慎，剔除掉过时元素，同时也能尊重原著精神。

《X战警》中人物非常多，改编《X战警：第一战》时，我们就要去选择角色。漫威公司给了我们一张可以合法使用的角色清单，这个纸本像字典那么厚，有五千个角色！我们最终选择了五到七个主角、五到七个反派，这个过程经历了很多版本，才确定了大众可能会喜欢的最终版本。

选择中有以下两个考量：第一是哪些角色是最受观众欢迎，第二是哪些角色的超能力视觉效果很棒。比如有两个角色，一个可以通过超能力去自动调换电视频道，另外一个胸口能冒出射线，肯定是后者更有吸引力。有些角色的超能力非常滑稽，比如可以大声喊叫，最终选择放在电影中，是因为我们觉得它可以填补电影所缺的元素。我们让角色从天上降到海上，它可以利用自己的超能力像声呐一样寻找潜艇。

《蝙蝠侠》漫画里有一个大反派贝恩，这个角色肌肉发达，武力值很高，曾打伤蝙蝠侠的背部，施瓦辛格跟他比都显得很小只。《蝙蝠侠与罗宾》（1997）第一次把贝恩的故事改进了影视，那真是漫画改编史上最糟糕的一次。票房一塌糊涂，以至于后续好几年大家都不敢改编漫画了。这部电影就是基本原封不动地照搬了漫画书，看起来很糟糕、很滑稽。不会有观众喜欢这个改编版本中的贝恩的，演这个角色的演员原本是个摔跤手，在片子里一句台词都没有。

这个角色第二次出现在银幕上，是在诺兰的《蝙蝠侠：黑暗骑士崛起》（2012）中，他的确很尊重原著精神。贝恩的肌肉很发达，脸上也戴着面具。诺兰的蝙蝠侠系列电影走写实的路线，便会考虑如何让角色更贴近现实。他找到了演员汤姆·哈迪，他身高体格不够，就让他去健身房练了六个月，你看，诺兰宁愿要一个好演员好好地锻炼肌肉，也不要职业摔跤手。同时，他要在电影里合理解释角色，让这个角色戴着呼吸面罩，因为他曾经受过呼吸疼痛的伤。有了面罩及这个痛苦的原因，大家在角色身上看到的就不是滑稽，而是痛心。这番操作使之达到了原著里的效果，还让他跟蝙蝠侠打了一架，伤了对方的背。这是用更好的电影的方式尊重原著精神的表现。

《钢铁侠》里有一个反派叫作满大人，这个角色是在美国 60 年代创造的，折射出了当时美国人对华人的歧视。以前在美国电影里有个反派叫傅满洲，留着长长的指甲，是个有歧视性的角色。当沙恩·布莱克拍《钢铁侠 3》时，电影公司希望把满大人加进来。但导演理力争说："怎么可以用呢？这会冒犯很多观众。"最终，他以很有创意的方案解决了这个问题，他把满大人改得像本·拉登，用的演员是一半英国裔一半印度裔的本·金斯利。

扎克·施奈德导演了一部《斯巴达300勇士》(2006)，这部电影很成功，也非常尊重原著。少有改编电影是通过这样的方式获得票房成功的。他认真地遵照了整个漫画书中的情节，甚至几乎复制了漫画中的场景。他的下一部作品《守望者》(2009)还是这么干的。原著是一部非常受欢迎的漫画。而电影中的角色就好像是从漫画中走出来似的，情节也高度还原。但电影并没有那么成功。项目失败的原因众说纷纭。大多数观众看了电影都觉得导演太尊重原著了，像照着原著的钢琴谱把每个音符都弹出来了，这样的旋律是观众没法欣赏的。

还有十分不尊重原著精神的反例，电影《猫女》(2004)找了哈莉·贝瑞来演，粉丝们起初听到都非常兴奋，因为她是《蝙蝠侠》漫画中最受大家欢迎的一个反派角色。但看了真人电影后大家都很失望，因为改编时导演剔除了很多观众热爱的元素。观众也觉得它一败涂地，就连服装都显得丑。很多角色出现在银幕上，大家甚至没法跟漫画中的角色对应起来。观众质疑说："既然电影制作团队如此不喜欢《猫女》原著，那为什么要改编成电影呢？"

抓住情感内核

当原材料并不充分，比如根据玩具来改编，应如何尊重"原著"呢？我觉得应该抓住这个人物最核心的情感本质。《变形金刚》的主创团队当时邀请了斯皮尔伯格做顾问，斯皮尔伯格与导演迈克尔·贝和编剧们进行了很多讨论。到底如何以"汽车变成机器人"这个情节来抓住观众的心？斯皮尔伯格想出了一个非常简单的概念：核心就是男孩和他心爱的第一部车的关系。《变形金刚》(2007)第一部前半部分就是抓住了这个核心。两个大机器人打斗并不会真正地抓住观众的心。但当观众在银幕上看到故事核心，就可以找到认同感了。

彼得·杰克逊的《指环王》在改编时，要决策电影中的情感内核。

原著情节非常复杂、人物众多，但导演在三本书上找到了一个最简单、最质朴的故事。小镇上一些毫不起眼的人去闯世界，但最终想回到家园来，因为他们知道家园才是最美好、最值得战斗的地方。这其实是参与过第一次世界大战的原著作者最想表达的情感。

你可以在电影中叙述一个非常庞大、精彩的故事，但故事背后应该有一个观众能够产生共鸣的简单内核。

创作科幻、奇幻类剧集

科幻、奇幻类的电视剧现在是越来越火，《权力的游戏》可以说是全球最火的电视剧了，所以很多公司也都积极地在做自己的同类剧了。

其实科幻、奇幻剧很早就已经是电视剧集的主流了，比如《星际迷航》《双峰》。《神秘博士》在英国影响力也很大，从1963年就开始播出，现在仍在继续制作。但早期的电视剧因为成本比较低，特效的水平也比较低，所以整体的质量并不是很好。很多早期的科幻电视剧虽然故事非常棒，但正因有这样的局限性，现在的观众看起来会觉得很傻。因为以现在的标准来看，当时的预算实在是太低了，很多电视剧里的人物都戴着滑稽的面具。

如今，我们经常在电视上看到很宏大的场面，跟电影里的效果一样。《闪电侠》中有一个可以说话的猩猩，人物是漫画中的原型。二十年前想要在银幕上呈现出来，得让演员穿猩猩装，肯定会滑稽。如今完全可以用电脑技术做出很棒的效果。电视剧里甚至分了两集设定在这个猩猩人物的家"猩猩之城"，这里有很多会说话的猩猩。几年前这种场景都不大可能实现，如今运用电脑特效的成本在逐年下降。

创作科幻、奇幻类剧集最大的挑战就是创意。电影只有两个小时，而电视剧一季有八集、十集、十二集或者二十二集来讲一个故事。编剧有更多的时间来发展人物，这可能是一个优势。但通常到了第八集，作者就会陷入创作瓶颈难以自拔。

第二个挑战就是制作。在科幻、奇幻类剧集中通常都会有非常宏大的场景，由于不存在现成的实景，就得自己搭建场景，或是电脑绘景。相对电影而言，电视的预算、制作周期都紧张得多。通常电影开工一般距离上映时间还需要两年，而电视往往是这周写了一集，下周就拍，一个月内你就能在电视上看到它了。

创意挑战

创意角度上，美国的科幻、奇幻类的电视剧这些年有何变革？以往的这类剧都是每集一个独立故事，《星际迷航》一集中，两个主角穿越时光回到了1930年代，队长和一个女人相爱了。他突然意识到这个女人最终会死于一场车祸，不然的话，纳粹就会赢得第二次世界大战，人类历史都会跟着改变。也就是对于主角来说，他爱上了一个女人，最后要看着她死去。如果是如今来做，整个剧集的后续可能都会讲这件事情所带来的影响。但是在60年代，后续就没再提起这件事了。因为这集播完，下周的剧情就跟它完全无关了。

70年代版本的《绿巨人浩克》，其实是基于更早的一部电视剧《逃犯》。这个故事中，男主人公要逃离政府的追杀，每周去不同的城市帮别人解决问题，通常解决方法就是变身绿巨人。这周结尾，他必须离开这个城市，下一周又是一个全新的故事了。这其实是很长一段时间以来，美国的奇幻类电视剧的标准做法。

90年代的《X档案》每周一集里都有不同的案件发生，每集都跟科幻、超自然的现象有关。在美国电视圈，我们管这个叫"每周怪异轮番出现"。如果是超级英雄剧集，每一集里面都会出现一个反派、坏人，给人的感觉是，每周都会来一个神经病。

2000年之后发生了改变，剧集故事变得更加系列化，不太可能出现一周一个怪物的现象了。曾经有一部非常火的电视剧《英雄》（2006—2009），主角们是突然发现自己有超能力的普通人，每一集都是紧跟上一集的剧情的。在这样的电视剧里，每一集不再是一个独立的故事，而更像是一本书中的一个章节。

如今，Netflix、亚马逊等流媒体平台兴起，原创剧集、系列剧逐步发展起来，随着在线播放年代的到来，电视剧行业就不希望观众每周只看一集了，而是希望观众一集接一集地看下去，停不下来。你一直待在沙发上看一个电视剧，一边心里想着明天还要上班，今晚得早睡，结果看了一集，又想看第二集，然后第三集，最后一晚上就看完了一季。这可能对白领的老板们不友好，但这正中剧集平台公司的下怀。

为了鼓励观众们一集接一集地看，讲故事的方式也会不一样。每一集结尾要给观众制造一个悬念，留一个扣。这种方法来自30年代那些冒险类电视剧，最后的场景往往是主角挂在了悬崖边。结束时置主角于最大的危险中，就会吸引观众想知道接下来会发生什么，主角如何自救。想知道结局，就一定要看下一集。每集的最后都制造这样的悬念，就可以成功地让观众在一个晚上就看完一季。

电视剧集《行尸走肉》（2010—　）里有个反派，是个话痨，他用一根棒球棒杀人。有一季的结尾是几个主角被这个反派抓住了，反派就琢磨用棒球棒先杀哪个，观众等了6个月才知道最终谁被杀了。制作方很担心剧透，所以当他们在亚特兰大拍摄的时候拍了五个版本，拍了每一个主角都被杀死，连演员都不知道到底谁死了。这样的方式可以给下一季的第一集造势。和观众一样，演员也是在播放的那一刻才知道谁死了，我希望领盒饭的那个主演不至于误以为还能演几年，就买了栋大房子之类的。

我们可以将这种科幻、奇幻类电视故事的讲述方法分为四类：

（1）精选集。经典案例是《阴阳魔界》和《黑镜》。剧集里每一集都是一个短小的故事，场景不一样、故事不一样、演员也完全不一样。

（2）每集独立成一个故事的单元剧。主角不变，但每周每集里面都会踏上不同的旅程，如《星际迷航》和《神秘博士》。

（3）20世纪90年代流行的是每季一个独立故事、每周一个怪物的形式。主流的电视网如今还能够看到这样的剧集。它集数更多，一季可能是22~24集。如果在网络上放的话，通常集数会少一些，大概是13集，也会出现只有10集、8集或者6集的。

（4）连续剧集。要讲述一个非常宏大的故事，每一集给你一点点细节，然后在每集的结尾设置一个悬念，让观众一直不停地看下去。代表作有《权力的游戏》《怪奇物语》《行尸走肉》等。

制作挑战

刚才说的是创意挑战，现在要说制作挑战。《行尸走肉》有很多僵尸，演员扮僵尸要花上很长时间来化妆，这个成本是不低的。如何基于电视的预算和周期创造出这么宏大的场景呢？现在来说说科幻类电影和电视之间的区别。

好莱坞典型的超级英雄科幻电影，通常预算会达到1亿~2亿美元，甚至更高，比如最新的《正义联盟》的预算就达到了3亿美元。拍摄这样的电影周期更长，通常是80到120天。额外会增设10到20天，重新补拍不满意或是新增的场景。

电视则很不一样，通常一集有8到14天的拍摄周期，每集预算是300万到800万美元。肯定是有更贵一些的，比如上一季《权力的游戏》每一集是4000万美元，这算到头的，十分罕见。

拍剧集如何节省成本呢？

首先是最大限度利用搭景。通常第一季开始搭好的景，整季都会循环使用，成本分摊在了很多集上，一般是主角居住、工作的地方。

《闪电侠》的搭景是他们超级英雄的总部。当主角到城里执行任务时，其他人物回总部来用电脑辅助主角。通常一集要花8天时间拍摄，有4天是在总部或是在主角公寓拍的。演员们不喜欢这4天的拍摄,因为会觉得无聊。但如果没有这些搭景中的拍摄,不敢想象成本会有多高。

最极端的现象是整集都在一个景里拍,好像所有的人物困在一个塑料瓶里一样。利用搭好的景,没什么特效、动作,就是为了省钱。如果有几集这么干,那省下来的钱可以花在更重要的集数里,去展现更宏大的场景,一般是一季的最后几集。

你可能想,这么省钱的一集,相比会是这一季最无聊的剧情了吧。这样的套路常年出没在不同科幻剧里,通常是一个谋杀悬案,所有人物都被锁在一个房子里,找到凶手前谁都不准离开。再举一个套路,剧中的一个主角受审,被指认了什么罪,得为自己辩护,拍的时候只用一两个场景,但剧情可以很丰富。还可以是总部或者是太空船被攻击了,一般会有人质,阿尔·帕西诺出演的著名电影《热天午后》(1975)就是这样。我总觉得每一部科幻电视剧通常都得来这么一集。《虎胆龙威》(1988)那种反派占领了主角的总部、太空船,主角之一侥幸逃脱,四处帮忙,逐个击败反派,这样的拍法确实很炫,理由也简单,宏大的场景成本高,大动作场景也贵,剧情的冲突就比较廉价了,悬疑也廉价,但观众就是喜欢看,大场面的钱要花刀刃上。

第二点就是采用地点优先的拍摄方案。这种拍法对于美国电视圈来说还比较新颖,其实是由《权力的游戏》引领的。《权力的游戏》里每集都有多个故事线。每个故事拍摄地点、国家是不一样的,都在不同的大洲上。有的在冰岛,有的在摩洛哥、马耳他。不可能拍一集得去串四个国家的片场,方案就是每一个地点派一个导演过去,多个地点同时拍摄,剪辑室里再剪接起来所有的素材。这样的拍摄手法非常复杂。有可能这一季的开场和终场都是同一天拍的,所以这种拍摄方案,需要前期做好谨慎的规划。这样的拍摄方案也只适用于有多条故事线的剧。如果只用同样的演员,都待在同一个地方,这么拍就不合理了。《权力的游戏》这么做是需要很大的预算支持的,也是为了尽量让大场面的效果最佳化。

对剧来说，最好的"特效"是塑造好你的人物，讲好故事。《怪奇物语》中出现过非常多神奇的、宏大的场景，但是通常能够让观众动容、记住的并不是那些特效满满的场景，而是朋友们之间的争吵、相互原谅。除了《权力的游戏》这样的巨制，电视剧的特效通常是比不上电影的，也不会像电影一样在大银幕上映，放映效果就差一大截。但它优于电影的方面就在于它塑造出的人物如此有魔力，观众愿意每隔一周再来看看他身上又发生了什么。

案例研讨：《雷神》

当决定将《雷神》改编成电影的时候，我们做的第一件事就是确定它的服装。原著中雷神戴着有翅膀的头盔，洛基的头盔上有角，像头牛。在银幕上，角色这么干会很傻的。最终我们决定，两个角色只在开场的庆典上戴头盔，因为雷神拿到了自己的锤子，这样正式的庆典上戴这种头盔就相对合理。大家看 DVD 版本的话，可以看到一个正片没有的删减场景，雷神索尔和弟弟洛基在更衣室里戴头盔时互相嘲笑。编剧界有这么一个说法，这相当于给自己头顶挂了个铃铛，有些元素看起来很滑稽，那就让角色自嘲好了，这能说明编剧自己也知道这个元素很傻的。

《雷神》原著中有雷神的另外一个形象，是一个叫唐纳德·布雷克的普通医生，一个平凡的跛脚人在挪威的一个山洞里找到了一根魔法拐杖，拿拐杖敲地就可以变身雷神。我们跟漫威进行了很多轮磋商，讨论如何将布雷克的角色搬进电影，要不要让另外一个演员来演呢？找拐杖的过程要花几分钟呢？最终我们决定，不管原著了，要彻底删去这个角色，雷神就是雷神。所谓的另一个自我形象在以前的漫画里很流行，但今天似乎已经不时髦了。在电影中有一场很短的戏，雷神当时乔装打扮出示假护照，名字就是唐纳德·布雷克。这是我们试图向漫画迷们解释，创作者的确理解唐纳德·布雷克是雷神的一个身份，但只是在这里短短揭示一下。我们尽量尊重原著了，但也意识到不可能把所有的东西都放进去。

我还想强调，你去构建一个世界的时候，不要想太多。我参与《雷神》编剧时，跟制片人讨论了阐释程度问题。为什么我们这个英雄人物能和钢铁侠等处在同样一个宇宙中？雷神的锤子到底是怎么使用的？锤子里有没有一个小小发动机，能带着人上天、飞翔？最后，我们决定不解释了，只讲讲锤子在哪里锻造，这意味着我也不知道，但是锻造地点这么酷炫，大家就会觉得这把锤子也挺酷炫的。

那么雷神如何融入其他漫威英雄？方法来自阿瑟·克拉克（Arthur C. Clarke），他是《2001 太空漫游》的编剧。他说："任何一种足够先进的科技，其实和魔法是密不可分的。"我们在电影当中甚至把它用成台词。雷神说："你的祖先把这叫魔法，你把它叫作科学。"这一句话其实就够了，观众会自己去做剩下的工作。

学员：《雷神》中，上有天界，下有凡间，两个情境世界是怎么统一起来的？

扎克：非常好的问题，这是我们当时的主要工作，《雷神》有之前的版本，把所有动作都安排在天界完成，但如今我们希望能够和漫威宇宙联系起来。所以我们最后决定把电影的开头、结尾设置在天界，但是中间的部分放在凡间。怎么放呢？就是剥夺掉雷神的神力，将他扔到地上。这部分的冲突点是雷神必须要经过一个失败得到经验，才能够重回天界的过程。电影的开头，雷神非常傲慢，喜欢打打杀杀。地上的这段经历使雷神变得谦逊，也学会了为别人牺牲。

这就有一个问题，制片方总想把场景放到地上来拍，但是其实最有趣的冲突点是在天界，也就是雷神和他弟弟之间的戏，所以我们要解决的就是，他在凡间没有弟弟在场时，什么人物来阻滞他的行动。

我们想到的就是政府，利用漫画书中的秘密组织神盾局。漫威起初并不喜欢我们这个点子，认为雷神定能战胜神盾局，并且神盾局的人是好人。但我们着力塑造了雷神并非外太空英雄的一面，他只不过是一个无家可归的人，但他孔武有力，想去突破秘密机构的阻碍，这就需要误解导致的冲突，最后还是大团圆的结局，大家组成了一个快乐的大家庭，掉下桥的那位就不算了，哈哈。

学员：我对《雷神》系列做了些研究，第一部中，锤子其实是有固定重量的。但是到了《雷神3》就变了！也就是说，电影打破了漫画的一些设定，怎么跟那些"粉丝"交代呢？对后面的情节设定有没有专门的考量和研究呢？

扎克：我得诚实地回答你的这个问题，锤子到底有多重，是根据我们具体场景需要决定的，我们想要它多重它就多重。雷神的锤子跟亚瑟王的石中剑作用是一样的。如果雷神配不上这把锤子的时候，那他就举不起来了。锤子变重了吗？不是的。重量并不是我们所关注的，故事和人物是最重要的，雷神能不能拿得起锤子，取决于他在故事中的境地。美国队长拿起过锤子，是因为他非常强大吗？不是的，是因为在所有的漫威英雄中，美国队长是心灵最纯净的。这是什么道理呢？世界观的构筑要有一致性。但科学和神话的使用，永远是为人物服务的。

学员：您参与了《雷神》的前两部，它们更偏向莎士比亚正剧，但《雷神3》更像《复仇者联盟》前两部。我想问一下您怎么看国际市场上对漫威的欣赏模式？

扎克：你把它理解成是跟市场接轨，但我觉得创作时的主要想法，就是把这个故事变得更有趣，不重复。第一部《雷神》的导演肯尼思·布拉纳成名于对莎士比亚作品的改编，实际上我们合作《雷神》的时候，确实是把它当成莎士比亚戏剧来拍的。主线是两兄弟怎么争夺父亲的爱。但这个故事不能一遍又一遍地重复使用。《雷神3》的新西兰导演塔伊加·维迪提擅长喜剧，所以第三部的主线可能是一出外太空喜剧，也非常成功。我认为成功的原因不是过多关注了国际市场的变化，而是它本身就是个有趣的故事。

漫威非常聪明，知道观众对超级英雄片看多了会腻，所以引入新的类型，《金刚狼3》（2017）是个有超能力元素的西部片。《蜘蛛侠》算是一部高中生喜剧，不过也有超能力。超级英雄片会在类型上多元化，否则就容易变得特别无聊了。

学员：《雷神》中的洛基特别惨，所以我想问一下您怎么看他的内心世界？

扎克：非常好的问题！我特别喜欢洛基这个人物，可以告诉你，我们在构思时真实发生的对话，漫威就说过"你要创造出来一个特别好的坏人形象"，要像《X战警：第一战》里法斯宾德饰演的坏人形象一样经典。为什么？他始终觉得自己是好人。写洛基时，我们希望尊重原著中的人物形象，他有着悲惨的命运，喜欢惹麻烦，但我们也希望他不会成为一个真正邪恶的人。

那么从洛基的角度来讲，他其实是《雷神》的英雄，想要去阻止傲慢的哥哥毁掉整个王国，他也希望能打败坏人、拯救世界。他了解到自己身世时，也是非常悲伤的。演员演得非常好，观众对他也感同身受。当然人非常帅也可能是个大加分项。最终，我们的目的达到了，即使这人做了些坏事、搞了破坏，我们仍然同情他、理解他。

我是很喜欢《复仇者联盟》的，但其中一句台词让我非常生气，雷神跟其他人说"我要救洛基，他是我的兄弟"，另一人说"可洛基杀了很多人啊"，这时雷神索尔说"因为他是被收养的"。观众会心笑了，但是我不能接受，因为我觉得索尔是绝不会这么说洛基的。这一对兄弟不管对对方多么生气，都像亲兄弟一样打来打去，在内心深处彼此爱着对方。

尤其在《雷神3》中,大家应该能够感受到这种情感关系,尽管洛基这个人物还是在做一些坏事,但最后还是赢得了大家的理解。

学员: DC的"正义联盟"里超人一出现就天下无敌,而漫威的"复仇者联盟"非常不一样,为什么会出现这样的情况?《雷神》中"水下冰山"部分具体怎么做的,能否举一些例子?

扎克: 在漫画中,大家最喜欢看的就是英雄互相打斗。在超级英雄电影中,相互打斗可能会遇到的挑战是人物间能力差异非常大。比如蝙蝠侠对超人就会非常奇怪,超人是一个外太空的神,蝙蝠侠就是个有钱人而已,实力太悬殊了,所以编剧就得想各种方法,怎么让他俩产生冲突,怎么让蝙蝠侠撑过五秒……无论是漫威还是DC,编剧都会在这些事上想方设法。我非常喜欢这种思考,两个人物因为互相讨厌打起来,就比互相喜欢而打起来没劲得多。这就是《X战警:第一战》跟《雷神》的相似之处,战斗双方是两个相爱相杀的人。

DC英雄有既定思维,这决定了他们要像神一样存在,甚至蝙蝠侠也像神。而漫威通常是给普通人超能力。DC人物让人思考这些神一样的人跟普通人有何相似之处,而漫威则是探讨普通人有了超能力会怎么样。

当然这个规则也有例外,比如雷神就不是普通人,所以写这个人物的难点不在于他的能力高低,而在于观众看的时候如何共情。《雷神》中最重要的是,神也会遇到父子不和的家庭问题。我作为编剧可能不知道如何用锤子飞起来,但非常了解为了获得父亲欢心而做蠢事的心理。所以我的建议是,不要过于关注英雄能力高低,谁能打赢谁,而是要让主角接地气,能够使人共情。

《雷神》的"水下冰山"关键就在于此,而非科学技术方面。最重要的两点:一是雷神做了很多鲁莽事,而洛基是传统概念中帮着收拾烂摊子的好儿子;二是雷神的父亲奥丁在银幕上是非常聪明的,但他的前史比雷神还要鲁莽,雷神身上有奥丁的影子。

讨论答疑

关于科幻电影

学员：像思辨哲学型科幻电影《银翼杀手》上映之初并没有太好的票房，很多人甚至并不喜欢。但是经过时间的推移，它的口碑和价值才体现出来。如此探讨自我、身份认同的思辨哲学型科幻片，是不是注定很难获得商业成功呢？

扎克：你卖剧本时，肯定不能和投资人说，这个片上映不会大卖，二十多年之后大家都会喜欢的。当然这比既不赚钱又招人烦好很多。我其实也希望能有卖座的秘诀告诉你。我要是知道，估计就开着私人飞机来这里了。

我只能说，前面提到的关于世界观构筑的这些原则，可能在你的问题上有所帮助。如果这个事儿如此简单，那任谁都能成功。

学员：要是写所有好莱坞最全能的超自然力英雄，发起跟孙悟空为代表的东方的战争，会不会让中国成为好莱坞最大的海外票仓？

扎克：不会的，我不会因为中国观众多就瞎说。大家可以看到过去的五六年中，美国的一些电影会融入中国元素来吸引咱们的观众。但有时让人非常尴尬，我觉得中美电影之间其实有很多可以合作的地方。但美国人拍电影可能会低估中国观众的复杂性，如果只想讨好，中国观众是能感受得到的，这不是一种真诚的吸引。其实我想看到未来有作品深入挖掘咱们中国的一些传统故事或者神话传说中的人物，而不是仅仅在电影中植入中国某个城市的场景。我就不说是哪部电影了，《变形金刚4》，哈哈哈！

学员：如果有个好的科幻本子，国内没法独立制作，希望与好莱坞合拍，有什么途径呢？

扎克：我不知道。其实我有时候也困惑，写了个科幻剧本，去年有一个导演看上了，但是有个问题，成本太高昂，另外这是个原创剧本，没有基于任何小说、IP，商业风险高。他后来知道我要来中国，他就问我："有可能中国人会投钱吧？那加点中国明星来演演？"我回答："你看看，你不投钱，要让中国人投，那我就把所有角色都让中国人演。"

我想说，在未来的五到十年中美电影行业间的合作，可能会变得非常紧密。但我们所有人目前都在探索，到底怎么样去进行。其实我特别想看到中美联合制片的电影，但是现在可能时机还不够成熟。比如《长城》，其实也不是很成功。我当然希望两年之后，这个答案会不一样。

学员：从您的角度看，奇幻和科幻在类型上是怎么区分的？软科幻和硬科幻的世界构建有差别吗？

扎克：有人觉得两者差距非常之大，我倒觉得这个分界其实模糊，我会把软科幻放在奇幻和硬科幻中间，硬科幻应是基于我们现在所理解的科学规则而产生的，比如说飞船比光速还快，穿越了时空。有的科学家就认定这是能实现的，但现在还没法证实。奇幻片中的超自然可能令你闻所未闻，而创作者容易犯的错误就是，既然没规律可循，那我就可以胡来。不是的。角色使用魔法，也是有规则、限制的。比如他的超能力是否源于一个能源有限的电池，是否特定时间才能用？能力是通过训练才会强大还是与生俱来的？不想明白，观众就会茫然无措。

学员：科幻本身是人类对未来的想象，现有作品中主要的题材还是星际战争、科技智能、外星人等，依据的理论相对比较集中在机器人三定律、虫洞理论、末日预言上，请问好莱坞对这方面有没有探索和思辨？

扎克：科幻题材的影视作品通常都是展现当下科学和社会的状况。50年代很多科幻作品体现出的是人类对于核武时代的恐慌；60年代则多涉及太空旅行，因为那个年代的热点是美苏太空竞赛；70年代谈的更多的是环境灾难，因为那时环保意识在逐渐加强；八九十年代更关注的是基因，因为人类的科学家们开始对基因组有了更多研究；如今是人工智能，这是时下大家所担忧的事。下一个流行的话题会是什么呢？我看了很多关于纳米技术、监控技术的选题，因为生活中摄像头和无人机无处不在，没人可以真正保护自己的隐私。

学员：《银翼杀手2049》和《异形：契约》，都是由很棒的导演担纲，拍得也棒，但是就是票房不理想，您能不能分析一下票房失利的原因？

扎克：别告诉雷德利·斯科特哦，不过我觉得《异形：契约》本身就不是部好电影，他回答的那些问题我都不感兴趣，这跟构建世界和主题有关。第一部《异形》里是宇航员探索废弃的太空船，太空船里的大房间有个骷髅胸口敞着坐在椅子上，我们看到了冰山海上的那一角，水下有很大的背景故事，得解释这具骷髅怎么回事，对吧？但观众其实并不需要知道背景故事，只需要知道有糟糕事儿发生过就好了。《异形：契约》讲的就是这个背景故事，它的视效的确很美丽，但最终回答的问题却不是大家感兴趣的，而且里面的场景、情节都是前几部看过的。

但是《银翼杀手2049》就不一样了，我觉得特别棒，问了很多深层次的问题，针对上一部来说，这个续集做得非常精彩。它的第一部在1982年并没有取得票房成功，当年最热门的科幻电影是《E.T.外星人》和《星际迷航2》。而《银翼杀手》很多人是在电视或者录像机上看到的，最终口碑慢慢累积变成了经典。《银翼杀手2049》投资很大，因为预期票房大卖，但是没成功。我觉得会像第一部一样，随着时间推移口碑会越来越好。我很开心他们还是做了这部电影，反正不是我花钱。

学员：成本1.1亿美元的《太空旅客》（2016）在中国的票房不太高，在美国也没有过亿。它是一部很明显的太空科幻包装的爱情电影。

它的票房失利是否意味着科幻与爱情类型结合的失败？是跟观众预期不相符才导致的吗？其实电影倒不难看。

扎克：《太空旅客》电影是个原创剧本，在科幻类题材通常不太常见的，这是我好朋友写的，他的名字叫乔·斯派茨，他也写了漫威的《奇异博士》。《太空旅客》剧本其实在好莱坞已经转手好几家公司了，很多人都看过，深受大家喜欢，曾经有个版本是基努·李维斯来演的，好几次差点开机。你说得很对，这部电影的确没赚钱，跟大家预期的不太一样。观众之所以没那么喜欢，并不是因为它的类型，《阿凡达》也是内在为浪漫爱情故事的科幻电影，它就取得了成功。

我来解释一下为什么失败。它还是一个剧本时，就有一个非常直接的爱情故事，但背后有一个秘密，这个男主角唤醒女主角是有目的的，因为他很孤独。大家读剧本觉得好浪漫！一个人看着睡觉的她居然会爱上她、把她叫醒！但人在大银幕上看到这个剧情时，会觉得有点毛骨悚然，很多观众不认同这个男主角，觉得他太自私了。

我自己是很喜欢这部电影的，我也对他有共鸣。他做了很糟糕的事情，但背后的原因是合理的。这得说回电影和电视的区别。电视里观众有更多时间去了解一个人物，电视剧可以花很长的时间培养观众与这个人物的感情，然后再让这个人物做很糟糕的事情。所以在电视里有很多经典的亦正亦邪的人物，有时候做好事，有时候做坏事，比如《绝命毒师》《广告狂人》或《黑道家族》的男主角。但是电影只有两个小时，在这两个小时的时间内这个主角做了什么坏事的话，通常很难让观众对他产生共情。我不能说《太空旅客》中的主角做的事情很邪恶，他做这件事情是出于绝望，出于巨大的孤独。我希望《太空旅客》能成为一部之后会让大家再想起、再讨论并觉得有意义的电影。但这对于那些已经损失很多钱的投资人来说，不构成什么安慰。

学员：类型电影的设置中，您是怎么构思主题的？会不会考虑这部影片要传达的意义或者价值？

扎克：我觉得不同作家的方法是不一样的，罗伯托·奥西（Roberto Orci）和我一起合作了一部电视剧集《危机边缘》。负责人自己会去考虑每一集的主题。而《闪电侠》的负责人更甚，拿整个故事的大纲给制片方看时，甚至会把每集的主题都概括成一句话，我并不推崇这样。我自己是比较简单直接的，先要想好让人觉得有意思的故事，写的时候自然就会有讨人喜欢的主题出现。写作的过程中确认了主题后，就可以将故事和人物展开了。我希望在写作过程引导出主题，而不是强迫故事围绕主题。这只是我个人的偏好，有很多成功的作家风格是不一样的。写作过程中寻找主题对我来说是有意思的事情。

学员：目前中国科幻电影没有什么特别的先例，需要凭空创作，从创意源头上您有什么建议？比如说是否有一些关键要素、关键词，或者一些指导性的方向？

扎克：现在中国科幻作品可能还不多，但是个非常好的机会，电影语言任由你们决定。现在美国科幻电影的问题是好像总在用之前的那些陈词滥调。我觉得大家可以从中国科幻小说入手，它是基于中国的大环境而产生的。你可以找个非常喜欢的故事然后去改编，当然可以参考美国、英国、法国电影，但要能创造一种新的电影语言。像中国的功夫片，就用新的语言对世界电影产生了影响，包括对好莱坞。

学员：电影的核心肯定是人，是先构架一个世界规则，在规则里面寻找适应的人物？还是先想一个有趣的人，看他能做到什么，然后匹配符合他的世界？

扎克：这是没有标准答案的。有时要通过世界的指引找到人物，有时是通过人物来找到这个世界。

我非常想写个青少年剧本，小时候特别喜欢看《E.T.外星人》这样的青少年冒险电影。但导演总觉得我这想法不好，因为现在的小孩跟 1990 年的小孩不一样，冒险的形式也不一样。90 年代的小孩没手机，他们有很多可供自己安排的时间。我的困惑是现在的孩子该怎么设定，可能得让这些孩子完全跟父母隔绝开来，比如让他们参加夏令营，然后遭遇外星人入侵。

从人物到世界，从世界到人物，二者是互动的，你设计一个毁灭时代，那这世界中的人物就有其特殊性。《疯狂的麦克斯 4：狂暴之路》中人物是非常粗鲁的，因为他们的世界就是非常野蛮的。

关于 IP 改编

学员：在改编前期的策划阶段，公司会不会给一些观众市场调查的资料？

扎克：我希望不要有这样的调查资料，我常常觉得这种市场调研结果不是那么可靠，观众们通常在看到一部电影之前不知道自己想要什么。我觉得漫威之所以成功的原因就是，漫威的老板凯文·费奇更相信自己的直觉，而不是什么市场资料。当然我们也需要去总结前人的经验，哪些项目成功，哪些不成功，改编的创意就在于此。其实有时候改编比原创更难，难就难在创意的取舍上。

学员：据我所知《X 战警》的版权在福克斯，《雷神》的版权在漫威。您同时参与《雷神》和《X 战警》的改编。作为编剧或者从业者，怎样进行跨部门 IP 的合作？

扎克：漫威和福克斯对于角色有不同的授权，制作改编电影时所采取的方法是不一样的。福克斯是一种给导演赋权的形式，尽量让导演自由发挥。但在漫威是以制片人、以漫威为中心的。哪怕参与漫威项目的导演本身是很独立、很有创意、很有个性的。跟福克斯合作更多听导演的，跟漫威更多听漫威老板的。跟福克斯合作整个沟通流程会更加迅捷。

写《雷神》比写《X战警》提前了一年半，但是最终两部电影的上映只差28天。当然筹备期更长也意味着尝试了更多方案。《X战警》项目当时的拍摄周期就很短、很紧急。

现在回想，安排紧急点也有优势，如果给剧本的时间过长，自我辩论太久，好点子就流失了。有时你看到一部电影剧本不是很好，很可能前期本来是有个更好的版本，但被导演或制片人淘汰掉了。紧急情况下的第一反应往往是最自然、最好的。

每部影视作品面临的境况都不一样，在美国电视行业的开发制作周期会相对短些，但在质量上并不逊色。现在大家都认为美国电视行业正处于黄金期，但是美国电影就不一定了。虽然看起来预算越来越高，视效越来越棒，但电影本身并不比二三十年前的强。

学员：在美国，小说火到什么程度会被改编，有专门的人发掘吗？

扎克：这个比较复杂，当电影公司决定要改编的时候，肯定是这个作品本来就已经很火了。《火星救援》这部电影很受欢迎，但它的原著是网络小说，没正式出版前，福克斯和斯科特导演就看上了，决定买下来。《降临》也是个成功案例，原著是一个短篇，受到很高的评价，但读者并不广泛，是编剧看到后认为拍成电影肯定好看。

决定改编一个热门作品相对容易，比如《暮光之城》《50度灰》《哈利·波特》。但不是只有这样的原著才能拍出好片子，尤其在漫画领域。真正成功拍成电影的畅销漫画，当年的销量没准只有几万本，观众群很小众，但无人问津的漫画往往能成功，像《银河护卫队》那些角色原本在漫威并不是很受欢迎，改编的编剧们喜欢这些角色，并通过出色的改编拓展了漫威宇宙，给大家创造了更有趣、更有喜剧色彩的外太空。

我们有专门的开发团队找新鲜的IP。有时要追踪热门，有时要用直觉判断冷门。有时是导演和演员自己发现好IP，推荐电影公司去购买版权来开发，还有编剧自己愿意花钱去买。我不建议大家花自己的钱，除非你真的很有信心。我认为，专业编剧的素质是去说服别人来为你花钱。

学员：在选择优秀的科幻小说的时候，有什么经验可以分享？改编成电视和改编成电影的作品有什么区别吗？

扎克：前面说道，两小时的电影，你要花时间解释它异常复杂的世界时，观众便无法消化情节了。所以要尽量确保观众进入新世界时是安全、舒适的。有时是通过寻找共情点，或是让科幻、奇幻片变得更类型化、更写实一点，比如悬疑的侦探片，或是冒险的西部片。

这方面电视剧的优势就大多了，观众有更多的时间去学习、理解。《权力的游戏》就非常复杂，但他们用很多性和暴力的场面让观众保持兴趣，观众虽然记不住那么多人物，但看到一条龙大开杀戒的场面就会印象深刻。

有一个算是通用的原则，电影通常更注重故事本身，而电视剧集更加注重人物。所以当我们在改编电视剧集时，要看中心人物有哪些，能否真正让观众感兴趣，愿意每周都花时间来看他们。不一定非要让大家喜欢，但一定要有趣。《权力的游戏》成功之处就在于，哪怕反派都能吸引观众，大家很想看他到底做了什么坏事。也可以让正面人物一不小心做了坏事，或者是反派做了好事。每个人有正邪两面，就像现实的普通人一样，给观众带来惊喜，他们就会期待下一集。要改编电影，尽量选一条相对简单的故事线，因为世界可能会很复杂。

工业化的合作和署名

学员：美国编剧和导演是怎样工作的？美国的导演是什么时候参与到剧本中的？如果编剧和导演产生了矛盾，要怎么处理？美国的剧本一旦到拍摄现场还能改吗？临时改戏，要怎么处理？

扎克：我不知道中国是怎样的，美国的电影和电视差别很大。像故事片通常都是以导演为导向的，除非你是 J. K. 罗琳，否则很少有编剧在拍摄时有否决权。很多编剧自己上阵当导演,就是因为不想被导演干涉。

但电视圈通常是以编剧为主的,每一集会聘请不同的导演,然后他们服务于整部剧的负责人。通常,这个负责人是整个项目的创作总监,一般是由主要编剧担任,同时可能也担任主要制片人。当然不论在电视还是电影中,编剧和导演都要跟制片方合作,黄金法则就是谁出钱就听谁的。拍摄中修改剧本也是经常发生的,有时拍摄结束了还改,有时这么做是为了重拍场景,但是大多数情况是做 ADR(Automatic Dialogue Replacement,自动对白替换),就是额外的对白录制,不重拍,但让演员们回来把之前没讲清楚的台词重新配音,也可以借此修改不喜欢的台词和剧情。这样的场景会出现对不上口型的情况。影视作品里 ADR 很普遍。

你要是参与电视拍摄的话,建议要跟剪辑师成为好朋友,剪辑在电影和电视中都扮演着极重要的角色,但往往没受到足够关注。一部电影的初剪版和终剪版简直会有天壤之别。ADR、场景剪辑,或是重新组合了场景顺序、一场戏和另一场戏的镜头混剪在一起,等等,很多险些成为烂片的电影是在剪辑室里被拯救的。现在都用电脑完成剪辑,即便是马上上映的片子都还能重剪。有部雷德利·斯科特的电影叫《金钱世界》(2017),讲的是绑架案,这部电影的男主角凯文·史派西陷入了性丑闻,导演花了三四周重新找了一个演员,重拍了他的所有场景。甚至把海报、广告都换了。在电脑时代,剪辑真是随时都可以发挥作用。

学员:几个编剧如何合作写一部剧?是什么样的流程?怎么分配任务?

扎克:好问题。其实有多种方法,我之前有较固定的编剧搭档。好莱坞很多编剧都是搭档的,好莱坞在编剧署名的英文中有写"with",编剧 A "with" B 的话,就意味着他们是搭档合作的。如果写"and",就是一个编剧改写了另外一个编剧的剧本。

大家都有各自的合作模式。我在与伙伴合作时会一起想出梗概。然后分开行动，每人写一半。每写完一部分会互相交换，互相改，求得一致性。也要改掉一些基础错误，比如前半部分是一个男性角色，后半部分写成了一个女性。

在好莱坞改写其他编剧的剧本也是非常常见的。我之前就遇到过这样的情况：有时，我是第一作者，后来又有其他的编剧在我之后重写了剧本；有时，我是最后一个编剧，要重写前面的人写过的东西；有时，又得当中间某次改写的那个人。甚至还有编剧写了半天，但是没有获得署名。一个剧本由多个编剧合作，署名其实由美国编剧协会决定。他们会选三个资深的匿名编剧评委，他们看过所有人写的剧本版本后，评价谁的贡献最大，依此来排名。我其实当过很多次评委，决定其他电影的编剧署名。我还遇到过这样的情况：我本人为一个剧本做了很大贡献，但是最终评委觉得贡献不够，所以不予署名。但该拿的钱还是拿到了，我觉得也还行。还有一次，我其实参与了编剧，但最后片子出来好烂，我就特别庆幸，大屏幕上没有我的名字，谁也不知道我曾写过的。非常感谢！

学员：工作室合作时经常掐架，大家都互相不服怎么办？

扎克：合作要想成功，那就要记住一个原则，我不是老大，你也不是老大，故事才是老大。两人都要把自我或者个人主义稍微放一放，倾听、琢磨故事到底该怎么发展。如果两个观点互相冲突的话，回到故事本身就会找到答案。这听上去非常神秘，但就是这样的。

其实两人之所以合作，就是因为各自擅长的东西不同，可能一个擅长情感，一个逻辑更好，如果都在同一个领域非常厉害，还有什么必要合作呢？团队合作中大家一定要诚实，比如编剧甲可能创意非常好，但不关注细节，那他就要坦率地承认自己的不足，然后去找那些特别关注细节的人合作。首先要了解自己，再找其他人互补。

在团队中，通过向另外一个伙伴学习，也可以把弱点变成优势。我有个伙伴现在已经不合作了，为什么呢？因为我发现通过学习，我的不足之处已经提高了，这样就不用分他一半钱，我一个人就能干了。

科幻作品的知识背景及调研

学员：如何成为一名科幻编剧？您的专业知识背景如何构建？要不要学习相关的科学知识？遇到科学问题一般怎么去处理呢？

扎克：绝大多数好莱坞编剧都上过电影学院，我自己没上过。我本来是学新闻的，写过很多科幻故事，但并没有学过科学相关的专业。虽然对科学感兴趣，但我本人可能一个方程都算不清楚。新闻记者的经历对我从事编剧有很大帮助，采访经验给了我应付不同人的交流能力和对不同人所使用语言的敏锐观察力。另外，做记者也教会我怎么去调查研究。科幻类的剧本要求你要做大量研究。

举个例子，我有个剧本写的是关于未来士兵的故事，里面有些军训场景。实际上太多美国电影都喜欢拍陈词滥调的军事元素，你看了就会觉得，那些编剧不过是胡乱拼凑了点其他电影的创意而已，并没有自己的东西。我们怎么做呢？索尼公司真的把我们送到一个军事基地去，亲眼看了看他们都是怎么练兵的，跟军官们聊聊就会发现，现在的基本训练跟越战时已经完全不一样了。我们的故事发生在外太空，人物都穿盔甲，我们就在其中融入了很多现场调研得来的真实场景。构筑情境世界的时候，最好的做法就是进入真实的世界，去现场看一看。

学员：我非常喜欢您的《危机边缘》，刚刚您提到了关于资料搜集的问题。在《危机边缘》中有非常多超自然的现象，您是怎么做资料和素材的筛选工作的？

扎克：我本人没有经历过这些超自然现象，但是我的助手给了我很大的帮助。当时的做法就是把真实世界中发生的一些东西放进来。把那些现象放大，让它变得更疯狂。尽可能地运用真实的科学原理，但要夸张化。有时也发现一些创意好像不太符合科学规律，比如之前写过人物记忆，把一个人的一部分记忆从大脑里移植出去，存储到了其他人的大脑中。生物学知识告诉我们，人的记忆是不可能发生这样的现象的，但我真的特喜欢这个点子，所以最终还是决定用它。

这本身其实就是一个原则：你对规则了解越多，就越知道什么时候可以打破它。

《流浪地球》的前身

学员：我今年接手了一个项目，它已完成第三稿了，原著是《三体》作者的一部小说，讲的是太阳系要爆炸了，地球人要给地球安一个发动机，推动地球像飞船一样飞出太阳系。我看到三稿剧本发现有两个很明显的问题，剧本里面小情节、小场面很多，看不到动人心魄的大场面、复杂的感情关系，这是第一个问题；第二个问题是科幻元素没有让这个故事变得惊心动魄或发人深省，反倒觉得很假，这是从剧本呈现层面来说的。作为编剧、制片和导演来说，是否现在要去调整它，还是需要重新写？

扎克：我自己没有读到这个故事或者这个剧本，所以很难做决定。但是我觉得整个故事的大背景听起来是很有意思的。现在出现这样的问题，很有可能是因为剧本没有充分地利用好原著中的元素。这在英文中被称为"挪亚方舟式"问题，通常讲的是人类要付出很大的努力生存下来。关键在于，你要在这么个大背景下，找到戏剧张力最大的情节。

经典的电影和小说中常用的设定是世界要毁灭，人类要存活。一般就是把一些人放进一艘飞船里，而你刚才的方案是要把地球拯救出去。要做到这事非常困难，戏剧的张力来自任务本身就很难完成，或者角色要做出很极端的决定。通常在这样的故事中，最好的一个情节就是我们不能拯救所有的人。那么在这么个假定下，谁来决定谁活谁死呢？即使能够去推动整个地球，问题还是存在，这其中就蕴含着丰富的戏剧性。

发动机安置在地球的一个部位上，是不是就意味着人类要背井离乡呢？我不知问题怎么解答，是因为我没有读过这个故事。但我可以想象，这样的故事中一定有场景里的有些人要做出重大决定，有些人要牺牲，以换得全人类的生存。如果当前的故事不能令人满意的话，我猜还是大家还没有去发掘这些重大牺牲的情节的潜力。

我很希望这个项目成功，我现在已经很期待看到这么一部电影了。地球上装个发动机，飞出太阳系！

学员：我正在准备一部网剧。想法是地球缺了一个角，地球人很惊慌。一个父亲发现他昏迷的儿子大脑中有个重要的记忆点正是拯救地球的唯一办法。他要进入儿子的大脑中去探索这段特别神秘的解救方案。

扎克：我觉得这样的主题以前也见过，就是在一个昏迷的大脑中搜寻一个问题的解决方案。不是说这个重复的主题不好，而是说已经有成功的案例了。我们希望有好的原创性的点子，当然执行是最重要的。一个故事能否成功，取决于它的细节。编剧有这么一句行话，"我们负责写作，而不是负责为你想出好点子的"。有一个科幻的大背景，而最本质的是父亲去解救儿子的主题。这个主题肯定会让观众共鸣的。

学员：我现在遇到的情况是平台方要求我们增加爱情线，科幻影视中的爱情线该如何去突出？

扎克：美国编剧也经常遇到这样的问题，总遇到想吸引女性观众、要求再加些浪漫元素的甲方。我不了解你这个故事的更多细节，就不指手画脚了。最重要的是，不能靠硬塞，要将这个元素融进故事里。现在观众很成熟了，可以分辨出来哪些角色其实对故事一点都不重要。

从电影到电视，再到网络平台

学员：您之前创作电视剧，后来做电影，请问您第一次做电影时，转换思路变化最大的地方是什么？

扎克：在美国有这么一个现象，就是在电视圈做工作的时候，没什么人来干涉创作，通常面临的挑战也就是预算、时间不够了。而到了电影，尤其是大制作里，你很开心地写了个大场面，知道这肯定要花上两千万美元、两个月的时间才能做出来，此时电影公司的高管就冲过来喊，根本没这么多钱！原定《雷神》的时长比现在多20分钟，设定在一个现在的成片中没出现的世界。这20分钟花了我们好几周来设计，最终效果也很不错，但最后制片人说我们预算突然少了两千万，就不要这部分了。

通常，除非你在做低成本的电影，电影比电视的资源丰富得多，但创意上限制也多一些。除非自编自导自己制片，不然还是要听别人的。以前电影圈是看不起电视圈编剧的，但这几年情况变了，电视圈编剧写得更快，电影编剧面临的各种局限，在电视编剧那里都可以从容应对，他们能够很灵活地处理各种变化。我和我的合作伙伴之所以能够参与《雷神》，就是因为电视经验足，他们知道我们可以很快速地完成稿子，快速应变。我规划职业时都没有想到自己可以写电影！正是电视经验，帮我在电影圈站稳了脚跟。现在我两边都很热爱。

学员：中国有很多的美剧粉，请您聊聊电视剧的开发吧。

扎克：美国电视剧行业过去五年的变化非常大，比前五十年的变化都大。此前怎么拍，行业有非常明确的标准。编剧写先导片，项目通过就会把先导片拍出来，就可能会变成一集一集的连续剧。但是有些先导片反响不佳的，就永远不会问世了。

现在情况就完全不一样了，平台对项目感兴趣，会订购整个系列。有时先订三四集看受不受欢迎。一两个编剧会想出来大概的点子，先写样稿剧本，样稿被选中后，再去招募一群编剧，在主负责人的领导下继续写后续剧集，直到完成整季。

还有其他情况，比如有的剧集一季只有七八集，由一个编剧完成，但现在并不常见。

我本人非常喜欢团队合作共同完成的项目。一个团队都在屋里一起干活，会有非常奇妙的效果。一个人描绘他的角度、点子，另外一个人在此基础上补充，最后会碰撞出一开始完全没有想到的精彩创意。也有可能一季起初有一个计划，但因为编剧团队庞大，未过半就想出更好的点子，完全推翻了原计划。

学员：要是科幻、奇幻的故事主角都没有超能力，怎样保证故事够精彩？我说的是电视剧。

扎克：我喜欢的电视作品里好多主角都没有超能力，像《权力的游戏》，其实只有极少角色才有超能力，大都是平凡人的角色，只是世界很奇幻。好莱坞的做法，通常是让观众慢慢地过渡到奇幻或科幻世界中来。比如在《权力的游戏》中，刚开始几集看不到任何魔幻角色，90%的场景类似于中世纪的欧洲，只是地名不太一样而已。随着情节的推进，观众才慢慢看到各种僵尸战士、怪兽等有奇幻色彩的角色。《X档案》剧集在美国很受欢迎，两大主角就是FBI探员而已。《危机边缘》里的主角是两个正常人，不过调查的是有科幻色彩的案子。观众其实喜欢看到没有任何超能力的人，用自己的智力来对抗超自然和魔法。

学员：拍摄电视剧每一集都会雇用不同的导演，如何协调才能保证他们拍摄出来的主题和风格是一致的？

扎克：这的确是很关键的事。通常一部美国科幻剧集都会雇用不同的导演来拍摄，导演们也都知道他们不是最终做决定的人，他们的任务就是去帮编剧执行想法，保持作品的一致性。当然，不同的剧集在面对这样的挑战时，采取的方式是不一样的。通常会在拍摄前写好一个风格指南，在这个小册子中，整个剧集的风格、视觉效果都已经详尽地描述出来了，可以辅助这一集的导演理解整部剧的大体风格。还有一些电视剧会请专门的视效顾问。

比如，某部剧集的特色是在一集里出现一个很松的镜头后，再接一个很紧的特写。或者这部剧集的特色是拍大量远景。每一部不同的剧集，拍摄特色都是不一样的。当然，每一个被雇来的导演也都会尽量把自己的个人风格融入整体当中。了解大体风格的最佳方式就是去看以往的成片，但是好多导演太懒，根本不做这样的研究调查。

学员：对于很短的剧集，比如法国有一部《总而言之》，一集是一分五十秒，您在创作上有什么建议吗？

扎克：我刚才所说都是常规剧集，每一集40分钟到1小时，但是的确也有一些实验性的剧集，时长是不一样的。通常这种时长比较短的剧集都是在网络播出的，我也承认这方面我的写作经验并不多。我认识一些做网络短剧的人，每一集可能只有3分钟。这样的叙述方式，跟1个小时的电视剧肯定不一样。

动画片也是很好的参考。美国的动画剧集一集通常很短，这倒不是因为大家用碎片化的时间来看电视，而是因为电视动画片本身的制作预算很低，就得在一个更小的空间内放入更多的内容。有一些动画片可以在十分钟内放入非常丰富的剧情。这个过程的确会运用到不同的技巧。我习惯写起码要花1个小时来展开的故事，曾参与一集只有20分钟的剧时，结果并不理想，我们花了很长的时间来构建一个场景，然而只有5分钟的时间来解答，我觉得整个过程是很让人不满意的。我们是讲故事的人，要在所给的有限时间内，尽量把一个故事的开头、发展、结尾交代清楚。

学员：25年前的《双峰》火到家喻户晓，它也是作为原创剧本出现的，这是一个偶然吗？

扎克：《双峰》彻底改变了美国电视的历史，刚播时我在上大学，它播放的时候，都可以感觉到大学校园安静了几分，每个人都躲在宿舍里面，在小小的电视屏幕上看最新一集的《双峰》。我知道有很多后来人想模仿《双峰》，大多数都不成功。

《双峰》与以往电视讲述故事的形式完全不一样，彻底打开了大家的思维，而 2017 年的新版甚至将这样叙述故事的方式往前更推进了一步，很多的情节设置是非常先锋、实验性的。新一版《双峰》没有在主流媒介上播放也并非偶然，它是在一个跟 HBO 竞争的付费频道 ShowTime 上播的。1990 年《双峰》每周观看量为两千万次，新版每周观影人数不到一百万人。整个电视圈的经济已经发生了很大的改变，如今大家的观影时间已经碎片化，观众群体也更加细分，很难有一个剧集能吸引各个年龄层的观众了。

学员：我一直在从事电视剧剧本的写作，想尝试电影剧本，却一直被电影圈劝返，我应该怎么调整原来固有的习惯？

扎克：我非常了解你的困惑，以前美国电影电视行业壁垒就是这样，好像隔了一道长城一样，电影界比电视界高一等。但是如今已发生了很大的变革，可以看到美国著名影星，同年有电影作品，也有电视剧作品，大家不敢低估电视成果了。更多优质作品往往出自电视圈。

我觉得在中国随着电视行业越来越成熟，最终还是会往这个趋势上走的。会有更多的电视剧编剧去写电影剧本。如果有人因你是写电视剧的而看不起你，你可以这么说："如果你想在一天中完成重改十页稿的话，你可绝不能去找一个电影编剧，因为只有电视编剧才能做到。"我觉得电视编剧所具有的才能和技巧是适合电影的。所以从电视过渡到电影的时候，不能忘记在电视行业中所学到的技能。但是要意识到时长不同所带来的差别。

学员：一部电影是围绕一个故事和主题来构建的，电视剧能不能出现多个主题,因为电视剧很长,有多个人物?

扎克:电视总的来说就是时间更长一些,通常有多条故事线,不同的角色的旅途不一样,整个剧集中可以有多个主题并进。不过即使有多个主题,还是要让人看到最宏大的大主题。比如《权力的游戏》里就有好多角色、情节,但总的来说,最宏大的主题就是为我们把英雄的人物推下神坛。那些看起来非常理想化的角色,最后受到了惩罚,还有那些看似邪恶的反派最终成功。他创造的这么一个奇幻的世界,往往也很像我们的真实世界,很多人得不到自己想要的。这就是《权力的游戏》里面自始至终贯穿的大主题——你再怎么努力,有时也得不到自己想要的。

学员:从电视再到网络必然会导致观众的观影习惯、接受心理发生变化。作为编剧去创作会不会也要产生相应的变化?

扎克:的确,这十年间观影已经出现变革,我开始写电视剧本时,大家用的还都是翻盖手机,当时说起以后会在手机上看电视,听起来就像科幻大片。如今坐火车、汽车时,大家可以在手机上看同样的剧集,而家里的电视屏幕也越来越大。电视的长宽比也发生了改变,以前屏幕趋于正方形,现在更像电影、更宽了。这些改变会促使观众更关注视效细节。以前的电视节目就好像广播节目,穿插些图片,通常还得有个角色细致地向你解释到底发生了什么,观众主要通过台词来理解视觉。如今若还是这么拍,观众肯定不干了。屏幕越来越高清,细节就越来越重要,电视观众要从图像上去获取信息,而不只是对话。所以讲故事就可以不那么直白了。

学员:电视机越来越大,但跟大银幕甚至 IMAX 上放映的电影还是不一样。请您谈谈,科幻的电视剧和电影有什么不同的侧重点?有没有同一部小说改编成电影的同时也改编成电视剧的成功的案例?

扎克:我看到一个题材,就会想是改编成电视好还是电影好。对比之下，电影通常视觉效果更震撼，但故事本身简单。成功的科幻电影常常是围绕一个概念、一个主题来展开的，如《银翼杀手》的概念就简单直接：如果人工智能变得比人类更加有人性会怎样呢？

若有一个很复杂的故事，你得花上些时间才能理解，人物丰富、有趣，故事从开头到结尾的变化很多样，那改编成电视会更好些。比起电影，电视也能作为更好的媒介来传达些新颖的概念。

有一部电影我很喜欢，叫《机械姬》（2015），女主角是个机器人，它传达的概念是：人工智能算是人类，还是种外来的生物？美剧《西部世界》的概念跟它有重合之处，但能从更多的角度来探索，因为它有十个小时的时间。电视的探索深度是电影比不了的，而电影的神奇之处在于完完全全的沉浸感。

编剧的教科书有用吗？

学员：中国有两本流行的编剧教材，一本是罗伯特·麦基的《故事》，另一本是悉德·菲尔德的《电影剧本写作基础》。它们有什么价值和作用？另外，美国有剧本医生，我想请老师介绍一下。

扎克：我觉得这两本书都很有用，尤其是对于初学者。这两本书教的都是结构。有很多经验丰富的编剧并不认同它的方法，因为他们觉得每一个项目是不一样的，不应该遵循同样的结构。不过，这就像学语言时要学习语法，很棒的诗人当然可以突破语法的束缚，但改变规则前必须熟悉规则。我更喜欢罗伯特·麦基的那本书，因为他在其中大量地引用了《卡萨布兰卡》这部电影，这是我的最爱，夸《卡萨布兰卡》的书我都爱。还有另一本书在美国很流行，叫《救猫咪》。有些编剧看完这本书就很生气，因为作者说"应该让主角救猫咪做善举，观众才会喜欢他"。你有了这么个概念后，再看电影，很多就是这么做的。《星球大战》系列新出的一部叫《侠盗一号》，这部电影里有一场戏是后加的，很有可能是公司哪个高管读了《救猫咪》这书。一次枪战中，不知道为什么那里总有一个小孩在哭，这是因为这样主角才可以去救他嘛，主角不做这件事，我们怎么知道他是一个好人呢？当然不是说这个规则有什么不好，但如果不能很好地运用，就会沦为一种套路。

一般在电影电视的字幕中很难看到剧本医生的名字，通常是剧本差不多写完了，才会让这些人接手。这个阶段剧本不需要重写，但是总觉得好像少了点什么，所以剧本医生常做的事情就是去完善对话，或者让故事更聚焦于主角的旅程。比如已经去世的《星球大战》莉娅公主的扮演者凯莉·费雪，她本人就是很有名的剧本医生，因为她很擅长写很有意思的对话，尤其是针对女性角色。

好莱坞出现了剧本医生新的工作方式，叫"圆桌会议"，通常是在剧本写完后、拍摄开始前，制片人召集八到十二名没有参与到剧本写作的编剧，让他们都读一下剧本，然后花一天时间开一场圆桌会议，相互讨论还有什么可以完善的地方。参与圆桌会议的酬劳并不多，但是电影业的编剧们都很喜欢干这件事，因为通常做项目是一个人干活，借这样的机会一堆人能聚一起免费吃东西、聊天。当然这是开个玩笑。

我参加过两次圆桌会议，第一次是布鲁斯·威利斯主演的电影《赤焰战场》（2010），我提过一个比较好的建议。角色应该如何闯进CIA总部呢？在原始剧本里主角闯进总部很有难度，跟进银行金库似的，但我觉得不现实，因为CIA总部是一个很大的办公楼，里面有几千名员工，就重新设计了这场戏，让主角进总部相对容易，而难点在于如何出去。

我第二次参加圆桌会议是《变形金刚4》，与会的有些是好莱坞大牌编剧，我们要做的是完善对话，来让人物更有深度。我后来发现，做这些没什么大用处，没人在意，观众最想看的其实就是机器人大战恐龙，我跟迈克尔·贝老老实实说出了想法："你干吗让我们来呢？根本就没人注意对话。"其中参与的一个编剧本身就是很好的导演，他指出剧情中一个很不合理的地方，编剧听了之后都说对。然后他又说："通常12月看电影的观众才会在乎逻辑这件事。这部电影是7月份上映，没有人会在乎的。"我觉得他这么讲有点，呃……然后这部电影的票房是10亿美元，所以当我没说吧。

学员：我看过一本书《美剧编剧策略》，介绍了美国编剧运用网格来结构剧情的方法，把每集分为以主要人物为主的ABC线，然后再把每集分为四幕或者五幕，再把事件填进网格里。请问您是这样工作的吗？

扎克：在美国有很多人会通过教大家怎么写剧本来赚钱，每个人的方法都不一样，你可以取其精华。倘若有人认为自己的方法是万金油，那他肯定早就成了知名编剧。每人都会有最适合自己的工作方式。我写不同剧本时，方式也不一样。有的剧本，我可能觉得大纲或梗概很重要，就是常说的三幕式，有开始、中间、结尾，要把每一个具体的场景划分到位。也有时候要先去了解人物，想一想故事应该在哪里结束，但整体结构会稍微松散些。或者有时我根本不要大纲，我把这种手法叫"我有一座远山"，也就是有个大概目标，在这个过程中不断探索。你能看到远山离你很远，你也不知道远征时会遇到哪些弯路。

对于刚刚开始编剧工作的人来说，我的建议一般是大纲要尽可能细化，但同时避免成为细化大纲的奴隶。一开始你做出细化的大纲，这肯定没错，但后来又想到非常好的点子，怎么办？这点子若放不进大纲里，就被你给废了，这是不对的。你应该修改大纲去适应好点子。结构当然也非常重要，"牵一发"会"动全身"，前面有改动，后面会产生相应的影响。

闯荡好莱坞的编剧技巧

学员：一个不善于言谈的编剧写了个很复杂的故事，比如《西部世界》，如果想把这个故事推销给制片公司，是雇用一个编剧经纪人，还是修改他的剧本语言，显得更小说化、更易于让制片人阅读？中国好多编剧同行可能不太善于推销自己。

扎克：我觉得编剧通常都会遇到这样的问题，大家都不是那种特别外向型的人格，大多数人喜欢活在自己的世界里。这就是为什么他选择当编剧而不是演员。同时不幸的是，推销自己的作品会浪费本该花在写作上的时间。我不想把自己变成一个销售员，我想静静地写作。但是不好意思，工作性质如此。

做好推销不容易。做到这一点也没有什么太大的秘密，就是练习，想想如何在一分钟内，将你两个小时的电影作品或者十个小时的剧集作品精华介绍给听众，让听众觉得很有意思。

我觉得最有用的方式，就是观察那些很善于推销的人，看他们是怎么做的。我曾把自己的一个项目卖给一位导演。他在好莱坞很有名气，就是因为他很善于推销自己的作品，也就是说善于掌握话语权。刚开始跟他合作，得知他天生有这样的才能，以为他就像神童莫扎特一样，随便走进哪间房都能把东西卖出去。但是通过跟他合作，我才知道他有多努力。我们花了很多的时间讨论概念，分析如何将故事浓缩成精华，讲给别人听，让买家觉得有意思。最终才拟定了这一套销售方案，最后在晚餐时成功地跟电影公司高管达成合作协议。卖出时我不在场，但是我觉得通过与他的合作，学来的方法对我是大有裨益的。所以，准备才是最关键的，让你的丈夫、太太、男朋友、女朋友来听一听你怎么推销作品，听听这是不是很好的方案？在镜子前练习；或是把大纲写下来，一字一句写下来；提前预设别人的问题。虽然不喜欢花那么多的时间去推销，但是必须得做，要练习起来。

学员：原创剧本在好莱坞是如何寻求投资的？

扎克：原创剧本获得投资是非常难的。我有一个建议，尽量让它需要的投资低些。你若能想到个非常有意思的点子，拍出又不怎么费钱，那就非常吸引投资人的目光了。故事的核心若能围绕一个非常棒的人物展开，那肯定有特别多的演员想去演。在好莱坞想让自己的电影剧本成功拍出来，要么得导演特别喜欢，要么得演员喜欢。获得投资的主要原因，就是你的剧本被知名导演或演员看上了。

我的朋友埃里克·海瑟尔（Eric Heisserer）写过《降临》剧本，原著小说作者姜峰楠是著名的华裔科幻小说作家。朋友特别喜欢那个故事，就花自己的钱买了改编版权，写了剧本后一开始也没投资，但他坚信这个剧本能成功，逐步找到了感兴趣的导演（维伦纽瓦）、制片公司，又找到了一位非常优秀的女演员（多次获奥斯卡提名的艾米·亚当斯），最后电影就成功了。

原创电影剧本本身还是风险巨大的，希望大家能够用自己的聪明才智，去吸引到别人的关注。

学员：很多时候您的灵感都来自哪里？没有灵感时怎么办，如何重新出发？

扎克：你是想要有一个好故事的点子，还是你在写的时候遇到瓶颈？

跟大家分享个秘密，如果没有灵感的话，不妨找一个你喜欢的故事，想想如果你来写，版本会是什么样的？有时大家都耳熟能详的故事，你先改一个元素，然后再改另外一个，就能得到一个自己的原创故事，别人读的时候甚至根本意识不到源头。

借由一个故事的灵感去进行自己的修改，这没什么好难为情的。我们现在已经有了记录下来的几千年人类历史，站在了祖先的肩膀上面，已经有很多故事了。完全可以利用前人故事作为灵感的来源。

如果你已经坐下来开始写了，却没有什么灵感，可以先试试吃个甜点。一个剧本里总有容易写和不容易写的戏。遇到难写的戏就会觉得写不下去了。其实可以暂且跳过难写的，先去写你很想写的那场戏。这往往能给予你灵感。就算没有灵感，至少码字进度是有成果的。即使第一个版本很糟糕也别担心。在美国，我们的行话管第一稿叫"呕吐草稿"，那些文字有如被你"吐"在了纸上似的。

写作就是不断地多次改写。我们应该尝试在一场难写的戏中一遍遍去改善它。我给每个编剧的建议就是，允许自己第一稿很糟糕，因为你还是有机会、有时间把它变好的。

学员：您已是成功的科幻编剧，是否会拒绝其他类型的写作，比如现实题材或者悬疑等？

扎克：我不会拒绝任何类型，我也写过其他类型的作品。我自己写过自闭症高中男生的现实小说。我也热爱广泛的类型。只是一旦你在某类型里成功了，大家往往只给你这样的项目做，老想让你不断复制以往的成功。我很想突破自我，不是因为不再热爱既有的，而是想让别人看到我其他方面的才能。

学员：美国的小说家和编剧哪个挣得多些？

扎克：外行人眼里会觉得是编剧多赚一些吧，但一个畅销小说家往往收入更高。要中等级别的话，编剧收入好一些。小说家的作品若有机会改编成电影，他通常会接受，有两个原因，一是改编本身能赚钱，二是电影又能够助推书的销售。

我自己几年前写过一本小说。好莱坞的编剧是不持有作品版权的，剧本卖出去就属于电影公司了，改编权也属于公司。但是作家的小说被影视改编了，版权还是属于本人。就算卖出改编权，还是保有权利的。小说要是成功，就可以一直不断地赚钱，可以把它卖到不同的国家。

编剧的优势是在工作的保护层面上，在好莱坞，编剧受 WGA 的保护，有养老保险。小说家就得自己买保险，靠自己养老啦。两者各有利弊。

学员：听说美国有一些编剧软件，您用这个吗？优势、劣势如何？

扎克：当然有辅助软件了，可以帮你搞好格式。不同软件各有所长。

我刚开始写作时是手写的，还没这种软件，后来用 Word。我后面采用了一款软件，它的名字是 Final Draft。如果是写电视剧集，每个项目的软件都会不太一样。电视剧本可能会有很多修改，软件可以让你看到修改的痕迹。我们自己做项目的时候，每一个版本的剧本都是不同颜色的。比如第一稿是蓝色，然后是黄色，然后是粉色，再是绿色。真拍起来的剧本看起来就像彩虹似的。没这种专业软件，就很难在拍摄剧本中有效地追踪这些痕迹。简单来说，我当然推荐大家使用这些专业写作软件，具体选哪一个就看自己的喜好了。

学员：中国大学现在开了创意写作的课，美国好多大学都有，您上过吗？对剧作有帮助吗？

扎克：我本科学的是记者，我当时选修了剧本写作，只是觉得这个课好玩儿而已。我并不觉得它教给了我什么，更重要的是它让我喜欢上了剧本创作。美国有很多很成功的作家都是在大学里学写作的。像"南加大"、加州大学洛杉矶分校，都有非常棒的剧本写作课程。不过文凭是毫无必要的，这行不是像做医生那样非得上医学院。

让我学到最多的就是研究自己喜欢的电影，去图书馆搜索资料库，找喜欢的剧本来看，看他们到底成功在哪里。当然还需要很多练习。我当了八年记者，利用晚上写剧本，才真正拿到第一份编剧工作。然后又花了很多时间为低成本电视节目写剧本，最终在 2011 年有了第一部较成功的电影作品问世。我也知道很多人刚出大学就写出了成功的作品。我只能说，我是花了二十年才一战成名的。

出版后记

中国电影基金会下设的吴天明青年电影专项基金自2015年开设"大师之光"青年编剧高级研习班以来，一直立足培养具有国际视野的优秀青年编剧，为中国电影新生力量向更高行业标准迈进助力。此番我们与基金会合作，将课程的百万字讲稿萃取精华结集出版，旨在为广大读者提供一座连接理论与实践的桥梁。

本书共收录了来自法、美、日、韩的八位在创作上各有所长的国际导师课程讲稿，可谓将不同制作体系下的剧作经验一网打尽。其中包括了不同类型、题材的剧作方法，如：真实故事改编、IP改编、文学改编、喜剧片、家庭情节剧、历史片、文艺片、科幻片、高概念创意故事、特定题材的定制电影……同类书罕有如此多元的维度。更难得的是，不同导师对同一问题会有不同角度的观点，比如编剧绕不开的三幕式剧作法，几乎每一位导师都会谈及，在实践中也有不同程度的借鉴。在好莱坞，三幕结构是不成文的规范，需严格卡点运用，有人在其基础上还发展出平行弧等新的工具来搭建剧本，有人则只把它当作一个参考坐标，读者可以在比较中找到适合自己的方法。

每一期的课程不仅邀请享誉国际的知名编剧大师前来担纲导师，还会甄选200位左右有一定创作实践基础的学员。学员既包含有志于编剧道路的青年创作者，也不乏雄心勃勃的新手导演、制片人，可以说，他们都是讲述中国故事的生力军。这些课程不是冷冰冰的单向教学，而是面对面的沟通和手把手的传授。每一讲都设有学员提问的环节，由于学员大都是经过作品筛选的新人编剧，他们的提问都能切实反映当下中国创作环境下的真实需求。大到如何跟导演、制片人合作与博弈，如何与甲方周旋、守护自己的创意，小到做调研的"卧底"策略和战胜拖延症的心理妙招，甚至借助软件、卡片辅助写作的具体方法，种种对症行业痛点的生存法则，均可在本书寻找到经验点拨。

在本书编辑过程中，我们尽量使全文版式清晰、层次分明，以确保读者有最佳的阅读体验。尽管如此，可能仍存在不足之处，希望广大读者能够将发现的问题反馈给我们，我们将不胜感激。

为了开拓一个与读者朋友们进行更多交流的空间，分享相关"衍生内容""番外故事"，我们推出了"后浪剧场"播客节目，邀请业内嘉宾畅聊与本书有关的话题，以及他们的创作与生活。可通过微信搜索"houlangjuchang"来获取收听途径，敬请关注。

服务热线：133-6631-2326　188-1142-1266
服务信箱：reader@hinabook.com

后浪电影学院
2021年8月

图书在版编目（CIP）数据

故事创作大师班. 国际卷 / 刘大鹏编；后浪电影学院策划. -- 北京：北京联合出版公司，2021.12
ISBN 978-7-5596-5641-4

Ⅰ. ①故… Ⅱ. ①刘… ②后… Ⅲ. ①电影编剧—教材 Ⅳ. ①I053.5

中国版本图书馆CIP数据核字(2021)第212299号

Simplified Chinese edition copyright © 2021 by Ginkgo (Beijing) Book Co.,Ltd.
All rights reserved.

本书中文简体版权归属于银杏树下（北京）图书有限责任公司

故事创作大师班（国际卷）

编　　者：刘大鹏
策　　划：后浪电影学院
出 品 人：赵红仕
选题策划：后浪出版公司
出版统筹：吴兴元
编辑统筹：陈草心
特约编辑：梁　媛　陈天然　吴潇枫
责任编辑：夏应鹏
营销推广：ONEBOOK
装帧制造：墨白空间·李国圣

北京联合出版公司出版
（北京市西城区德外大街83号楼9层　100088）
嘉业印刷（天津）有限公司印刷　新华书店经销
字数260千字　690毫米×960毫米　1/16　19.5印张　插页4
2021年12月第1版　2021年12月第1次印刷
ISBN 978-7-5596-5641-4
定价：55.00元

后浪出版咨询(北京)有限责任公司常年法律顾问：北京大成律师事务所　周天晖　copyright@hinabook.com
未经许可，不得以任何方式复制或抄袭本书部分或全部内容
版权所有，侵权必究
本书若有质量问题，请与本公司图书销售中心联系调换。电话：010-64010019